火狩りの王

〈四〉星ノ火

日向理恵子

山田章博・絵

火狩りの王

〈四〉星ノ火

人の子の罪に　野はあえぎ
神々の過ちに　星は燃ゆ
いまや　なべて生けるものの臨終なれど
狩り人よ　この苦しみの畑に
日々を身籠る光の穂を刈れ

第七部　野辺の道

第八部　地の迎え火

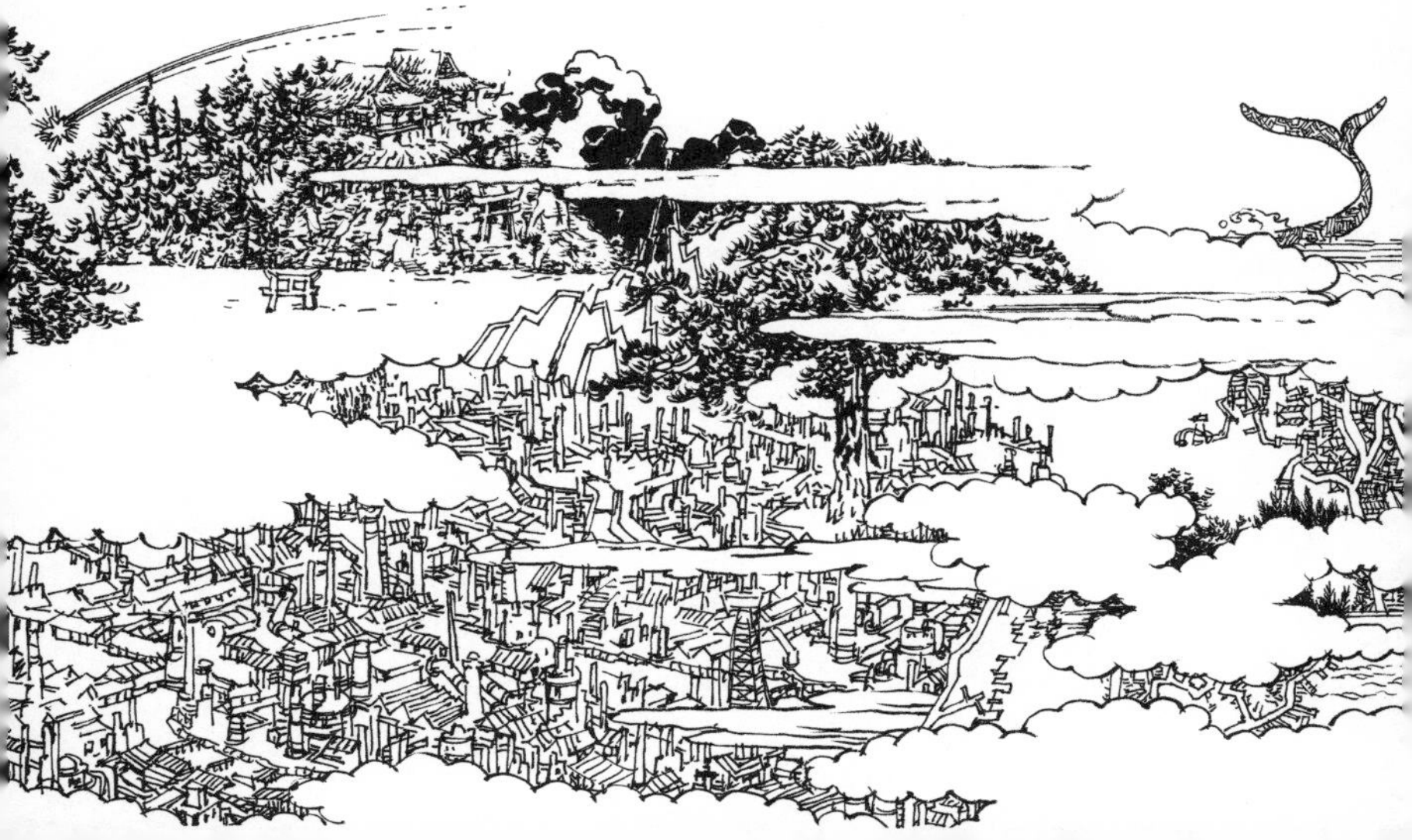

灯子《とうこ》　十一歳の少女。自分をかばって命を落とした火狩《ひか》りの形見を家族にとどけるため、首都へ向かう。

煌四《こうし》　首都に暮らす十五歳の元学生。油百七《ゆおしち》の元で、雷火《らいか》の研究を行う。火狩《ひか》りを父に持つ。

かなた　灯子が出会った火狩《ひか》りが連れていた狩《か》り犬《いぬ》。火狩《ひか》りとともに行動し戦う。

緋名子《ひなこ》　煌四の妹。胎児性汚染《たいじせいおせん》により生まれつき病弱。体に大きな異変が起きた。

明楽《あきら》　流れ者の女火狩《おんなひか》り。困難をこえていく力量の持ち主。狩《か》り犬《いぬ》はてまり。

火穂《かほ》　厄払《やくばら》いの花嫁《はなよめ》として村を出された。回収車《かいしゅうしゃ》で灯子と出会う。

照三《しょうぞう》　回収車《かいしゅうしゃ》の乗員。灯子たちを首都に連れて行くとちゅうで大けがを負う。

クン　〈蜘蛛《くも》〉の子ども。森に捨てられていた。

炉六《ろろく》　島出身の凄腕《すごうで》の火狩《ひか》り。狩《か》り犬《いぬ》はみぞれ。

油百七《ゆおしち》　燠火家《おきびけ》の当主で偽肉工場《ぎにくこうじょう》の経営者。煌四に雷火《らいか》による武器開発を指示。

綺羅《きら》　燠火家《おきびけ》の一人娘。美しく聡明《そうめい》。

火華《ひばな》　油百七の妻。年齢不詳《ねんれいふしょう》の妖艶《ようえん》な夫人。貧民区の出身。

ひばり　神族。風氏族に属し、人間を監視《かんし》するしのびを自在に操《あやつ》る。

瑠璃茉莉《るりまつり》　神族。木氏族に属し、植物を操《あやつ》る力を持つ。

シュユ・キリ・ヤナギ・クヌギ　首都の隔離地区《かくりちく》に住む木々人《きぎびと》たち。

くれは　燠火家《おきびけ》の使用人だったが、行方《ゆくえ》知れずとなった。

第七部　野辺の道

一　満ち潮

日は大きくかたむき、世界そのものがぐったりとかしいでいるかに感じられた。水は絶えず揺《ゆ》れ動く。空に蓋《ふた》をする雲に、山のほうへ位置をずらした太陽の火がおぼろに照って、空いちめんが銀色に染まっている。体をとりまく海の中は、空とは裏腹に黒々としていた。あと数時間もすれば暗さを引きよせはじめる沖の空からではなく、夜はじわじわと、海の底から吐《は》き出されつつあった。

音が感覚を支配している。波の揺《ゆ》らぎが耳にも皮膚《ひふ》にも絶え間なく響《ひび》き、自分が息をつぐ音すら、異様に大きく感じられた。

黒い森から海へ出て、首都へもどる。黒い森と工場地帯をへだてる急峻《きゅうしゅん》な崖《がけ》は、海が見えるところまでつづいている。人工的な壁《かべ》にさえ見える崖《がけ》のむこう、工場地帯側には、調査船が乗り入れるための巨大《きょだい》な水路が横たわっているのだった。崖《がけ》にはばまれて陸路で首都へ入ることはできないが、陸地を左手に見ながら海を泳いでゆけば、工場地帯に近づくことができる。ただし、潮の流れに注意していなければならなかった。潮の引く時間になれば、海から首都へはおろか、陸地自体に近づくことが困難だ。

森に残った灯子《とうこ》たちは、もう虫を見つけただろうか。〈蜘蛛《くも》〉が毒虫で操《あやつ》ったために炎魔《えんま》の数がすくなくなっているとはいえ、煌四《こうし》たちはわずかのあいだに三匹《びき》の獣《けもの》と行きあった。灯子が怒《いか》りをあらわに言ったとおり、だれよりも強いのだと信じてきた煌四たちの父親も、森で炎魔《えんま》の歯《し》牙《が》にかかって死んだのだ。明楽《あきら》の鎌《かま》で切りぬけられることを、祈《いの》るしかなかった。かなたが全員を守りぬいてくれることを。

暗い色をした水がうねる。煌四は、森で寄せ集めた木の束につかまって泳いでいた。炉六《ろく》に指示されてかわいた枝を集め、縛《しば》っただけの急ごしらえのものだが、どうにか水に浮《う》かべることができ、細い枝や木の断面に顔や手を引っかかれることに耐《た》えれば、危なげながらもつかまっていることができた。気休め程度の救命具だが、とにかく指先にすがるものがあるということが、煌四が水の中であわてふためくのをかろうじてふせいでくれていた。

煌四は毎日、景色の中に海を見ながら育った。坂になった町のいたるところから、学院の窓から。……しかし、海へ入ったことはなかった。工場からの廃液《はいえき》で汚染《おせん》された海は、個人が魚を獲《と》ることさえ禁止されている。その水にふれることすら、煌四にとってはいまがはじめてだった。

片腕《かたうで》を使えなくなった火狩《ひか》りも、その狩《か》り犬《いぬ》も、揺《ゆ》れ動く水中を器用に泳ぎ進んでゆく。そのうしろを、煌四は必死についてゆこうとしていた。が、身動きはことごとく波の複雑な揺《ゆ》れに左右され、自分がまともに進んでいるのかどうか、確信を持つことができない。呼吸も思うようにできない海の中で、水にあらがわずにいれば潮が勝手に運んでくれるという炉六の言葉だけが、しびれる頭の芯《しん》に残っていた。

陸へむけてふくらんでゆく水の動きに乗って水路へ入れば、首都——工場地帯へたどり着く。排水口《はいすいこう》が無数に穿《うが》たれた護岸が近づいてくる。ごぼりという音を耳がとらえて、もう何度めかで、頭が波の下へ沈《しず》んだ。あわてて、木の束にしがみつく。が、力をこめるとたよりない道具は煌四の体重を支えることができず、かえって水の中へ投げ出されそうになった。

眼鏡をはずしているうえ、水中ではほぼものを見ることができないが、それでもここへ来るまでに、人の形をしたものをいくつか、見た気がする。だれであるのかわからない人の影《かげ》は、暗い水の中を、さらに暗い深みへむかって、ゆっくりと漂《ただよ》い去っていった。

死者の記憶《きおく》がためこまれてゆく海。火穂《かほ》はその死者たちの守《まも》り神《がみ》を、実際に見たのだと言っていた。守《まも》り神《がみ》に宛《あ》てて灯子が手紙を書いたのだと、だから首都へ来られたのだと。

ひときわ大きな水路へ入る。護岸の側面に幾《いく》すじかの配管が走っている。いまは南方へ旅立っている、調査船のための港だ。かつて炉六も、船に忍《しの》びこんでここから首都へ入ったのだろう。水路の先には調査船の格納庫が、錆《さび》も汚《よご》れもあらわに、鉄骨をむき出しにした金属の腹の中身をごっそりと見せてそびえている。

護岸に打ちこまれた梯子《はしご》をのぼって水路から脱出《だっしゅつ》すると、全身へ一挙に重みがのしかかった。舗装《ほそう》の上へ炉六がひざをつき、深く呼吸しながら周囲へ視線をやる。あたりに人の気配はない。

肺がもっと空気をほしがっていたが、煌四は舗《ほ》装《そう》のふちへかばんをおろして、ふたたび梯子《はしご》をおりた。前脚《まえあし》で水をかいているみぞれの胸の下へ腕《うで》を入れ、かかえあげる。十段ほどの錆《さ》びた鉄の梯子《はしご》が、ぬれた犬の重みのぶん、ぎしぎしとてのひらに食いこんだ。綺羅《きら》にさえなつかないくせをして、みぞれは主《あるじ》のもとへたどり着くまで、煌四におとなしくかかえられていた。

身をふるって水を飛ばす犬のほかに、工場地帯に動くものはない。

「……いやなにおいだ」

炉六の声は、船が留守にしている水路の空間に、すみやかに消えた。

狩人《かりゅうど》は犬のかたわらに立ちあがる。そのひざがしなやかに動くのを、煌四は驚嘆《きょうたん》をこめて見やった。こちらはまだ呼吸も整わず、ぬれた衣服とひえた体が地面にへばりつこうとするのを持ちこたえるのに精いっぱいだ。

それでもどうにか体を起こして眼鏡をかけ、炉六とみぞれが物陰《ものかげ》に身を隠《かく》すのについていった。かばんの中身もずぶぬれだった。帳面の中へ隠《かく》した母の手紙も、溶《と》けたインクにまみれてもうだめになっているだろう。からの雷瓶《らいびん》に封《ふう》じた願《ねが》い文《ぶみ》だけは無事だ。

工場はどれも仮死状態にあった。船祭りの時期をのぞいて止まることのない機械群が、重く沈《ちん》黙《もく》している。鉄骨や煙突《えんとつ》がかしぎ、建物の骨組みがむき出しになっているのが遠くに見える。ちぎれた金属製のロープが、鉄塔《てっとう》に引っかかって垂れさがっている。――これがすべて〈蜘蛛《くも》〉に力を貸し、人間たちがしこんでおいた火の種によるしわざなのだろうか。

生々しい破壊《はかい》のあとも、野ざらしにされた悲しい骸《むくろ》のように見えた。破壊《はかい》をまぬがれた建物や巨樹《きょじゅ》がそれらを見おろす。じっとりとした熱気が、いまだに空気の中に残っていた。

ここに、いったいどれほどの者が生き残っているだろう。……

炉六が短いため息をつく。無残なありさまの工場地帯に呆然《ぼうぜん》としていた煌四は、視線を無理やり目の前の火狩《ひか》りへもどした。

「やれやれ、また神宮まで行かねばならん。せめて明楽たちがもどる前に、こちらにまた火の手があがることがないようにしてやりたいところだが」

「いまは……どこかが燃えているようすはないですが」

人体発火をかかえているのは人間だけでなく、神族もまた火に近づけば発火を起こす。あらゆる手を使って、火種をつぶしてまわっているにちがいなかった。煌四が視線をめぐらせようと頭をあげると、耳の奥《おく》がかすかに痛んだ。耳に水が入っている。

静かだ。風もなく、排煙《はいえん》のとぎれた空を飛ぶ鳥もなく、膨大《ぼうだい》な重みの空気が、工場地帯に沈殿《ちんでん》している。

炉六のかたわらですました顔をしていたみぞれが、ぴくりとどこか一点へ意識をむけた。犬はほっそりとした鼻面《はなづら》に鳴き声をふくませると、主《あるじ》を見あげながら歩きだそうとする。炉六は問いかけるようなまなざしを犬にむけ、煌四にはわからない短いやりとりをかわした。

「人の声がするな」

炉六が言ったが、煌四にはなにも聞こえない。

「神族か〈蜘蛛《くも》〉か、それとも〈蜘蛛《くも》〉のまねをして火をつけてまわっている人間かはわからんがな。なににせよ、見つかっては面倒《めんどう》だ——おい、みぞれ。行くな」

前へ進もうとする犬を、炉六が低めた声で呼び止めた。みぞれは、不服そうな顔を一瞬《いっしゅん》だけふりむけ、踏《ふ》みとどまる。

火狩《ひか》りは自分の狩《か》り犬《いぬ》の頭を左手でなでると、背すじを伸《の》ばして煌四を見おろした。

「二手にわかれるぞ。あの木々人《きぎびと》の娘《むすめ》が負傷した火狩《ひか》りたちをたすけているとすれば、回収車《かいしゅうしゃ》の格納庫付近のはずだ。あの一帯の火はトンネルをふさいだ神族によって消されていただろうし、けが人を大量に移動させることはできんからな。お前の妹もいっしょにいるだろう。探して、見つけてこい」

でも、と出かかった言葉は、相手の鋭《するど》い眼光にひしがれて形にならなかった。炉六の視線にこもる重さは、煌四の意思など簡単に押《お》しつぶすほど威圧的《いあってき》だった。

「願《ねが》い文《ぶみ》は三つある。神宮へとどける前に共倒《ともだお》れをしては、意味がないのだ。分散させて、おれがだめだったときはお前が持ってこい。生半《なまなか》なことをすると、またあのチビ娘《むすめ》にどなられるぞ」

炉六の顔の色が褪《あ》せている。右手の重傷にくわえて、海に体力を持っていかれているにちがいない。

「待ってください。体だけでも、かわかさないと。体温がさがりすぎて、動けなくなります」

そう言う煌四の歯の根が、すでにあわなくなっている。炉六のおもざしが、鋭利《えいり》であるのに消え入りそうに静かに見えて、それが煌四を不穏《ふおん》な気持ちにさせた。

「着るものはどこかで調達する。〈蜘蛛《くも》〉の死体からでももらっていく」

炉六がきっぱりと言う。これ以上の聞く耳は持たないと、言外に告げていた。

「……」

黙《だま》って視線をさげる。それ以外の返答は、すべて時間を無駄《むだ》にするばかりだ。すなおにうなずく自分を、まるでまだ学生のようだと思った。

みぞれがもう一度、青灰色《せいかいしょく》の毛並みに染《し》みついた海の水をふり落とそうと、細い体をふるう。そうして、甘《あま》えたようすで炉六の足に自分の耳をこすりつけた。

炉六は、首に巻きつけるようにして運んできた火袋《ひぶくろ》を肩《かた》からおろし、結《ゆ》わえた紐《ひも》の部分をにぎってこちらへつき出した。中身のとぼしい火袋《ひぶくろ》が、たよりなく宙に揺《ゆ》れる。煌四はなにも言わず、火狩《ひか》りの収穫《しゅうかく》をうけとった。

「綺羅お嬢《じょう》さんも神宮にいるのだろう。さっさと妹を見つけて、連れもどしに来い」

言うなり、炉六は神宮へむけて歩きだし、みぞれがしなやかにつき従った。

なにか言葉をかけなければと焦《あせ》りながら、結局煌四は、無駄《むだ》のない動きで歩き去る火狩《ひか》りの背中を注視していることしかできなかった。狩衣《かりぎぬ》の肩《かた》が、骨ばって見える。首すじへ垂れた長い髪《かみ》が、囚人《しゅうじん》をつなぎとめる重い鎖《くさり》のようだ。そのうしろすがたを、武骨さをむき出しにした工場地帯の路地があっというまに隠《かく》してしまう。自由がきかないはずの体をそれでも操《あやつ》って、犬を連れ、火狩《ひか》りは行ってしまった。

息を整えようとし、ひえきった体ではそれは無駄《むだ》な努力だとさとって、煌四は炉六たちが去った路地とはべつの方角へ重たい足をむけた。

〈揺《ゆ》る火《ほ》〉は、選んだんだろうか。姫神《ひめかみ》のかわりになるかどうか。——自分の中にある火をどうするのか)

つぎの姫神《ひめかみ》を決める手立ての一つとして、綺羅が利用されようとしているのだ。いったいどのような形でかはわからない。綺羅を〈揺《ゆ》る火《ほ》〉の入れ物にするのだとひばりが言ったが、それがどんな状態をさすのか、煌四にはうまく理解できなかった。

麻芙蓉《あさふよう》のもたらす作用から、まだ回復しきっていないはずなのに——ほんとうは綺羅は町の屋《や》敷《しき》にいて、安全な部屋の中で、使用人たちに手厚く世話をされているのではないか。神族の手などおよばない場所で、体が回復するまでの時間をじっと耐《た》えているのではないか。幻覚《げんかく》を見せるのだという麻芙蓉《あさふよう》が、綺羅の意識から、いま首都で起きている惨状《さんじょう》を遮断《しゃだん》していればいい……

頭蓋《ずがい》の内側がしびれて、秩序《ちつじょ》立《だ》ててものを考えることができなかった。とにかく、引きずってでも体を動かさなくてはと、本能的に思った。寒気が皮膚《ひふ》をつき破り、肉や骨に食いこむ。体温がさがりつづければ、命にかかわる。

この期《ご》におよんで自分の生死の心配をしていることが、無性《むしょう》に腹立たしく、同時にもの悲しくなった。煌四が使い道を考案した雷火《らいか》に撃《う》たれて、たくさんの〈蜘蛛《くも》〉が死んだのだ。ぬかるむ土の上の累々《るいるい》たる死体は、いくつあったのか、大まかな数すら見きわめていない。近くにたおれていた、自分の足にふれた死体のすがたすら――その体格も特徴《とくちょう》も、煌四はおぼえていなかった。ただ、無残に壊《こわ》れた体、炎魔《えんま》の毛皮をまとった黒いかたまりだとしか、見えていなかった。

（……町は、どうなってるだろう）

照三《しょうぞう》や火穂、避難《ひなん》した工員たち、それに力を貸してくれた学院の教師たちに、災《わざわ》いがおよんではいないだろうか。燠火家《おきびけ》の、まだ残っている使用人たちにも……

壁《かべ》や塀《へい》、鉄塔《てっとう》やタンクをやりすごすたびに、あっていいはずのない光景が眼前へ現れる。黒くなって崩《くず》れた何棟《なんとう》もの工場、へし折れた起重機《きじゅうき》、内側からめくれあがって裂《さ》けた配管――火による破壊《はかい》のあと。

まだらな傷におおわれた工場地帯の足もとを、勢いを失わない水路の水が流れてゆく。

自分の呼吸音だけが寒々と響《ひび》く耳の底に、遠い獣《けもの》の声がいくつかかさなって、さまよいこんできた。――犬の声だ。前方から、犬の鳴き声がする。すがたは見えない。金属の建物にはねかえりながら、犬たちの声がするのを、煌四の耳がとらえる。自然と歩みは速くなった。容赦《ようしゃ》のない破壊《はかい》にさらされた建物や、裂《さ》けてたおれた巨樹《きょじゅ》のために、自分のいる正確な位置がわからなくなる。地面までもがゆがんでいるのか、水路の水があふれて、路上にしぶきを噴《ふ》きあげていた。

犬の声をたよりに進もうとしたが、遠い音はでたらめに反射し、方角を見きわめることができなかった。――これでは、緋名子《ひなこ》を探し出すことなどできない。

焦《あせ》りにつき動かされるように前へ進もうとし、しかし黒くなった建物の残骸《ざんがい》をまわりこんだとたん、煌四は歩みを止めた。

ひときわ大きな工場が眼前に現れた。足の裏から寒気が駆《か》けあがる。鈍色《にびいろ》の塀《へい》が、いくつもの棟《むね》からなる工場をかこんでいる。高い塔《とう》も煙突《えんとつ》も、無傷だった。炬口家《たきぐちけ》の、製鉄工場……昨夜、空へ何度もいかずちをはなった打ちあげ機のある工場だ。

しんとしている建物から、異臭《いしゅう》がする。倉庫の扉《とびら》が解放されているらしく、そこからにおいが発せられている。水びたしになっている通路をわたればすぐにたどり着く。無意識に隣接《りんせつ》する建物の残骸《ざんがい》に身を隠《かく》しながら、体の芯《しん》を躊躇《ちゅうちょ》させる異臭《いしゅう》の源へ、近づいていった。――と、あとわずかで中のようすがのぞけるというところで、突然《とつぜん》だれかにうしろから肩《かた》をつかまれた。

「おい」

心臓がはねあがる衝撃《しょうげき》といっしょにふりむくと、そこには、二人の男が立っていた。

「なんだ？　まだ逃《に》げ遅《おく》れがいたのか？」

煌四は息をつめたまま、二人の男たちを見つめた。煌四より頭二つほど上背のある若い男が、きつい視線をこちらへむけていた。灰色の作業着が、機械油とはちがうなにかで汚《よご》れている。

そのとなりの、背の低いずんぐりとした体形の男が、いぶかしげに下あごを横へずらしている。こちらも同じ作業着すがたで、きっちりと足にあった黒い革靴《かわぐつ》をはいている。その靴紐《くつひも》がまだ新しいのを見て、煌四のこめかみに違和感《いわかん》が引っかかった。

「ほら、きみ、少年工にも避難《ひなん》命令は出ただろ？　なんで逃《に》げなかったの」

背の低い男が、いやに大きく特徴的《とくちょうてき》な目でこちらを見あげた。こたえるひまもなく、つぎの瞬間《しゅんかん》、煌四は勢いよく胸《むな》ぐらをつかまれていた。

「もしかしてお前、〈蜘蛛《くも》〉に手を貸すって、あっちこっちに火をつけてやがる連中の仲間か？　正直に言えよ、おい」

顔の間近ですごまれ、煌四はあわてて身をよじった。地面から浮《う》かびそうになったかかとに体重をかける。

「ち、ちがいます」

黒ずんだ大きな手を、必死でふりはらった。煌四の全身が海水でぬれていることに気づいた男たちが、怪訝《けげん》そうに顔を見あわせる。

「ひょっとして、学院の人？」

背の低いほうの男が、体ごとかたむけるように首をかしげる。汚《よご》れてずぶぬれになってはいるが、たしかに煌四の身につけているものは、少年工のいでたちとはちがっていた。煌四はじりじりと二人の男たちから距離《きょり》をとりながら、それぞれの顔を見やった。

「なんだよ、教師の手伝いでもしに来たガキかぁ？」

煌四が返事もしないうちから、若い男が顔をしかめ、かたわらの路面へ唾《つば》を吐《は》いた。

「気に入らねえよ、学院の先生どもは。こっちの人間をすぐに逃《に》がすための権限は持ってたんじゃねえか。家が金持ちなんだろ、どいつもこいつも。それだってのに、ずたぼろで帰ってきたっていう回収車《かいしゅうしゃ》の乗員が言い出すまで、避難《ひなん》の呼びかけもしねえで。空に星が飛んできただなんだって、ガキみたいにはしゃいでやがったんだ」

「待機中の回収車《かいしゅうしゃ》のすぐ近くで、物騒《ぶっそう》なことが起きたしねえ。出発直前だったたっていうのに」

苦々しげな表情をした二人の、灰色の作業着、そろいのまだ新しい革靴《かわぐつ》。

「乗員なんですか……？　回収車《かいしゅうしゃ》の」

自分の声が、耳につまった水のせいでやけに小さく聞こえる。帰ってきた乗員というのは、照三のことだ。工場にいる人間への避難《ひなん》の呼びかけを提案したのは照三だ。首都にいる回収車《かいしゅうしゃ》の乗員たちにも声をかけて、いまの状況《じょうきょう》を説明したのかもしれない。

煌四の問いに、作業着にずんぐりとした体を押《お》しこめた男がうなずいた。

「そう。せっかく厳しい試験にうかってさあ、家族も報酬《ほうしゅう》を心待ちにしてるっていうのに。急遽《きゅうきょ》招集をかけられて、大あわてで整備して、燃料と物資と人間かき集めてさあ。いよいよ乗りこむってときだよ。神族がトンネルをふさいじゃったって、なんなの、まったく」

「町は？　町は大丈夫《だいじょうぶ》なんですか？」

煌四が身を乗り出すと、表情の読みとりがたい小柄《こがら》な男が、口から前歯をのぞかせた。どうやら、笑ったようだ。

「いまのところはね。〈蜘蛛《くも》〉が人間をたすけてくれるんだって言い張る連中と、そうじゃない者たちで小競《こぜ》りあいが起きる程度。火は燃えていないよ」

「お前、学院の教師連中にも言っとけよ。けが人運ぶのに、もっと人手をよこせって」

そう言うなり、回収車《かいしゅうしゃ》の乗員だという二人は煌四に背をむけ、歩きだそうとする。煌四はあわてて、体格差の大きい男たちに呼びかけた。

「ま、待ってください。けが人って、火狩《ひか》りたちのことですか？　学院の教師たちも、こっちへ来てるんですか。工場地帯は、いまはどうなって――」

追いかける煌四をうるさそうにふりかえって、背の高いほうの男が手短に言った。

「なんだ？　学生じゃなくって、やっぱり逃《に》げ遅《おく》れか？　なら、さっさと町に……」

「妹を探してる」

声を強めて言うと、乗員たちはまた顔を見あわせた。現実ばなれした空間を、二人の男たちは平然と歩いてゆく。

「妹？　いくつくらいの？」

煌四はうつむいてくちびるを噛《か》み、声を引きずり出した。

「八歳《さい》……だけど、体が小さいから、もっと幼く見えると思う」

「工場勤めの子どもなら、ぼくらの見てきたかぎりじゃあ、もういないようだったけど……」

二人の乗員たちはたがいに顔を見あわせ、肩《かた》をすくめて、それらしい子どもを見かけてはいないことを確認しあった。

「ガキの退避《たいひ》はかなりあとまわしだったというが、それでもちゃんと逃《に》げたんだろう。おれたちがこっちへ来たときに残ってたのは、もう死んだ工員ばっかりだった」

「ぼくらは、生き残ってる火狩《ひか》りたちを町へ運んでたんだよ」

背の低いほうが、作り物めいて大きな目で煌四をふりかえった。

「もう、いま工場地帯に残ってるのは、ほぼ手当ての必要のない者か、手遅《ており》れの者ばかりだな。だけどそれも少数で、ほとんどの火狩《ひか》りは町へもどしたよ。飼い主が負傷して町へ担《かつ》いでいかれたというのに、犬たちがこっちに残っちゃってさ。あとで、犬と火狩《ひか》りの登録番号の照合をしなきゃならないの、結構な手間だよ」

「登録番号だのなんだのは、神族の仕事だろうが。これ以上手間をふやされてたまるか。あのにおいのせいだろ。森の中で、火狩《ひか》りや村人をたすけてる連中と、あれは同じなんだろ。あのにおいのそばにいりゃ、犬どもは安全だと思うんじゃねえのか」

「ひどいにおいだよ。炎魔《えんま》よけなんだっていうけど……」

小柄《こがら》な男が、仲間にむかって歩きながら歯をむき出し、顔をしかめた。

「くさいといっても、貧民区のやつらと大差ねえよ。ほんとはもう町に逃《に》がして、休ましてやりたかったのによ……あのばかでかい図体の化けもんはともかく、けが人をたすけるのに駆《か》けずりまわった姉さんは」

「それが、だめなんだって。木からはなれると、体がもたなくなっちゃうんだそうだ」

耳につまった水が、キンと高い音を立てた。

「木々人《きぎびと》、ですか？　いま、どこにいますか」

あわてて問う煌四に、男たちはますます怪訝《けげん》な目をむける。

「でかい木々人《きぎびと》は用事があるとか言って、どこかに行っちまった。──木々人《きぎびと》の姉さんは、見失った。仲間のとこへ行ったのかもな。なにしろこっちも、あちこち走りまわってたからな」

若い乗員が口もとをゆがめて、くやしそうな表情をあらわにしたつぎの瞬間《しゅんかん》、突然《とつぜん》目の前に、その暗い空間は現れた。

火を貯蔵してある塔《とう》のような筒状《つつじょう》の小型タンクが四基、ならび立っている。鉄柵《てっさく》や梯子《はしご》、配管が交差するその下に、夜の先やりとして暗がりがわだかまっている。直立するタンクの下に、犬たちがいる。耳の垂れたもの、毛足の長いもの、まだ若いもの、ひどく気が立っているもの……主《あるじ》のいない狩《か》り犬《いぬ》たちが、一つところに群れている。犬たちは急に現れた煌四を警戒《けいかい》してうなりだすか、あるいは上目遣《うわめづか》いにこちらを見やって、悲しげな音を鼻の奥《おく》に響《ひび》かせる。十数頭の犬たちのかこむ中心に、布がいくつも横たわっていた。

「……これは」

寄せ集めの布なのだろう。素材も色もまちまちだ。が、それらはひとしく同じ形のふくらみを持っていた。頭部はまるく盛りあがり、その下の体はいやに平たく、足の部分がとがり気味にふくらんでおわる。布の下には人が入っているのだ。下に敷《し》かれた布は薄《うす》く、路面とじかにふれているのと変わらない。負傷者をあんなところに長く寝《ね》かせてはおけないはずだ。そして、まだ生きている負傷者であれば、頭まですっぽりおおい隠《かく》したりはしないだろう。

二列に足をむかいあわせる恰好《かっこう》でならぶ人体の中には、ひどく小さなものもあった。

「けが人、だよ。逃《に》げ遅《おく》れたり、あわてて機械にはさまれたりしたんだろうねえ。あちこちの工場に、死んでいる人たちがいるんだよ。負傷した火狩《ひか》りたちの搬送《はんそう》はもうおわったから、今度は亡《な》くなっている人たちを探して、亡骸《なきがら》を集めているんだけどね。なにしろ、人手不足でさ。夜間の照明、まともにつくのかな」

ならび立つタンクのすきまから、炬口《たきぐち》家《け》の製鉄工場を見ることができた。

「さあな。つかなきゃ、祭り船の照明でも借りてくるさ。金持ちはこういうときに、たりねえものを提供してくれんのが役目だろうよ。――ほんとはこいつら、屋根のあるとこへ置いてやりたいのによ、使用許可がおりなきゃ、工場の建物を勝手に使うなだと。ふざけやがって。最後まで機械にしがみついたままのじいさんや、一人で逃《に》げらんなくなって死んでたチビを、なんとも思わねえのかよう」

黒い機械が、製鉄工場の屋上に載《の》っている。雨風と排煙《はいえん》にさらされてくすんだ建物の上で、新参のその機械は、明らかに異物めいていた。夜のあいだに、幾条《いくじょう》もの稲妻《いなずま》を空に走らせたはずの打ちあげ機は、灰色ににごった空気をせおって沈黙《ちんもく》している。

屋上に警吏《けいり》の影《かげ》が一つ、いや二つ見えた。機械の周辺を調べているのだろうか。建物の下にいるらしい犬が、屋上にむかってうるさく吠《ほ》えるのが聞こえてくる。

油百七《ゆおしち》は雷火《らいか》を携行《けいこう》し、使用人と工員たちを引き連れて神族に戦いを挑《いど》みに行った。あの打ちあげ機の用途《ようと》を、警吏《けいり》たちは知らないだろう。夜のあいだに空を裂《さ》いたいかずちは、なにも知らない者たちには神族の起こした現象に見えたはずだ。もうあの黒い機械を動かす者はいない。

それでも、悪寒《おかん》が背骨に食いこんだ。

警吏《けいり》の一人が機械の操作盤《そうさばん》から顔をあげ、神宮の方角を見やったように思われた。寒さから逃《に》げるように、一歩前へ出た。犬たちが鼻を動かす。

「しょうがないでしょう。規則は規則。この布類を勝手に使ってるだけでも、ひやひやしてるんだよ。これ、盗《ぬす》みだよ盗《ぬす》み。お前、よく乗員試験にうかったよねえ」

小柄《こがら》な男が、どこか魚じみて大きな目を仲間へむけ、それからこちらへむけた。

「妹さん、この中にいないか、念のためたしかめる？」

さし出された問いに、煌四の視界が明滅《めいめつ》した。体がかしぎそうになって、あわてて目をつむり、頭をふる。

「……この人たちを、どうするんですか？」

どれも、もう身動きをしていなかった。いくら見つめていても、胸も腹部も上下しない。

煌四の問いに、乗員たちは異様なものを見る目つきをむけた。若い乗員が、苦々しげに表情を険しくする。

「どうって、町まで運んで、身内のもとへ送りとどけるんだろうが」

ぞんざいな声の底には不審《ふしん》げな響《ひび》きが混じっており、相手が煌四の正気を疑っているのが伝わってきた。

首すじをざわつかせて頭のうしろへ、ひときわ鋭《するど》い寒気が走っていった。豪雨《ごうう》が工場地帯を襲《おそ》ったのが、遠い昔のことのようだ。——シュユ。小鳥をみごとに捕《つか》まえたあの幼い木々人《きぎびと》の亡《なき》骸《がら》が、灯子のそばにあった。シュユを探しに、キリは地下居住区を出てきたのだ。それなのに、自分たちはあの小さな骸《むくろ》を、置いたままにしてきた。

頭蓋《ずがい》のどこかで、ぐじゅっと音がする。いや、これは耳に残っている海水の立てる音だ。死者が漂《ただよ》っていった海の水の。

ここに横たわる者たちの数よりも頭数の多い犬たちが、黒い森のにおいを嗅《か》ぎつけたのか、一定の距離《きょり》を置いて煌四に注意をむけつづけている。犬たちの目が、煌四が自分の輪郭《りんかく》だと思っているものを薄《うす》れさせてゆく。

丁寧《ていねい》にならべられた死体から視線をあげて、もう一度工場の屋根の上を見やった。緋名子のふるう鎌《かま》が操作盤《そうさばん》を破壊《はかい》した栽培《さいばい》工場の機械とちがい、こちらは雷火《らいか》をこめさえすれば、まだ動かせる。屋上でおとなしくしているあの機械は、まだ死んでいないのだ。

煌四は頭の中に、機械の設計図を呼び起こしていた。二度と使えないようにしておかなくてはならない。

「すみません、行かないと。学院とは、ぼくは関係ありません」

その場をはなれようとする煌四に、乗員たちがおどろいたようすで身じろぎする。

「行くって、おい、そっちは……」

首都や世界の行く末よりも、妹を探すことよりも、ここに生身でいる自分のなすべきことはあの機械を完全に壊《こわ》すことだと、なにかに追い立てられるように煌四は、塀《へい》に守られた巨大《きょだい》な工場のそばへもどろうとした。

「やめとけ。製鉄工場には、探してる妹はいねえよ」

乗員が、煌四の肩《かた》をつかんだ。

「あそこは、建物じゅう血まみれだ。だれだか知らねえが、頭のおかしなやつが馬一頭つぶして、ぬいた血をばらまいたらしい」

「一応、中に人がいないか、見てみたけど――もうだれもいないようだったよ。逃《に》げたんだろう。屋上に見たことない機械が設置してあったけど、それまで血がべっとりだった」

こみあげてくる吐き気《はけ》を、煌四はのどに力をこめてどうにか押《お》しとどめた。

（しのびを近づかせないためだ）

油百七と同行者たちは、全身を血で染めていた。それだけでしのびは効力を失ったし、ひばりは近くへ寄ることへの嫌悪《けんお》をあらわにしていた。神族は、生き物の血液を必要以上にきらう……〈揺《ゆ》る火《ほ》〉の首をわしづかみにする使用人に、ひばりは直接むかってゆくことすらしなかったのだ。

「……行かないと。あの機械を、止めておかないといけないんです」

「どうせ、中へは入れないよ。ぼくらが調べたあと、なんでだかあの工場へは警吏《けいり》が入りこんでいる。きみみたいな子どもが行ったら、問答無用で捕《つか》まるよ。妹を探すんじゃないの？」

生きた者たちのやりとりを、布におおわれた死者たちが聞いている。

願《ねが》い文《ぶみ》は、かならず炉六がとどけてくれるはずだ。しのびの警備をかいくぐって、雷瓶《らいびん》の設置作業もやってのけたのだ。自分がしなければならないのは、あの機械が二度と動かないようにすることだ。

「これを、使ってください」

煌四は相手の顔も見ずに、わずかな炎魔《えんま》の火が入った袋《ふくろ》をつきつけた。うけとった乗員が、目を白黒させている。

「でもきみ、これ――」

その声をしまいまで聞かずに、乗員たちをふりはらって走りだしていた。うしろから呼び止める声がするが、追ってくるようすはない。

寒さと疲労《ひろう》で思うように前へ出ない足を動かしながら、煌四は、緋名子のように人間ばなれした動作のできない体をもどかしく感じた。いつもなら、反対だったのに。生まれつき工場毒の汚《お》染《せん》をせおった妹は、ままならない体をかかえて、煌四や親たちや、かなたが自由に動きまわるのを、薬のにおいの染《し》みついた枕《まくら》の上からながめていた。

製鉄工場へ近づくにつれ、吐《は》き気《け》をもよおすにおいが襲《おそ》ってくる。乗員たちの言ったとおり、工場内には複数の人の気配があった。あたりが静かなせいか、足音がいやに大きく聞こえる。訓練された、警吏《けいり》の歩き方だ。

かばんの中には、中央書庫の登録証が入っていた。見とがめられたときに、これで言い逃《のが》れができるだろうか。——緋名子の薬は屋敷《やしき》へ置いてきたくせに、この金属片はだいじに持っていた。あかがね色の登録証を使って書庫へ入ることも、きっともうないだろう。義理立てをする必要はもうないと明楽の言ったとおり、燠火家《おきびけ》は煌四のもどる場所ではなくなったのだ。

息があがっているのに、まるで体は温まらない。排煙《はいえん》よりも汚水《おすい》よりもきついにおいが鼻を刺《し》激《げき》する。建物じゅう血まみれだと言った乗員の、鼻梁《びりょう》のしわが脳裏《のうり》にちらついた。

隣接《りんせつ》する工場の、崩《くず》れて骨組みをあらわにした屋根が煌四の行く手をさえぎっている。焦《こ》げた骨組みのすきまから、打ちあげ機が見えている。製鉄工場の裏手の出入り口が見える。そのわきに、中央書庫の警備員のように直立して見張りに立っている警吏《けいり》がいた。これでは、近づくこともできない。ほかの入り口もかためられているか、たしかめようと動きかけたとき——煌四の手を、正確には指の数本を、うしろからたよりなくつかむ者があった。

息をつめてふりむく。ふりむきながら視線をさげた。

指をにぎる小さな手の持ち主を、煌四は見まちがえなかった。暗さに目が慣れず、はっきりとそのすがたは見えない。それでも煌四の目に、幼さよりも老成した影《かげ》のやどる、見慣れた顔が映った。細い腕《うで》とちっぽけな肩《かた》。立つのもおぼつかないほど貧弱な足。

体の芯《しん》に食いこむ寒さとからみあって、安堵《あんど》が全身をあわ立たせた。ふるえだすあごを、歯を食いしばることで押《お》しとどめ、煌四は感覚の麻痺《まひ》した足でむきなおった。

「緋名……」

名前を、みな言うことができなかった。

小作りな顔に、ぽっちりと目が開いている。あごのすぐ下で切りそろえた髪《かみ》は、汚《よご》れてかわき、ひどいありさまになっていた。燠火家《おきびけ》であたえられた白い寝間着《ねまき》も、ほとんどぼろ同然になっている。

瞳《ひとみ》をまっすぐこちらへむけて、緋名子が立っていた。物陰《ものかげ》の暗がりに、その手ににぎったままの三日月鎌《みかづきがま》が、場ちがいな金色の弧《こ》をむき出しにしていた。まばたきをせずに煌四を見あげるその目がおどろいているのか、それともおびえているのか、読みとることができなかった。

生きていた。

〈蜘蛛《くも》〉が侵入《しんにゅう》し、火の手のあがった工場地帯で、緋名子が生きていた。

体の中身が空洞《くうどう》になった気持ちがして、煌四は反対に、自分が生きているのかどうか確信が持てなくなった。

緋名子は無言で、煌四の手を引っぱろうとする。そのままどこかへ歩きだすつもりだ。煌四は逆にその手をうしろへ引いて、緋名子の両肩《りょうかた》を押《お》さえ、顔をのぞきこんだ。

緋名子が――たしかに生きている妹が、虚《きょ》をつかれたようすで目をしばたたく。熱はないが、それは煌四の手がひえきって感覚を失っているせいかもしれなかった。不思議なものを見るようなまなざしが、胸をえぐった。

ほんのわずかの時間をこらえてから、緋名子がゆるゆるとかぶりをふった。

「警吏《けいり》のおじさんがいっぱいいて、入れないの」

いつもの、緋名子の声だった。おびえた幼い者の声が、手ににぎる鎌《かま》とも感情のこもらない目とも、かけはなれたところから響《ひび》いてくるように感じられる。

「――お兄ちゃん、こっちに来て。キリお姉さんが、動けないの」


たどり着いた先は、近くの貧民区のかたわらに建つ工場の裏手だった。上部に有刺《ゆうし》鉄線が巻きつけられた鉄柵《てっさく》の金網《かなあみ》が、不自然に低い位置でねじまがり、押《お》しひろげられている。無理やり作られたその亀裂《きれつ》を、緋名子のあとにつづいて、身をかがめてくぐった。

（……貧民区の住人が、入らないようにするためか）

手や足を針金の先端《せんたん》に引っかけながら中へ入り、煌四は鈍《にぶ》い銀色の柵《さく》を見あげた。生まれたときから、いや、生まれる前から工場地帯は動きつづけていた。緋名子と母親に、そして首都に暮らす人間に毒を垂れつづける巨大《きょだい》な工場群は、止めようなどないのだと、そう信じていた。

いまその無機質な一帯は死に絶えたように沈黙《ちんもく》し、工場地帯の異物としてあつかわれてきたはずの貧民区の住人たちさえすがたがない。

視線を空へ移し、太陽の、あるいは星の位置をたしかめようとする。雲が空をおおい、天上の光のある方角を見定めることができなかった。黒い森の中と同じだ。……灯子とクン、明楽は、もうこちらへむかっているだろうか。危ない目にあってはいないだろうか。まるで森の土を労《いたわ》るかのように、かすかな音すら立てない灯子の歩みが、脳裏《のうり》によみがえった。

まばらに生えた草を無意識によけて歩を進める。

裏口にあたる金属製の扉《とびら》は、施錠《せじょう》されていなかった。緋名子が把手《とって》をまわす。扉《とびら》を開けると中の暗闇《くらやみ》へ光が切りこみ、こちらが思いのほか明るかったことを知らしめた。

「……………」

入ってすぐの空間は工員の荷物置き場で、なんの飾《かざ》り気《け》もない棚《たな》に、かばんや上着がつめこまれたままになっている。作業場へ通じる扉《とびら》とはべつの、事務机の置かれた暗がりから、浅い呼吸の音が聞こえる。

緋名子は先に立って部屋の奥《おく》へ踏《ふ》みこんでいった。机の下に、背をまるめて横たわる者がある。きつい体臭《たいしゅう》をはなつそれは、キリだった。木々人《きぎびと》は床《ゆか》の上へじかに身を横たえ、肩《かた》を小刻みに上下させて、顔をあげようとしない。

なにも言えないまま、煌四はなかばその場に崩《くず》れるようにひざをついた。歯を食いしばり、息を整えてから、キリに顔を近づけ、容体をたしかめようとする。砂の色の髪《かみ》の毛が、床《ゆか》の埃《ほこり》を巻きこんでいた。キリは眉《まゆ》を曇《くも》らせて目を閉じ、ただ切れ切れの呼吸をくりかえしている。

「キリ」

名前を呼ぶと、苦しげな呼吸がふいに止まる。ひやりとしたが、キリはくちびるを噛《か》んで大きく息を吸いこんだ。

「……呼び捨てするな、モグラのくせに」

刺青《いれずみ》の彫《ほ》られた頬《ほお》が動き、翡翠色《ひすいいろ》の目が薄《うす》く開く。木々人《きぎびと》の目は、弱い明かりのもとでも息を呑《の》むほどあざやかだった。

「あいつは？　赤毛の火狩《ひか》り……もう姫神《ひめかみ》のところへ行った？」

眉間《みけん》にしわを寄せてたずねるキリに、煌四は首を横にふってこたえ、さらに顔を近づけた。耳の奥《おく》の水が邪魔《じゃま》だ。

「まだです。でも、無事でいました。灯子も」

キリの足に、ありあわせの布を裂《さ》いた包帯が巻かれていた。むき出しの足で、とがった破片《はへん》の上を歩いたのかもしれない。両の足が傷ついているようだ。煌四の視線をうるさがるように、キリはあざやかな緑の目をめぐらせ、床《ゆか》をにらんだ。

「――木が、枯《か》れそうなんだって」

か細い声で言うのは、緋名子だ。かたい表情で体も動かさないまま、じっとこちらを見つめている。

「木々人《きぎびと》さんのだいじな木が、枯《か》れそうになってるって」

緋名子が凍《こご》えるような声をしぼり出す。妹が急に年老いて見え、煌四の胸におさえようのない焦《あせ》りが渦《うず》を巻いた。

「生《い》き木《ぎ》は、居住区の中ですね？」

キリはそっぽをむいて目を細め、なにもこたえない。

「行ってくる。隔離地区《かくりちく》が破壊《はかい》されたのかもしれない。もし崩落《ほうらく》が起きているなら、なんとか生《い》き木《ぎ》を掘《ほ》り出して」

「……ばかなのか」

キリが、かすれる声を発した。

「崩落《ほうらく》で埋《う》まってたら、もうどうしようもないだろ。生《い》き木《ぎ》は、クヌギが運び出して持っていった。あいつはあたしたちをこんなにした木の氏族の言いつけどおり、〈蜘蛛《くも》〉たちの墓を作りに行ったんだ。……お前たち、さっさと行け。ここは、死人だらけだ」

キリの言葉に、緋名子がかすかにかぶりをふる。緋名子のかたくななまなざしが、この木々人《きぎびと》がどれほど負傷者たちのために力をつくしたかを物語っていた。すでに町へ搬送《はんそう》されたという火《ひ》狩《か》りたち——彼らを発火が起きたというトンネルの付近から救出し、キリはその手当てにもあたったはずだ。明楽や灯子にしたように。

「クヌギさんは、それじゃあ崖下《がけした》にいるんですね?」

煌四が問うと、キリはいまいましげに鼻で笑った。が、それは弱々しく息を吐《は》く程度にしかならず、キリ本人のかさついた髪《かみ》のすじを揺《ゆ》すっただけだった。

「クヌギは、ここへも来たんだ。あたしとこの子を探せって、あの灯子って子にたのまれたって……ヤナギが言ってた。クヌギと、ヤナギだけだった。ムクゲもゴモジュも死んだ。……エンは、逃《に》げたかな……〈蜘蛛《くも》〉の墓を作るなら、クヌギたちがいるのは神宮の下だろうけど。なんで〈蜘蛛《くも》〉の墓なんか、作ってやる義理があるんだ。神族の言いなりになりやがって」

浮《う》かされるようなキリの声がふいに根を失い、あざやかな色の目が灰色のまぶたにふたたび隠《かく》れた。木々人《きぎびと》は姿勢を変えないまま、弱々しい息をするばかりになった。

(このままだと、まずい……)

よりどころである生き木《いぎ》がなければ、木々人《きぎびと》は衰弱《すいじゃく》し、やがて死んでしまう。

(せめて生き木《いぎ》の近くまで連れていけば、きっと)

思い至った瞬間《しゅんかん》、地面を埋《う》めつくして折りかさなる黒い骸《むくろ》たちの記憶《きおく》が、みぞおちのあたりにごぼりと湧《わ》いた。折れた腕《うで》や脚《あし》。裂《さ》けた顔面。しかしそこは、自分がむかわなければならない神宮の真下なのだと、煌四は自分の意思を無理やり矯正《きょうせい》した。

目を閉じたキリは、意識があるかどうかさだかでない。けがもしている。自分の足で歩くことも到底《とうてい》無理だろう。

「……ごめんなさい」

かすれそうな声で、緋名子が言った。

「キリお姉さんの具合が悪いって、ほかの人に教えに行かなくちゃと思ったけど、隠《かく》れてたの。

だれかが、体がおかしくなってる人間は、なんとか始末しなきゃって、言ってて——怖《こわ》くなって」

「……緋名子」

ずっと表情のなかった緋名子の目じりが引きつる。鼻の頭をまっ赤にした緋名子の目に、見ているこちらが不安になるほど、大きな涙《なみだ》が盛りあがってこぼれ落ちた。

「ごめんなさい。お兄ちゃん、ないしょにしてて、ごめんなさい……」

ごめんなさい、ごめんなさい、地下室の帳面や見取り図のはしに、緋名子は弱々しい筆跡《ひっせき》で、いくつもその言葉を書き記していた。とりかえしのつかなくなるまで、煌四はその文字に気づくことができなかった。

「……夜なのに、なんでも見えるから、廊下《ろうか》をこっそり歩いてたの。そしたら、旦那《だんな》さまがいて……暗くても見えるなら、特別な用事をたのもう、って」

はっきりとした衝撃《しょうげき》が、煌四の腹へ落ちてきた。〝旦那《だんな》さま〟と、使用人たちと同じに油百七を呼ぶ緋名子の肩《かた》を、思わず力いっぱいつかんでいた。びくりと身をすくめて、緋名子は泣いている目で煌四を見あげた。

自分の身に起きた異変を、緋名子はだれにも打ち明けることができなかった。異変の正体を知るため……いや、異変に体と精神を慣れさせるため、夜中に屋敷《やしき》の中を歩きまわっていたのではないか。照明のない廊下《ろうか》を、足音を立てずに。

「お兄ちゃんの、お勉強――だいじな、とっても危険なお勉強だから、お兄ちゃんのために見張っててあげなさい、って」

「……綺羅にも、話さなかったのか」

問う声が責める響《ひび》きを帯びないよう、細心の注意をはらった。緋名子はひくっと小さくしゃくりあげ、首を横にふった。

「だって、綺羅お姉ちゃんに、怖《こわ》がられると思ったの。ごめんなさい……さびしかった」

ひどい熱を出して苦しんでいるときよりも、緋名子の目はおびえていた。おびえていて、そしてその瞳《ひとみ》は、母親の死を看取《みと》ったときよりも、ずっと大人びていた。

「もういい。緋名子は、なんにも悪くない。謝《あやま》るようなことは、なにもしてない」

自分の言葉が、ほんとうらしく響《ひび》いているのか自信が持てなかった。いままで煌四は、幼く弱い妹をごまかす言葉ばかりをかけてきたのだ。いまさら本心だと、どうして伝わるだろうか。

細すぎる肩《かた》をこわばらせて、緋名子は苦しそうにしゃくりあげている。

「緋名子、歩けるな？　いまから、この人の仲間がいるはずの場所へ行く」

煌四が顔をむけると、緋名子の目がひたむきにこちらをのぞきこんだ。小さくうなずく。にぎりしめている鎌《かま》が、細かにふるえていた。

「――かなたや、灯子ちゃんたちは？」

「いま、クンといっしょに探し物をしている。見つかりしだいこっちへ来る」

打ちあげ機をなんとかしておきたかった。またあの機械を使って、大きな破壊《はかい》が引き起こされるかもしれない。せめてそれを阻止《そし》しておくのが、自分の役割だ。……だが、いま製鉄工場へむかえば、まちがいなく警吏《けいり》に見とがめられる。機械のことを伝えられたとしても、町へ連れもどされるか、どこかへ拘束《こうそく》されるにちがいない。あるいは乗員たちの言ったように、こちらの言うことなど相手にもされず、捕《つか》まるだけかもしれない。そうなったら、キリをたすけることができなくなる。

「行こう。それは置いていくんだ」

煌四は緋名子のひたいに手をやり、熱がないことをたしかめると、抱《だ》きしめるようににぎっている火狩《ひか》りの鎌《かま》を自分の手にとりあげようとした。しかし妹は肩《かた》をわななかせ、苦しげにしゃくりあげると、刃《やいば》がむき出しになっているのにもかまわず、ますます鎌《かま》を抱《だ》く腕《うで》に力をこめた。

「……お父さんの」

顔をくしゃくしゃにして、緋名子が歯を食いしばる。目から頬《ほお》へ、さらに涙《なみだ》がこぼれて伝う。

細い声で両親を呼びながら、緋名子は背中をまるめて泣いた。煌四は、大きな獣《けもの》におびえるようにすくむ自分の手を一度きつくにぎりしめ、無残にふるえる小さな背中をなでさすった。

緋名子が死んだ親のために泣くのは、母親を看取《みと》ったあと以来だ。煌四はいまになって、やっとそのことに思い至った。燠火家《おきびけ》で寝起《ねお》きするようになってから、住む場所も食べるものも保障され、綺羅が自分の妹のように接してくれて、緋名子も安心しているのだと思っていた。都合のいいように思いこんでいた。

全身の体温をしぼり出すように、緋名子は泣く。煌四はその背中をなでながら、労《いたわ》りをこめて鼻をすりよせるかなたと同じ役割が、自分にもできているようにと願った。

二　ほとり

わらわらと耳の底へ、いくつもの気配が這《は》いこんでくる。

黒い森の中で、灯子《とうこ》は自分の感覚がおどろくべき速さで周囲になじんでゆくのを感じていた。

黒い葉。よじれた枝。ねばりつく土。腐《くさ》った花のにおい。

ときおりきつく鼻をつくのは、炎魔《えんま》の糞尿《ふんにょう》のにおいだろうか。しかし、この森をなわばりとするはずの炎魔《えんま》たちは、いまだに襲《おそ》ってこなかった。〈蜘蛛《くも》〉の使った虫の毒は、いったいどれだけの炎魔《えんま》たちを狂《くる》わせたのだろう。毒された獣《けもの》たちは、結界を越《こ》えて首都へなだれこみ、工場地帯で火狩《ひか》りたちに狩《か》られた。灯子も鎌《かま》をふるったのに、自分が切《き》り裂《さ》いた黒い獣《けもの》がどんな形をしていたか、やはり思い出すことができない。

いま灯子の手に三日月型の鎌《かま》はなく、武器を持っているのはとなりを行く明楽《あきら》だけだ。その横顔は、先頭に立つクンの小さな背中を、ひたと見つめている。クンはほとんど地面ばかりを見て歩く。まるっこい頭をきょろきょろと動かし、ときおり木のうろに手をつっこんでいた。引きぬいた手には虫がまとわりついており、クンはそれを無造作に、服の腹のところへ隠《かく》し入れてゆく。それらはクンが使役《しえき》するつもりのふつうの虫らしく、〈蜘蛛《くも》〉がどこかに隠《かく》しているかもしれない特別な虫とはちがうようだ。

特別な虫、人体発火を無効にする虫を〈蜘蛛《くも》〉が森へ隠《かく》したはずだというのも、煌四《こうし》が考えたことであって、確証はなにもない。ひょっとすると灯子たちは無駄《むだ》に歩きまわっているだけかもしれず、こうしているあいだにも、崖《がけ》のむこうの首都がさらにとりかえしのつかないことになっているかもしれない。いまにも首都にいる者たちが火に巻かれて、自分たちだけが生き残りになってしまったら――灯子は胸をぞくりとつきあげる想像を、歯を食いしばって意識から追いやった。

「灯子、疲《つか》れない？　すこしなら、おぶってやれるよ」

くくりあげた赤毛を揺《ゆ》らして、明楽が言った。灯子は、あわててかぶりをふる。

「い、いいえ、平気です。さっき、休ましてもろうて。歩けます」

木々人《きぎびと》のキリが手当てをしてくれたが、明楽の体は傷まみれなのだ。灯子たちが森へ迷いこんだときに、やすやすと山猫型《やまねこがた》の炎魔《えんま》を狩《か》っていたが、ほんとうならあんなに動いては傷に障《さわ》るはずだった。

疲《つか》れはてているのは明楽も同じだ。クンが腹をすかせて歩けなくなったら、自分がおぶってやらなくては。——そう思いながらも、灯子はトンネルの前で炎魔《えんま》の群れと夢中で戦ってから、おかしくなっている自分の体が不安だった。

(役に立つんじゃろうか。なにかのあったときに、思うように動かんかったら、どうしよう)

平気だと言いながら、灯子の手は自分でも気がつかないうちに、明楽が肩《かた》に巻きつけているマントがわりの布をそっとにぎっていた。木々が行く手をさえぎり、からみあって隆起《りゅうき》した根が地面をうねらせる森を、萎《な》えた足で歩くのは困難だった。

かなたが、明楽の前を歩くてまりに何度も体を近づけようとした。そのたびにまっ白な抱《だ》き犬《いぬ》は、一人前に牙《きば》をむいてかなたを牽制《けんせい》する。てまりにいやがられるとおとなしく引っこむかなたのようすが、まるでまだ首都へたどり着かない旅の途上《とじょう》にいるかのような気持ちにさせた。灯子を気づかうようにすこし歩いてはふりかえるかなたに、灯子は小さくうなずいて返事をした。

「……ほんとうに、炎魔《えんま》がいない。全部が全部、虫の毒にやられたっていうのかな。回収車《かいしゅうしゃ》を襲《おそ》った竜《りゅう》みたいな憑依獣《ひょういじゅう》が、首都の近くにはいなかったのがせめてもの救いだな」

冗談《じょうだん》めかしてぼやく明楽の声が、甘《あま》ったるい土のにおいに吸いとられてゆく。

「車をつぶした竜《りゅう》の下で、女の子が死んでた。あれは、あんたや火穂《かほ》の友達？」

灯子の耳の中で、たしかな熱を持って脈がうごめいた。

「友達……です。厄払《やくばら》いの、花嫁《はなよめ》さんじゃった。紅緒《べにお》さんという人で、わたしにも火穂にも、親切にしてくれなさった――」

灯子の動揺《どうよう》を感じとったのか、クンが足を止めてふりむく。が、すぐまた前をむいて歩きだした。

「そうか。埋葬《まいそう》してきたよ。車の中の乗員たちは、出入り口や通路がゆがんで運び出すことができなかったけど。せめて、あの子だけでもと思って」

明楽の声は、木々の形作るいびつな檻《おり》によどむ空気を、ほんのかすかに揺《ゆ》るがせて消えてゆく。病《や》みはてた森のことさえも、狩人《かりゅうど》の声はなぐさめているかのようだった。

なにも返事をできずに、灯子は足がよろめかないよう、ひたすら気をつけた。うつむいて、目をこらす。

狂《くる》った竜《りゅう》に襲《おそ》われ、逃《に》げるのに精いっぱいだった自分たちにかわって、明楽が見とどけてくれたのだ。あそこで死んでいった者たちのことを。

「〈揺《ゆ》る火《ほ》〉が、生きてる女の子だったらしいね」

声音《こわね》のかすかな変化を聞きつけ、てまりが主《あるじ》をふりかえる。もう明楽の目は、ほんのひとかけらの笑《え》みもやどしてはいなかった。

「機械人形じゃなく、生身の体を持つ子ども。妖精《ようせい》だとか天の子どもだとかの呼び名は、たとえじゃなかったってことだ」

「わ……わかりません」

灯子は、自分でもおどろくほどかたくなに、首をふっていた。声の大きさにぎょっとして、あわてて息をつめる。炎魔《えんま》がへっているらしいとはいえ、不用意にまわりへ気配を伝えるのは危険だ。

「――昔の人は、自分たちで星をこさえて空に浮《う》かばすこともできなさって、そんなものすごいことができたんなら、もしかしたら、あの子はほんとうは機械なのかもしらん。骨や肉でこさえた、機械かもしらん。そいでも、海の守《まも》り神《がみ》さまも――ハカイサナも、古い世界で同じようにして生まれたんじゃという。人がこしらえた生き物なんじゃと。も、もしもそうなら、〈揺《ゆ》る火《ほ》〉も」

「ハカイサナが、人の作った生き物？　その話は、だれから聞いたの。煌四から？」

ちがうとしめすために首をふったが、その動作はいかにもたよりなくなってしまった。

だれから聞いたのか、記憶《きおく》がひどくおぼろになっている。

ハカイサナは海に棲《す》む鯨《くじら》のすがたをした守り神《まもがみ》で、その体の表面には、死者たちの顔が紋様《もんよう》になって刻まれている。灯子が無垢紙《むくし》に書いて流した手紙を読んで、ちっぽけな船が首都にたどり着けるよう、力を貸してくれた。巨大《きょだい》でなめらかな背の上に、かなたの主《あるじ》であった火狩《ひか》りの幻影《げんえい》が立つのを、灯子たちはたしかに見たのだ。……あれが旧世界の人工物だなどと、だれから教わったのだったか。

こめかみがきしんで、かげりのやどる目の中へ、ゆらゆらとなびく銀色の髪《かみ》のまぼろしがさまよいこんだ。地下通路で、突然《とつぜん》すがたを消してしまった。あの痩《や》せ細った子どもは、いまどうなっているだろう――

そのときクンが、小さく声をあげた。突然《とつぜん》に進路を変えて、木立へわけ入る。明楽がすかさず追い、灯子もあわててついていった。やや遅《おく》れる灯子のうしろへ、かなたがするりとまわりこむ。

「いた」

クンの声がした。がさがさと、地面の落ち葉をかきわける音がする。

灯子がかなたとともに追いついたときには、クンはねじれて枝をうなだれた一本の木の根方《ねかた》にしゃがみこんで、根もとのうろに手をつっこんでいた。ふりむいたクンは、手になにか黒いものをつかんでいた。

「あったよ、虫」

上からかがみこむ明楽と灯子をふりかえり、クンは両の手に持ったものを持ちあげてみせる。――かかげた手から、ぼとぼととなにかがしたたった。しずくのように落ちるそれは、赤銅色《しゃくどういろ》の体をひしめかせた大型の蟻《あり》たちだ。クンの手の先に、団子状に密集した蟻《あり》の群れがうようよと、かたい脚《あし》をからませあっている。

「さわっちゃだめだよ。毒があるから。盗《ぬす》まれないように、虫に番をさせてたんだ」

そう言いながらクンは、自分は平然と素手《すで》で毒蟻《どくあり》のかたまりをつかんでいる。ふうっと息を吹《ふ》きかけると、蟻《あり》たちはあわてふためいて地面へ落ちていった。

毒蟻《どくあり》が最後の一匹《ぴき》まで落ちてしまうと、クンの手には大きなガラス瓶《びん》が残った。

厚みのあるガラス瓶《びん》の中には、外側にへばりついていた蟻《あり》たちとはちがう、煤色《すすいろ》の虫がひとかたまりに閉じこめられていた。眉間《みけん》に力をこめて目をこらそうとするが、暗い森の中、灯子の目は容器の中の虫たちの仔細《しさい》までとらえることができない。それでも、特徴《とくちょう》のある脚《あし》の動かし方から、それがどの種類の虫であるかはわかった。

(ほんとうに、おった……)

クモだ。瓶《びん》の底を黒々とさせるほどの数のクモたちが、一つところへ封《ふう》じられ、生きてさかんに動いていた。

「……これが？」

明楽が眉《まゆ》を寄せる。

クンの表情に変化は訪れない。それを灯子は、不安に思った。この虫を見て、クンが平気でいられるはずがないのに。

人間も、神族さえもその呪詛《じゅそ》を引きついでいる、旧世界で作られた人体発火病原体。古代の火をとりもどした〈蜘蛛《くも》〉は、この虫たちによって発火を無効にしたという。しかし、ただ一人、虫の毒が効かなかったために、クンは仲間に森へ捨てていかれたのだ。

「これで全部？」

クンがわたした虫の瓶《びん》を手に、明楽が首をひねる。

「わかんない。ほかにもいるかもわかんないけど、この近くにはこれだけみたい」

包帯まみれの明楽の腕《うで》が、クンを抱《だ》きよせた。揺《ゆ》すぶるように〈蜘蛛《くも》〉の子の頭をなでる。

「よし、首都にもどろう。とにかく虫は見つけたし、時間切れだ」

そう言って明楽が顔をあげたとき、奇妙《きみょう》な音が灯子たちを包囲した。てまりが脚《あし》をつっぱってうなる。かなたの背中の毛がそよぐのが灯子の肌《はだ》に感じられ、立っている体が急激にかしいだ。が、それは錯覚《さっかく》だ。体は地面に立っている。変形したのは、景色のほうだった。ねじくれた木が鎌首《かまくび》をもたげる。襲《おそ》いかかる炎魔《えんま》の爪《つめ》の形をして、どす黒い葉をつけた枝が垂れ、地中から湾《わん》曲《きょく》した根が幾本《いくほん》も頭上へつき出した。灯子たちを中心に、突如《とつじょ》として大きく動いた森の木々が、平衡《へいこう》感覚をさらう。

明楽が武器をとる。狩《か》りのための鎌《かま》ではなく、短刀をぬいてかまえた。

ぎしっと音を立てて、おおいかぶさろうとしていた植物たちの動きが止まった。

てまりがその場で飛びはねながら、かん高くわめき立てる。明楽から押《お》しつけられた虫の瓶《びん》を、クンが両腕《りょううで》に抱《だ》きこんだ。

「こちらの草木は、うまく反応してくれないな」

毅然《きぜん》とした声が、森の空気を張りつめさせた。

うねった形のまま動きを止めた木々のむこうに、人影《ひとかげ》がある。森にいるにはまるで似つかわしくない、美しく梳《と》かしつけられた髪《かみ》と重たげな着物。その装束《しょうぞく》に銀糸といっしょに織りこまれ、まとう者を飾《かざ》っているのは、ふんだんに散りばめられた青い小花だ。着物の模様の青い花は、着ている者の白い頬《ほお》にも咲《さ》きほころんでいる。くっきりと紅を引いたくちびるが、笑っていた。

「あ……」

ふれそうなほど間近にせまった、生き物の肋骨《ろっこつ》のように土から突出《とっしゅつ》した木の根の列の内側で、灯子はかなたに体を寄せ、湧《わ》きおこる恐怖《きょうふ》をなんとか押《お》しとどめようとした。

工場地帯で出会った神族だ。地下の隔離地区《かくりちく》から出てきたクヌギとヤナギ——そして、〈揺《ゆ》る火《ほ》〉といっしょに。

「姫神《ひめかみ》が近づいてくる人間たちをどこかへ逃《に》がしたというので、捨て置けばいいものを、探して始末してこいと命じる者たちが多いのだ。工場地帯はずたぼろで、見ていてもしょうがないので動くことにした。本来こういう仕事をするやつが、しばらく使い物にならないのでな」

しとやかな声が、聞きとれないほどすらすらと言葉をつらねる。

「……あのしのびの頭《かしら》のこと?」

枝葉と幹のむこうに立つ神族をまっすぐに見すえ、明楽が問うた。むこうに立つ着飾《きかざ》った神族とくらべると、明楽はいっそう傷ついて見え、姿勢をたもっているのもやっとに思える。

「おや。赤い髪《かみ》。その鎌《かま》も見おぼえがある。——お前、千年彗星《せんねんすいせい》について進言すると、神宮まで来た火狩《ひか》りの血縁《けつえん》の者か。この世に火狩《ひか》りの王を生むのだと言っていた」

頬笑《ほおえ》みながら紡《つむ》がれた言葉に、明楽の気配が大きく変わるのがわかった。

この神族は、明楽の兄を知っているのだ。

てまりが吠《ほ》えつづける。聴覚《ちょうかく》をかき乱すかん高い声が、森の空気をざわつかせる。灯子の背後で、深く息を吸い、またゆっくりと吐《は》く音がした。

「そうだね」

明楽のうけこたえは、そっけなかった。ふりむくと、その表情はまるで変わっていない。表情は変わらないのに、そのまなざしには殺気がこもっていた。敵に対峙《たいじ》する炎魔《えんま》のように。

「たぶんそれは、あたしの兄ちゃんでまちがいない。千年彗星《せんねんすいせい》が帰還《きかん》するはずだと伝えに神宮へ行って、そして帰ってこなかった。あんたが殺したの？」

小花の刺青《いれずみ》の神族は、軽く首をかたむける。

「いや、べつの者たちが。お前はひばりの能無しや、あいつが監視《かんし》していた富裕層《ふゆうそう》の人間にもちょっかいを出していたそうだが、ねらいはなんだ？　兄の仇討《あだう》ちか？」

「ちがう」

明楽の低い声に、てまりがそれ以上吠《ほ》えるのをやめた。全身をこわばらせて神族をにらみつけたまま、明楽を守ろうとするかのようにその足もとに立っている。

「そんなことをしても、意味がない。自分の恨《うら》みを晴らすために動くような余裕《よゆう》は、もうこの世界の人間にはないんだ」

わらじの足の下を、なにかがくぐりぬけてゆくのを灯子は感じた。ぞくりとしながら、それでもそのまま動かずにいた。クンが鼻から息を吐《は》く音がする。……クンの操《あやつ》る虫が、朽葉《くちば》の下に身を隠《かく》して前方の神族のほうへ進んでゆく。

「結局は、あたしの兄の言ったとおりになったわけだけど。神族はどうするつもり？　聞いた話では、そっちの思惑《おもわく》も一つにまとまらなくて、いらない混乱を呼んでるらしいじゃないか」

「知らん。どの氏族も、おまけに〈蜘蛛《くも》〉も――どいつもこいつも、世界を存続させることに躍《やっ》起《き》になっているのだ。この世界に、そこまでしてやる価値があると思っているのだからおめでたい。どのみち、最後に決めるのは千年彗星《せんねんすいせい》だ。あれの中にある火は、〈蜘蛛《くも》〉どもがよみがえらせたちっぽけな火などとはくらべものにならん。旧世界の神族宗家《そうけ》の火。下手に意思などあたえたせいで、千年彗星《せんねんすいせい》の気まぐれしだいで、いまこの瞬間《しゅんかん》にもこの世は跡形《あとかた》もなくなるかもしれん」

それを語る口調は、内容とは裏腹に軽《かろ》やかですらあった。

星を焼く娘《むすめ》。クヌギが〈揺《ゆ》る火《ほ》〉のことをそう言い表していた。痩《や》せ衰《おとろ》えた体、不思議な色をした、はてしなく孤独《こどく》で心細そうだった目。灯子はあの少女のすがたを思い出して、なぜか無性《しょう》にせつない気持ちになった。

(……決められんと言うとった。火をどう使うのか、決めんとならんのに、決められんと)

森の暗さと、うまく光をとらえられない灯子の目が、神族のすがたを無遠慮《ぶえんりょ》にくすませる。

──クンの虫が咬《か》みついたら、あの神族はどうなるのだろうか。

「それを止めるために、人間の娘《むすめ》を依巫《よりまし》にするのか」

明楽の声音《こわね》が低くなる。対する神族のくちびるが、笑《え》みを形作った。

「それでまるめこめると疑わない氏族もある。だが無駄《むだ》だ。所詮《しょせん》われわれは、旧世界の力には太刀《たち》打《う》ちできない。病原体にも、火にも」

気づいているのだろうか。明楽も、クンが虫を操《あやつ》っているのを知っているのか……知っていて、神族の注意を自分にむけるために話をつづけているのかもしれない。

「神族も、死ぬかどうかの瀬戸際《せとぎわ》なんじゃないか。悪あがきもしてみたくなるだろう。人間も同じだ。世界をこのままにはしておけない。神族にまかせておくのは、もうおわりだ」

明楽の言葉に、神族はひどく楽しげに笑った。ここは黒い森の中なのに、その笑《え》みは花の咲《さ》きならぶ庭にでもいるかのようだ。

「無駄《むだ》に永らえることばかりが善きことだとは思わないな。世界が滅《ほろ》びるならばいっしょに朽《く》ちる。神族の治める国土がなければ、根をおろすことはできん。わたしは木の氏族だ。草木と同じ道をたどる」

ぬらぬらとうなだれて茂《しげ》る森の枝葉が、じゅわりと息を吸う。その深い振動《しんどう》が、灯子の頭皮をざわつかせた。どこまでもひろがる黒い森の気配が、樹木の目のようななにかが、その一瞬《いっしゅん》、たしかにこちらへ集中する。

見られている。黒い森が、こちらを見ている。

「威勢《いせい》ばかりいいが、お前はいったいなにをしに首都へもどったのだ。兄の仇討《あだう》ちをはたそうというのでもない。……常花姫《とこはなひめ》の遺言《ゆいごん》した火狩《ひか》りの王とかいうものになるつもりか？　常花姫《とこはなひめ》もひどいことを言い残すものだ、〝千年彗星《せんねんすいせい》を狩《か》った者は、火狩《ひか》りの王と呼ばれるであろう〟――人間に、血をわけた妹にもひとしい存在を狩《か》れとは」

てまりが緊張《きんちょう》して、あずき色の鼻から、しぶきを一つ飛ばす。かなたの尾《お》が、幾度《いくど》か灯子のひざをかすめた。明楽は神族の言葉にはこたえずに、周囲に神経をすましている。クンの息をする音が異様に大きいと感じるまで、灯子は自分が呼吸を止めてしまっているのに気がつかなかった。

「お前は死ににもどったのではないのか。生まれた場所に。自分が火狩《ひか》りの王になるつもりはないのだろう。だれに託《たく》すかも決めておらんのだろう。お前はするだけのことをしたつもりになって、義理ははたしたと、安心して死にたいだけだ」

神族の声は、もはやそのくちびるからこぼれているのではなかった。灯子たちをとりかこむ枝葉、樹皮、朽葉《くちば》、根、下生え——森の草木が、さやさやとささやきあい、声をこだまさせて全方位から話しかけてくる。

「ほかの火狩《ひか》りたちのことなど、お前は信用していないではないか」

「やつらは首都を追われたお前に近づいて、持っているものをみな奪《うば》おうとした」

「お前を人と思わなかった」

「お前が心から信頼《しんらい》できるのは、火狩《ひか》りでも人間でもない——」

「炎魔《えんま》たちだけだ」

明楽の手がふるえている。いや、ふるえているのはてまりだろうか、それとも自分の手だろうか。樹皮や葉にやどる黒いまだら模様が、目玉の形をしてこちらを見ている。幾千《いくせん》、幾億《いくおく》という森の目が、ぐねぐねとうごめきながら灯子たちを見つめている。

「——おい、〈蜘蛛《くも》〉」

神族の目が、明楽にしがみついて立つクンを見た。

「いらぬ細工をするな。わたしをここで葬《ほうむ》っても、お前たちが時間を無駄《むだ》にするだけだぞ。崖《がけ》のむこうへ帰してやろう」

すさまじい重みをこちらへそそいでいた黒い森の圧迫感《あっぱくかん》が、ふいにほぐれた。灯子たちをのぞきこむ数えきれない目玉の気配が霧散《むさん》する。その変化に思わず身じろいだ灯子の肩《かた》を、明楽が押《お》さえる。動きを制されて、灯子はただ身をこわばらせた。心臓が、呼吸の音よりもはげしく胸の中で暴れている。うしろから伸《の》びてきたクンの手が、灯子の手をにぎりしめた。

白い手で袂《たもと》を押《お》さえながら、神族がしなやかにひざをかがめる。その手が、土になにかをこぼす。種だ、と灯子は思った。あれは土に種をまく動作だ。

「……なんで、そんなことをする?」

明楽の問いに、もう気迫《きはく》はこもっておらず、それはまるでみなしごが通りすぎる大人へかける声のようだった。

神族が種をまいた土から、するするとあざやかな緑色のものが伸《の》びてくる。光るようなその色は、木々人《きぎびと》たちの目と同じだ。

「お前たちは、もうかかわるな。お前たちがいると」

「ひばりがよけいなことばかりして」

「後始末にこまるのだ」

神族の声が、周囲の枝葉からささやき出される。ざわざわと、葉擦《はず》れの音が声になる。

黒い森にはないはずの緑の植物がびっしりとからみあって高く伸《の》び、足もとの土が大きく崩《くず》れた。

「手揺姫《たゆらひめ》はたしかにあわれだが」

声が幾重《いくえ》にも響《ひび》く。間近でがなりたて、あるいは遠くからささやきかけてくる。もはや、刺青《いれずみ》を持つ神族の口が紡《つむ》ぐよりも多くの言葉がゆがんだ枝葉のこすれあう音となって響《ひび》いている。

「無垢紙《むくし》と墨《すみ》と筆を持たされ」

「姫神《ひめかみ》自身の意思とは関係なく」

「ほんとうのことを書くことは許されずに」

「宗家《そうけ》の者たちが言うがままに書かされている」

「〈揺《ゆ》る火《ほ》〉へ読ませるための、すべての言い訳を」

「ひばりがあわれに思って好き勝手に動くのも、無理はない」

ひとりごとめいた呪文《じゅもん》が、土のにおいといっしょにずらずらとつらなってのしかかってくる。

灯子はクンの肩《かた》を抱《だ》きよせ、明楽の腰《こし》をつかもうとする。明楽が手を伸《の》ばす前に、かなたがてまりの首根っこをくわえ、持ちあげていた。一度だけわめいて、てまりはすぐおとなしくなる。

地中から、森の土を食い破って伸《の》びあがる植物が、檻《おり》のように灯子たちをかこんだ。それは一瞬《いっしゅん》にして視界を埋《う》めつくし、ざわざわと音を立てながら生長をつづける。緑の伸《の》びる音が耳をふさぎ、灯子は明楽を支える手に力をこめて、息を止めた。

三　灰

煌四《こうし》はキリの体を支えて、建物から出た。鎌《かま》をかかえた緋名子《ひなこ》が前を行く。

時刻はまったく読めず、妙《みょう》に静かな空気が不気味だった。異能や炎《ほのお》を使って戦っていた者たちは——あるいは幽鬼《ゆうき》のように水辺のにおいを引きずってさまよっていた者たちは、どこに隠《かく》れているのだろう。

散らばる破片《はへん》で傷つかないよう緋名子の足に巻いた布が、早くも黒く汚《よご》れていた。ときおり脂《あぶら》ぎったようなぬめりが空気中に混じり、胸を悪くさせる。雨を降らせる役目をおえてからも空に居座《いすわ》りつづける雲のせいか、大気が重くのしかかるのが感じられた。

「……置いてけばいいのに」

煌四になかば担《かつ》がれる恰好《かっこう》で、足を引きずりながら進むキリが、顔をうつむけたままつぶやいた。

「まだ、おかしな気を起こす連中がいる。もたもたしてると焼け死ぬぞ」

煌四はこたえずに、歩きつづけた。キリはほとんど自分の体重を支えることができておらず、気をぬくといっしょに転倒《てんとう》しそうだった。

黒く焦《こ》げて屋根のぬけ落ちた工場がある。ありえない形にゆがんでたおれた鉄塔《てっとう》、どこから飛んできたのかもわからない機械の部品。根もとからかしいで煙突《えんとつ》にもたれかかる巨樹《きょじゅ》。あるいは、水かさをまして道まであふれながら流れる水路……工場地帯は破壊《はかい》によって、もとのすがたを失っている。

これだけの破壊《はかい》が火によってもたらされたのだとすれば、工場ばかりか貧民区も相当数が壊滅《かいめつ》状態になっているのではないか。貧民区の住人たちは工場の工員たちとちがい、町へ逃《に》げたとしても、身を置く場所もない。

キリを支える手に、知らず知らず力がこもった。もっと早くにこうしておけば。動く体があって、ほんのわずかではあっても手だすけをするための力があって、そしてこの人たちは同じ首都に、足をのばせばすぐおもむける場所に、ずっといたのに。

緋名子は寝間着《ねまき》のたっぷりとした布地を細い足首にからみつかせながら、迷いなく歩いてゆく。汚《よご》れてはいるがまだ白い寝間着《ねまき》の色と、だいじそうにかかえた鎌《かま》の金色が、緋名子のすがたを荒《あ》れはてた工場の景色から一人浮《う》かびあがらせていた。

灯子《とうこ》と犬たち、そしてクンとともに、地下通路を進んでいたときのようだ。地下通路でも、煌四たちは、この世のものとは思えない少女に先導されていた。

ややうつむいて前を行く妹の首も、あの痩《や》せ細った子どもと同じに細い。父がふるっていた火《ひ》狩《か》りの鎌《かま》が、緋名子の体の貧弱さをいっそう際立《きわだ》たせていた。

キリはぐったりとうなだれて、もう口をきかなかった。ただ、思うように動かないはずの足を、もつれさせながらも前にくり出す。包帯の上から保護用に布を巻き、できるかぎり破片《はへん》の落ちていない場所を選んで進んでいるつもりだったが、キリの灰色の足にはいつしか血がにじんでいた。

「緋名子、一度止まろう」

小さな背中に呼びかけて、煌四はそばの工場の屋根をあおいだ。この建物自体は無傷で、上から倒壊《とうかい》してきそうなものも近くにはない。それを確認してから、足の傷をあらためるため、建物の壁《かべ》を背にキリを座《すわ》らせた。

意識が朦朧《もうろう》としているのか、キリは血のにじむ足を痛がるようすもなく、姿勢をたもとうとして枝を切りはらった腕《うで》をつっぱった。それでも力がこもらずにたおれそうになるキリを、緋名子が支えた。

なにごとかを言おうと、キリの口が動く。聞きとれないかすかな声を聞こうと、緋名子が耳を近づけた。すこししてからこまったように眉《まゆ》をさげて、こちらを見る。

「……置いてって、って」

緋名子の声は、悲しそうに困惑《こんわく》していた。煌四は疲労《ひろう》のためにきしみをあげそうな体に深く息をとり入れて、かぶりをふる。

「だめだ」

息があがって、それ以上はしゃべることができなかった。

(くれはさんは、どこにいるだろう……)

いまも地下水路にいるのだろうか。煌四に母親の遺《のこ》した手紙をわたしたせいで燠火家《おきびけ》を追われ、神族によって体を作り変えられて、それでも使用人だったあの人は、自分たちをたすけようとしてくれた。同時に煌四は、灯子たちと森に残ったクンのことを思った。

緋名子をキリのもとへ残して栽培《さいばい》工場から出たあと、動けなくなっていた煌四を、いっしょにいたクンは置いていかなかった。くれはに隠《かく》れていろと言われたようだったが、それでも、〈蜘《く》蛛《も》〉の異能を持つクンは、煌四がいなくとも灯子を探しに行けたはずだ。クンはそれを選ばなかった。選ばない理由が、〈蜘蛛《くも》〉の子にはたしかにあった。

「あっ」

キリの体を支えている緋名子が、目をしばたたいて顔をあげた。ふりかえって視線の先を追うと、焦《こ》げた瓦礫《がれき》に半分ふさがれた路地のむこうに、一匹《ぴき》の犬がいた。つやのあるまだらの短毛、垂れた耳の若い犬が、こちらへ鼻をむけてにおいを嗅《か》いでいる。狩《か》り犬《いぬ》だ。火狩《ひか》りはいない。かわりに先の白い尾《お》をふる犬のうしろから、ひょこひょことたよりない足どりでついてくる人影《ひとかげ》があった。

あ、と、煌四の口からも、緋名子と同じような声がもれる。

「おや——？　おやおや、こんなところで会うとは……」

知っている顔が、ぎょろりと目をむいてこちらへ首を伸《の》ばしている。分厚い眼鏡をかけた、痩《や》せこけた骸骨《がいこつ》のような顔。猫背《ねこぜ》の首をつき出すように、むこうもおどろいた顔をして立っているのは、学院の教師の一人、火十《ひとお》先生だった。

人なつこそうな狩《か》り犬《いぬ》は、垂れた耳をなびかせてひと息に駆《か》けてくると、煌四や緋名子、キリのにおいを嗅《か》ぎまわった。大きな黒い鼻を近づけて緋名子のにおいをたしかめると、ためらわずに頬《ほお》をべろりとなめた。

「大丈夫《だいじょうぶ》ですか？　どこへ行っていたんです。よく生きていましたね」

狩《か》り犬《いぬ》のあとから走ってきた火十先生が煌四たちを見おろし、首のうしろに手をそえる。片腕《かたうで》にかかえこむようにして、形のよれたかばんを持っていた。

「せ、先生、どうしてここに……」

たずねる煌四にはこたえずに、学院の教師はその場に身をかがめて緋名子がけがをしていないか目でたしかめ、壁《かべ》にもたれかかって動かないキリの脈をたしかめた。

「この人は、木々人《きぎびと》ですか？　ぼくでは担《かつ》ぎあげられないな。とにかく傷の処置をしないとね」

キリの手首から手をはなして、かかえていたかばんの中身を探《さぐ》る。そうして火十先生は、骨のめだつ指でむこうの路地をしめした。

「うん、ぼくの持ってるのは布ばっかりです。さっき、ぼくらの出てきた角から加工工場へ、貯水タンクの裏手からまわってください。仮の救護所がある。人がいるから、処置の道具をもらってきて。とくに消毒液。きみのほうが足が速いでしょ」

「は……はい」

てきぱきと出される指示にとまどいながらも、煌四はすぐにもどると伝えるために緋名子にむかってうなずき、立ちあがった。緋名子になにか言葉をかけ、目をつむっているキリに呼びかける教師の背中をたしかめて、言われた道を走りだした。

突然《とつぜん》、音が明確に聞こえだした。鼓膜《こまく》に張りついていた水が、海の温度をやどしたまま、ぬけ落ちていったのだ。


火十先生から指示されてむかった救護所では、先ほど二人の乗員についていった遺体のならぶ場所とちがい、立ち働く人間が多くいた。工場の扉《とびら》が開けはなたれており、野天ではなく屋根の下に手遅《ておく》れだった者たちが横たえてならべられ、中にも外にも人よりもたくさんの犬たちがうろついている。

救護所にいる五名ほどのそれは学院の教師たちで、現れた煌四におどろき、一様にざわついた。

「手伝いに来たのかい？　燠火家《おきびけ》さんは、いったいなにがあったというんだ」

煌四のことをおぼえている教師が、身を乗り出すように話しかけてきた。

さまざまなことを聞き出そうと、その場にいる教員たちが近づいてくる。全員が、手に四角いものをかかえていた。見れば、初等科のまだ幼い生徒が授業で使う、石板だ。

「す、すみません、消毒液と包帯を、すぐ持っていかなくてはいけなくて……」

ここで時間を食ってはいられない。煌四が投げかけられる質問をさえぎろうとすると、むこうから軽いエンジンの音が近づいてきた。だれかが、小型運搬車《うんぱんしゃ》を運転してくる。開けはなたれた扉《とびら》の前で止まると、牽引《けんいん》されている柵《さく》つきの荷台が、破片《はへん》の飛散する路面で危なっかしく揺《ゆ》れた。運転してきたのは、先ほど煌四が会ったのとはべつの、回収車《かいしゅうしゃ》の乗員らしかった。

「おぉい、犬たち、これに乗せたらどうです？」

「乗るかね、われわれの言うことをちっとも聞かんのに」

教員のうけこたえに、作業着すがたの男はあからさまに不満を顔に表す。

「それでも、火狩《ひか》りだけじゃあ仕事ができないって。犬を連れてきてくれって、町に担《かつ》ぎこまれた火狩《ひか》りたちが言ってますよ」

「そうは言っても、そんな荷台の上じゃあ、かえって犬たちがけがをするでしょう。自分たちで走ってくれたほうが早いんだが」

「じゃあ、なんか方法考えろって。自分で走れといったって、犬に命令できる火狩《ひか》りがいないんだから」

乗員と教師たちが言いあっているすきに、煌四は手当てのための道具が入った箱を見つけ、手を伸《の》ばした。こちらに背をむけている教師たちに頭をさげて、もとの場所へ駆《か》けもどった。

緋名子もキリも、同じ姿勢で先ほどの場所にいた。血のにじむ布をほどき、火十先生が新しい布をあてがって傷口を押《お》さえている。

「ああ、やっぱり早かったね」

のどにからむようなぼそぼそとした声が、あまりにもこの場にふさわしくない。煌四は箱を置いて消毒液をとり出し、火十先生のかばんから引き出された新しい布に染《し》みこませて傷口を洗った。細長く折った布を包帯にして、足をおおう。布しか入っていない、と言っていたかばんに教師が手を入れるたび、カタカタと音がした。

手当てをするあいだもまるで反応しないキリをはげますかのように、緋名子がキリの腕《うで》を抱《だ》いていた。その緋名子にすっかりなついたようすで、耳の垂れた犬がそばに姿勢よく座《すわ》っている。毛づやがよく、まだ若いためか好奇心《こうきしん》の強そうな犬だ。

「……学院の先生方がいました。いろいろ訊《き》かれそうだったけど、こたえるひまがなくて。あの——火狩《ひか》りの登録番号を記録しているんですか？　どの先生も、教材の石板を持っていて」

たずねながら、頭の芯《しん》がきんとひえた。火狩《ひか》りの死傷者の数を記録しているのだとしたら、それは首都の火狩《ひか》りたちを統括《とうかつ》する神族の仕事だ。学院の教師たちも、神族側だということになる。いま、ここにいる歴史学の教師もだ。

火十先生は、いがらっぽい咳《せき》を一つすると、自分のかばんに手をつっこんだ。

「ああ、これのこと?」

ことともなげにそう言って、救護所の教員たちのものと同じ、初等科で使う石板をとり出す。こちらに見えるようかかげたそれには、チョークではなく、錐《きり》か釘《くぎ》のようなものでおびただしい数字が彫《ほ》られていた。

「これはね、距離《きょり》の数値を調べているんですよ」

授業中のように、抑揚《よくよう》をおさえた声で言う。

「……距離《きょり》?」

「そう。人体発火の起こる距離《きょり》。路面や建物の焦《こ》げや破損の具合から火の大きさを推測して、焼死体、あるいは人の脂《あぶら》が付着している場所との距離《きょり》を測って……このような大惨事《だいさんじ》の渦中《かちゅう》だけれどね。有志の教員十人たらずで、やっているんだ。これまで、どれくらいの距離《きょり》で人体発火が引き起こされるか、ちゃんとした数字はわかっていなかったでしょう。いま数値を測り集めて資料を作れば、かならず後世に役立ちます。もうこんなできごとは勘弁《かんべん》してほしいけれど、事故による失火からも、たすかる人がふえます」

長くしゃべったのどを調整するかのように、火十先生は首すじの皮膚《ひふ》をつまんで左右に引っぱる。

「紙に書くと、もし記録者が発火した場合、いっしょに燃えちゃうでしょう。小さい生徒さんには悪いんだけど、だから石板を拝借してきたというわけです。これなら、ぼくらがうっかり燃えちゃっても、記録は残りやすくなるからね」

煌四が言葉をなくしているのを気にもかけず、火十先生は汚《よご》れた布をまとめてかばんに押《お》しこむとそこへ置いたままにし、石板を紐《ひも》で首からさげて、キリの片手をとった。

「反対側はお願いします。妹さんから聞いたよ、神宮の下へ連れていくんでしょう。――ああ、かまわないよ。ぼくもなるべくひろい範囲《はんい》を歩いて、火が燃えた場所と人体発火の起きた場所を知っておきたいから」

煌四は言われるまま、前腕《ぜんわん》から生えた枝葉を切り落としたキリの左腕《ひだりうで》を肩《かた》にまわし、痩《や》せた教師と息をあわせて体を担《かつ》いだ。

煌四たちを心配そうに見あげながら、緋名子がぴったりと身を寄せてくる犬の顔を両手ではさんだ。緋名子が目をのぞきこみ、黙《だま》ったままそっと背中をたたくと、犬は活発にひと声鳴いて、路地を走り去っていった。

あたりが暗くなってゆく。炉六《ろろく》は、神宮へたどり着いただろうか。綺羅《きら》は、どうしているのだろう。キリの言葉どおりにめざす先へむかえば、そこには巨体《きょたい》のクヌギがいるはずだ。クヌギの近くで――〈蜘蛛《くも》〉たちの死体がまだそのままになっているはずの崖下《がけした》で、生き木《いぎ》を見つけるだけではすまないだろうという予感があった。あそこは、神宮の足もとだ。

たどり着く前に、なんとか歴史学の教師をそばから遠ざけなくてはと、煌四は思案しはじめた。なにかが起きたとき、緋名子はきっと逃《に》げきれるだろうが、この人はそうはいかない。

崩《くず》れた建物のむこう、きっと先ほどの救護所にいた犬たちが、さかんに吠《ほ》える声が響《ひび》いてくる。

四　橋

体が転がる感覚と痛みのために、灯子《とうこ》は息ができなかった。

草や葉のにおいがきつくまとわりつく。それに混じって、ひえた金属と汚水《おすい》のにおいがする。大きく息を吸いながら、もがくように顔をあげた。ほとんど悲鳴に近い、てまりの吠《ほ》えたてる声が聴覚《ちょうかく》をかき乱す。

自分のいる場所と、明楽《あきら》たちの位置をたしかめようと視線をあげる。瞬間《しゅんかん》、目がくらんだ。膨《ぼう》大《だい》な重みが押《お》しよせ、のしかかってきて、なにが起きたかもわからずにまぶたをふさいだ。

耳もとに揺《ゆ》れるものを感じ、灯子はこわごわ感覚をすました。――目を開けると、そこに痩《や》せこけた顔がある。しなびた顔には、それでも少女のおもざしがやどっている。長すぎるまつ毛。一瞬《いっしゅん》も絶えずに、背後にゆらめく白銀の髪《かみ》。……

〈揺《ゆ》る火《ほ》〉がこちらをのぞきこんでいる。しかし、深い色合いをたたえたはずのその目はまっ暗だった。銀色とも黒ともつかない不思議な色をやどしていた瞳《ひとみ》は、その眼球ごと消え去って、まつ毛に飾《かざ》られた眼窩《がんか》には、ただぽっかりと空いた二つの黒い穴だけがある。

ずるりと、手首にからみついていた木の根が、生き物のようにほどけてゆく。

なにごとかを問いたげに、〈揺《ゆ》る火《ほ》〉は折れそうな首をかしげて口もとを動かすが、それは灯子になにも伝えてはこなかった。大きくなりすぎた鳥の翼《つばさ》のように銀の髪《かみ》がはためき、そしてそのすがたは、空気に呑《の》まれてかき消えた。

「いたた……なんだったんだ、あの派手な刺青《いれずみ》のやつ」

そばで明楽が、悪態をつきながら首のうしろをさする。くくった髪《かみ》に木の葉がまとわりついていた。座《すわ》りこんだクンが、ぺっぺっと口に入った枯《か》れ葉を吐《は》き出している。這《は》いつくばって呆然《ぼうぜん》としている灯子を気づかうように、かなたが頭に鼻でふれた。

(……見えんかったんじゃろうか)

明楽もクンも、いまのいままでそこにいた〈揺《ゆ》る火《ほ》〉のすがたに、おどろいているようすがない。明楽はクンをそばに引きよせながら、周囲の気配にだけ神経をすましている。そばに明かりがある。燃料のとぼしい照明器具が、近くに置かれているのだ。

(かなた、見た?)

声には出さずに、犬の目をのぞきこむ。かなたは、ただじっと灯子を見つめかえすばかりだった。

するすると、黒い森に生えていたはずの植物たちが影《かげ》になって、舗装《ほそう》のすきまへすがたを隠《かく》していった。灯子たちを襲《おそ》った神族の異能が、用をおえてしりぞいてゆく。

「灯子、立てる?」

明楽が手を伸《の》ばす。それをつかんで、灯子は立ちあがろうとし、こみあげてくる吐《は》き気《け》におどろいて、自分の口を押《お》さえた。

すぐ近くで、水の音がする。

クンがのどの奥《おく》で、きゅう、と小さな音を鳴らした。

まっ暗によどんだ空気に、水のにおいがむせかえる。そばに置かれているごく弱い照明が、通路になった空間を照らしていた。だれかが置いていったらしい携行型《けいこうがた》の照明を、明楽が拾いあげてかかげた。

「——地下通路?」

怪訝《けげん》そうな明楽の声が、地下を流れる水路と半円形の天井《てんじょう》にこだました。灯子は無意識に背後にある壁《かべ》を探《さぐ》り、手をそえて立ちあがる。ここは、煌四《こうし》といっしょに歩いた、工場地帯の地下通路だ。クンがせわしなく目玉をめぐらせながら、虫の入った瓶《びん》を腹にかかえこんだ。ぴたりと一点をとらえて、その目の動きが停止する。灯子はその視線の先へふりむいて、壁《かべ》に目をこらした。暗くて目がきかない。それでも、どこか見おぼえのある形が、像を結びかける。森へ迷いこむまでに歩いた地下通路の壁《かべ》にも、こんな模様がいくつかあったはずだ。

――虫の絵。

かなたがぴくりと耳を立て、てまりがやにわにわめきはじめた。犬の声におどろいて乱れた聴《ちょう》覚《かく》に、自分たち以外のだれかの足音がまぎれこんできた。

「だれだ！」

明楽の声が、低く暗がりを切り裂《きさ》いた。

ひっ、と息を呑《の》む音がし、悲鳴になりそこねた幼い声の切れはしが、通路の先からこぼれた。前へ出た明楽が、消えかけの照明をかざした。弱々しい明かりにさらされた顔が二つ……げっそりと頬《ほお》のこけた男と、おびえながらもきつい目つきをした少年だ。灯子よりも、いくつか年下に見える。重そうな木箱をかかえている男にすがりつきながら、痩《や》せた少年がこちらをにらんだ。

父さん、と呼びかけながら少年が恐怖《きょうふ》に顔を引きつらせると、男は深い怒《いか》りをあらわに歯ぎしりした。脂汗《あぶらあせ》の浮《う》いた顔が青ざめているのが、暗い中でも見てとれるほどだ。かなたが異様に緊《きん》張《ちょう》しているのが伝わり、灯子の心臓がずくずくと痛いほどはねまわった。

ごとん、とかたい音をさせ、男が木箱を下へ置いた。少年の顔が泣きそうに引きつり、しかしそのまなざしに慈《いつく》しみにも似た色が表れるのを、灯子はたしかに感じた。男は手になにかをにぎりこんで、食いしばった歯をむき出しにする。反対の手が、ほとんど力まかせに少年の肩《かた》をつかんで抱《だ》きよせている。てまりのけたたましい声がつづく中、クンが、ぎぃと威嚇《いかく》の音をのどからもらした。

あの木箱の中身がなにであるのか、地下通路にいた親子がなにをしようとしているのか、頭が理解する前に、灯子の全身に冷《ひ》や汗《あせ》が噴《ふ》いた。

火の種。首都の人間たちがしかけているという。〈蜘蛛《くも》〉によって救われると信じている者たちが。――目の前にいる親子も、その仲間なのだ。

逃《に》げなくてはとクンの肩《かた》を抱《だ》いた灯子とは逆に、明楽は前に出た。ひと息に懐《ふところ》へ飛びこみ、男に当て身を食らわせた。その動作に、ためらいはなかった。

体を折ってえずく男の手から、卵型の照明に似た形の金属の道具がのぞく。それをとりあげて、明楽は水路へ投げ捨てた。うずくまって苦しむ男のかたわらで、少年がわななきながら灯子たちを見つめていた。立っているすべを、灯子は忘れそうになる。親といっしょに燃えて死のうとした子どもの前に、どうやって立てばいいのだろう。

男が運んでいた木箱を明楽がかかえあげ、金属の道具と同様に水路へ落とした。粘《ねば》り気《け》のある水音を立てて、にごった流れがこの親子の荷物を水の中へ引きずりこんだ。

呼吸を引きつらせてうずくまっていた男が、唾液《だえき》の糸を引きながら顔をあげようとする。うめき声が、すじ張ったのどから引きずり出される。痙攣《けいれん》を起こしたかのように全身がわなないていた。

「あとすこしで……子どもをこの世から解放してやれたのに！〈蜘蛛《くも》〉に焼かれろ、神族の手下めが」

明楽がかすかに肩《かた》を上下させながら、背すじを伸《の》ばして男を見おろしている。

「……あたしは、首都づきの火狩《ひか》りじゃない」

低い声が、流れる水面へ落ちていった。

人の声とは思われない慟哭《どうこく》をあげる男とその子どもに背をむけ、明楽は灯子とクンの首根っこをつかむようにして、歩きだした。大きな歩幅《ほはば》で迷いなく進むので、灯子たちはついてゆくのがやっとだ。てまりとかなたが、背後を警戒《けいかい》しながらついてくる。

おびえた少年が、まだじっとこちらを見ているのが、背中に感じられた。木の氏族の使った異能によって突如《とつじょ》すがたを現した灯子たちは、神族がつかわした火狩《ひか》りに見えても仕方がないだろう。明楽が水路へ捨てた道具、あれは火をつけるためのものなのだろうか。だとしたら木箱の中には、工場の建物を破壊《はかい》するほどの大きな火を生む火の種が入っていたのにちがいない。どうしてだろう、もうこんなにたくさん死んでしまったのに、なぜおわらないのだろう。疑問を親子の前に置き去りにして、灯子は必死に自分の呼吸を落ちつかせようと努めた。

(あの人たち、置いてってええんじゃろうか)

明楽を見あげたが、目の底から湧《わ》いてくる暗さが、灯子の視界も問いも、どろどろとにごらせてしまう。

水のにおいが鼻腔《びくう》にねばりつく。足早にその場をはなれ、明楽の選びとった通路わきの扉《とびら》からどこかの工場へ入ると、階段をのぼり、無人の建物を通過して外へ出た。

首都へ、工場地帯へもどってきたのだ。

建物から外へ出ると、まぶしさが灯子の目の底を刺《さ》した。思わずまぶたを押《お》さえる。目が拾った刺激《しげき》が、つめたい頭痛を呼び起こした。クンが、すかさず灯子の手をにぎった。汗《あせ》で湿《しめ》った手の感触《かんしょく》にすがることで、灯子はめまいに耐《た》えた。

目も開けられないほどまぶしく感じられた空は、ぼんやりと西日の名残《なごり》をにじませた曇り空《くもぞら》だった。

「……まずいな」

明楽が歯噛《はが》みしながらつぶやいた。

灯子の目をくらませた灰色の空をせおって、金属の複雑な建造物がそそり立つ。崖《がけ》のむこうの森にいたはずの灯子たちは、崖《がけ》を越《こ》えず、海路も経ずに、しかしたしかに首都へもどってきていた。背後にはかさをまして流れる巨大《きょだい》水路があり、水路のむこうには切り立った斜面《しゃめん》がそびえている。――あの上は、旧道だ。この急な流れの水路は工場地帯と町の境界で、橋を越《こ》えれば、むこうには町がある。

「神宮からかなりはなれてる。……もどれってことか。邪魔者《じゃまもの》は、町に引っこんでろって」

明楽は吐《は》き捨てるように言ってから、視線を落とし、深く息をついた。眉間《みけん》に険しいしわが寄っている。――あるいはあの神族は、火をつける人間に行きあわせ、灯子たちを発火に巻きこもうとしたのかもしれなかった。

灯子の腕《うで》に、クンが体を縮めるようにしてしがみついてきた。クンの小さくやわな手につかまれてはじめて、灯子は自分の体が大きくふるえていることに気づいた。ふるえを止めようとするのに、止めるすべがわからない。

「明楽さん……?」

灯子のたよりない声にはふりむかず、明楽は動かない工場地帯へ視線を走らせる。その横顔が、褪色《たいしょく》して見える。空に蓋《ふた》をする雲のせいだろうか。それとも灯子の目のせいなのかもしれない。まともに空を見ようとすると、糸くずのような線がいくつも、うようよと視界の中に泳いだりはぜたりした。

うつむいて、目をこする。

夜や森や暗い地下通路が、目の異変をどれほどおおい隠《かく》してくれていたことか……いまになってそれに気づいた。かなたもてまりもクンも、灯子が見つめるとまるで泥《どろ》をかぶったようだ。森にいてさえ覇気《はき》を失うことのない明楽すら、灰色のもやでおおってしまう自分の目を、灯子ははじめてくやしく思った。

(どういう意味だったんじゃろう……あの神族さんの言いなさったのは)

明楽が首都へもどった理由。死ぬためにもどったのだろうという言葉を、神族が、いや黒い森の植物たちがささやき、がなりたてた。あれはほんとうだろうか。森の草木にのぞきこまれる感覚にあらためて身ぶるいし、灯子は頭をふるった。いまは、目であろうが手足であろうが、いちいち体のことを気にしてなどいられない。すくなくとも使える、そのことだけが重要だった。

「灯子、願《ねが》い文《ぶみ》を貸して」

明楽の手が伸《の》びてきた。灯子はうなずいて、雷火用《らいかよう》の瓶《びん》に入れた願《ねが》い文《ぶみ》を懐《ふところ》からとり出す。うけとる明楽の包帯だらけの腕《うで》が曇《くも》り空に砕《くだ》ける弱い残照《ざんしょう》にさらされ、痛々しかった。

明楽は、肩《かた》に巻いた布を歯で噛《か》みながら裂《さ》き、瓶《びん》から出した願《ねが》い文《ぶみ》をつつんだ。手早くそれを、てまりの首に結《ゆ》わえつける。森で解放されたばかりだった荷物をふたたびおわされ、てまりは不服そうにひと声鳴いた。クンがかくまうように自分の腹に押《お》しあてて持っている虫たちの瓶《びん》も明楽が布でくるみ、落とさないようクンの胴《どう》に固定して結んだ。

明楽は近くの建物の入り口わきに水道の蛇口《じゃぐち》を見つけると、力強くそれをひねった。白くなって流れ出る水のそばへ、灯子とクンを呼びよせる。灯子もクンも、夢中で水を手にうけ、口へ運んだ。地下通路で飲んだものよりも、ずっと金臭《かなくさ》い。かすかにへどろじみたにおいもするが、のどをすべってゆく味はこたえがたいほど甘《あま》く、おぼれるまで飲んでいたいほどだった。ふるえのやどる灯子の手はうまく水をうけとめられず、クンの小さな手も大差なかったが、それでも一心にかわきを癒《い》やして、顔を洗う。明楽も注ぎ口の下へじかに口を持っていってのどにうけ、そのまま顔や髪《かみ》をごしごしと洗った。てまりが不器用に水を飲むあいだ、かなたはうしろでじっと待っていた。

と、ふいに身を反転させてふりむいたてまりが、あごをふるわせながら高く吠《ほ》えたてた。明楽は水を浴びた髪《かみ》をふるいながら、すばやく顔をむける。灯子はふりむこうとして、どろりと不快な揺《ゆ》れをひたいの奥《おく》に感じ、一度きつくまぶたを閉じなければならなかった。

まるで泥水《どろみず》でも入っているかのような目玉を、それでもあるべき位置へ押《お》しとどめてまぶたをあげたとき、橋の手前に一人ぶんの人影《ひとかげ》があった。灰色の作業着をまとっている。いやに小柄《こがら》だが、どこかの工場の工員だろうか。工場地帯のようすを見に来たのかもしれない――

作業着すがたの小柄《こがら》な人影《ひとかげ》は、こちらに気づいたのか気づかないのか、どこかおぼつかない足どりで歩き去ってゆく。建物の陰《かげ》に、そのすがたが隠《かく》れる。

「――行くよ」

明楽が無視してきびすをかえそうとしたとき、先ほどの人影《ひとかげ》が、思いがけず橋のたもとへもどってきた。今度ははっきりと、その顔がこちらを見ている。そして人のすがたは、一つではなくなっていた。

そろいの作業着をまとった人影《ひとかげ》が三つ。そのうしろに、ひらひらとした少女用の衣服を身につけたたよりない影《かげ》が一つ……工員たちがこちらを指さし、声をあげている。灰色の中にただ一人、浅葱色《あさぎいろ》の衣服を着た少女が、はっと息を呑《の》む音がたしかに聞こえた。

「いた……」

おそるおそるつぶやいてから、こちらへ駆《か》けてくる。長い髪《かみ》をうしろで結《ゆ》わえているために、顔中の傷がいっそうめだつ。浅葱色《あさぎいろ》の衣服をまとった肩《かた》や胸が、呼吸のために小刻みに上下する。首都風の、少女用の衣服からのぞく足が、いかにもたよりなかった。

「火穂《かほ》――？　なんで、こんなとこに」

明楽が眉《まゆ》を大きくゆがめる。声音《こわね》に、わずかの憤《いきどお》りが混じるのがわかる。

（なんで……）

灯子は、夢を見ているのにちがいないと思った。

「火穂ちゃん！」

クンがおどろきとうれしさをこめて火穂にむかって駆《か》けてゆくので、夢であるなら壊《こわ》れなければいいが、と案じた。案じるばかりで、灯子は自分の体を、走ってくる友達のもとまで動かすことができなかった。

「会えないかと思った……よかった、いた……」

声は、動きの静まっている空気に溶《と》けて消え入りそうだ。澄《す》んだ、なつかしい声だった。

町の、海ぎわの家にいたはずの火穂は、夢の中のものとは思われないたしかな足どりでこちらへ近づくと、泣きだしそうに顔をゆがめてクンの頭を抱《だ》き、灯子の手をつかんだ。火穂の手のつめたさが灯子を正気にかえらせた。心臓が、あわてふためいたようにつぎの血をめぐらせる。

「か、火穂……なんで？　なんで、ここにおるん？」

たよりなく問う灯子に、火穂がまっすぐ目をむける。それはあの、真水をたたえたかのような、くっきりと澄《す》んだ目だ。……しかし、灯子がせめてもう一度見たいと願った火穂の目は、顔の輪《りん》郭《かく》ごとぼやけて、うまくとらえることができなかった。灯子の視界のかすれが、火穂の瞳《ひとみ》を無残ににじませてしまう。ふるえまいとすると、灯子の手はよけいにがくがくと暴れた。火穂がその動きを自分に引きうけるように、痙攣《けいれん》する手をつつみこむ。

「けがをした火狩《ひか》りをたすけるって、町からこっちへ来る人たちがいたの。その人たちについてきた」

火穂が、うしろに立っている三人をふりかえる。灰色の作業着をまとった者たちはこちらへすばやく歩みよってきて、灯子たちを──正確には明楽を、親しみと好奇《こうき》の入り混じったまなざしでかこんだ。足もとのてまりが、低く身をかがめてうなる。

「……回収車《かいしゅうしゃ》の乗員？」

明楽が作業着すがたの三人を視線で制しつつ、問いかけた。最初に橋の手前に立っていたのは、明楽よりいくらか年下に見える女、そのとなりに腰《こし》のまがった老人、あとの一人は四十がらみのいかめしい顔をした男だった。極端《きょくたん》に姿勢が前かがみになっているため、老人の作業着の襟《えり》もとから銀の鎖《くさり》と金属片《きんぞくへん》がのぞいていた。照三《しょうぞう》が身につけていたものと同じ、乗員の鑑札《かんさつ》だ。

「工場地帯がえらいことになって、いてもたってもいられませんでな。しかしなにしろ、回収《かいしゅう》車《しゃ》の準備も急のことだったんでなあ。配属された乗員も、わしらみたいな寄せ集めだ。一応全員、試験にはうかっとるがな」

腰《こし》のまがった乗員が、前歯のまばらになった口で笑った。

「照三の生意気野郎《やろう》に呼びつけられたんだ。いまのいままで、首都へもどっていたことも隠《かく》していたくせをして。……大方、話は聞いた。あんたのしようとしていることも」

厳しく眉間《みけん》にしわを刻んだ乗員がそう告げた。老いた乗員は明楽を見あげ、感嘆《かんたん》したように口もとのしわを動かす。

「こんなお方がほんとうに、いやあ、しかし……　薪《まき》さん、なにか着るものをとってきてあげなさい。これじゃあ寒いし気の毒な」

薪《まき》と呼ばれた小柄《こがら》な女が、黙《だま》ってこくりとうなずき、また走り去っていった。きついくせのある結《ゆ》わえた髪《かみ》がはずんで、うしろすがたがどこか紅緒《べにお》に似て見えた。

「薪《まき》さんは、口がきけんのです。ほんとうに、危《あや》ういところで試験にこぼれずにすんだ寄せ集め者ばかり、車につめこまれてゆくはずだったが、乗りそこなった」

うたうように話しながら、老人はしわだらけの笑顔を明楽にむけた。

「トンネルが崩《くず》れて、回収車《かいしゅうしゃ》は出発できません。車を見に行くには、工場地帯はまだ危険だ……」

明楽が声音《こわね》を厳しくする。火穂がクンを抱《だ》きよせ、ずっと灯子の手をにぎっている。火穂に会えたのをやはりほんとうのこととは思えず、灯子の意識はたよりなくかしぎつづけていた。眉間《みけん》のしわをますます深めて、いらだたしげに咳《せき》ばらいをする乗員を手で制し、老人が穏和《おんわ》なそぶりで首をふった。

「知っとりますよ。血の気の多い連中が、まっ先に格納庫を見に行った。車は、なんとか修理すりゃあ動かせそうだ。村のために急いで動かすようにということだったが、まず道をどうにかせにゃあな。……そんなわけで、わしらは、いま仕事がない。それで、けが人だけでも町へ運ぼうと、乗りそこないの乗員一同、働いておったのです。この火穂さんは、海ぎわの家にとどまれと言うのを、どうしても聞きわけずに来てしまった。自分にも、けが人の手当てを手伝わせろと、そりゃもうものすごい剣幕《けんまく》だった」

年老いた乗員に顔をむけられても、火穂はなにもこたえなかった。

いかめしい顔の乗員が、太い腕《うで》を組んだ。

「出動中の二台が、どっちも森の中でだめになったそうだな。いま待機中の車だけでは、半年ごとに村をまわるのは厳しい。なんとかせんと」

「話したんですね、あいつ……」

明楽の問いに、乗員二人は同時にうなずいた。明楽の眉《まゆ》がつらそうに寄せられるのを見て、灯子は思わず火穂の肩《かた》に顔を押《お》しあてた。火穂の肩《かた》からは、消毒液のにおいがする。

「照三さんが、明楽さんに会ったら伝えろって。――〝ばか女〟」

火穂が、まなざしをまっすぐにむけて明楽に言いはなった。灯子はびっくりして、火穂の横顔を見やる。……灯子の目の中で、火穂はざらざらとした泥《どろ》をかぶってでもいるようだった。

「……はあ？」

口を開き、気色ばみかけて、明楽は食いしばった歯の奥《おく》へ出かかった言葉を押《お》しとどめた。くちびるをゆがめてわななくそのおもざしが、一気に幼くなる。その表情を、火穂の瞳《ひとみ》がひたとうけとめつづけている。

「死ぬ覚悟《かくご》があるんなら、火狩《ひか》りの王が生まれたあとも、ちゃんと生きて責任をとれ。そう言ってた。町に、〈蜘蛛《くも》〉の言うとおりにすれば人間は救われるんだって、強く信じてる人がたくさんいるの。なにが起きてるのかわからないから、みんなだんだん同じことを信じはじめて。――だけど町に火をつけられるとこまるから、『赤い髪《かみ》の火狩《ひか》りが新しい王になる』って、乗員さんたちにたのんでうわさを流してある。みんな、なにか信じられるものがほしいんだって」

明楽が目をみはる。火穂の小さな声の余韻《よいん》が、機械たちの黙《だま》りこむ工場地帯の空気に、くっきりと残っていた。

「そんなこと、勝手に」

「勝手に火狩《ひか》りの王を生むんだって、願《ねが》い文《ぶみ》を書いたのは明楽さんでしょう」

火穂が、顔をゆがめる明楽を目の底へ呑《の》みこむように見つめた。

「あいつは、あんたなら大丈夫《だいじょうぶ》だと言っていたぞ。おれはあそこの親父《おやじ》さんに、工員見習いだったころから世話になってる。照三のことも昔から知ってるんだ。ろくでもないガキではあったが、あいつが言うならほんとうだろう」

腕組《うでぐ》みを解かないまま、乗員は明楽の連れている灯子やクン、犬たちに視線をよこす。

「……火狩《ひか》りは？　首都の火狩《ひか》りは、どれくらい残ってる？」

明楽が、必死に声をふりしぼっている。明楽のそんな声を聞くのは、はじめてだった。年老いた老人の口もとから、いつしか笑《え》みが消されていた。かわりにやんわりと口をすぼめるしぐさは、まるで舌の上に苦い飴玉《あめだま》をふくめているかのようだ。

「負傷して町へ運んだのが、三十人たらず。工場地帯に残っているのは、まだ動ける者と死んだ者だけです。……神族からの命令がないから動かなかったのか、町に残ったままの火狩《ひか》りもかなりいるようだ。こちらでは、死者のほうが多いなあ。生きておって、工場地帯に残った火狩《ひか》りは、わしらの知るかぎりでは五人ぽっちだ」

その数のすくなさに、灯子は愕然《がくぜん》とした。星を狩《か》り、火狩《ひか》りの王になろうとする者が、それだけしか残らなかった――いや、その少数の中にさえ、〈揺《ゆ》る火《ほ》〉を狩《か》ろうと決意している者が、いったいどれだけいるか。

(湾《わん》で死んどりなさった、流れの火狩《ひか》りさまの中になら……明楽さんと同じことを考えて、力をあわす人が、もっとおったのかもしらん)

しかし、黒い森に現れた神族は、木々や草葉の口を借りてたしかにこう言っていた……お前は、火狩《ひか》りも人間も信用していないだろうと、明楽に対して。もしあれがほんとうならば、流れの火《ひ》狩《か》りの中にも、明楽が真実心を許せる者は、いなかったことになる。

（いや、ちがう……）

灯子はかぶりをふった。神族は灯子たちを、だれよりも明楽を混乱させるために、あんな言葉を響《ひび》かせたのだ。そうにちがいない。……それに、〈揺《ゆ》る火《ほ》〉を、あの天の子どもの首を狩《か》りとる者がほんとうに新たな王であるのか、灯子はもう、確信を持てなくなっている。

「灯子」

暗くさまよい出しそうになった意識を、火穂の声が呼びもどした。ふりむいた先に火穂がいることが、灯子にはまだ夢としか思われない。まるでまどろみの中にだけ現れる、幸せな夢だ。

「これは、灯子にあげる」

火穂が、肩《かた》からななめに結《ゆ》わえていたつつみをほどく。布にくるまれていたのは、わらじだった。火穂のしぐさや声に、灯子は気の遠くなる心地がした。自分たちはいったいどれほどの長い時間、神宮をめざしてさまよいつづけているのだろう。

「ほんとうは新しいのを作りたかったんだけど、材料もないし、時間もなかった。明楽さんのぶんも、作れなかった」

火穂が手にしているわらじは、ガラス作りの村で宿の女主人からもらったものだ。あの村を出たあとは明楽の荷車に乗って湾《わん》までむかったし、首都へたどり着いてからも火穂は照三のそばを一歩もはなれておらず、わらじはどこもすり切れもゆがみもしていなかった。

「座《すわ》って」

火穂はすばやくそう言い、灯子をその場にかがませると、汚《よご》れたわらじを脱《ぬ》がせ、新しいものをはかせた。

「これ、食べ物。おばさんが持たせてくれた。クン、一人で全部食べちゃだめだよ。灯子と明楽さんと、いっしょに食べなさいよ」

クンにまるいものの入ったつつみを持たせる火穂に、明楽が眉《まゆ》をつりあげた。

「ちょっと。火穂、あんた、灯子とクンを連れて帰りに来たんじゃないの？」

火穂は澄《す》みとおった目をまっすぐに火狩《ひか》りにむける。その横顔に、じわじわと夜が影《かげ》をにじませはじめていた。

「ここへ置いていっても、灯子たちは明楽さんを追いかけるもの。あたしじゃ止められない。この乗員さんたちが力ずくで止めようとしたら、そしたらクンが、虫を使って抵抗《ていこう》するでしょ？」

「火穂、あんた、なに言ってるかわかってんの」

叱《しか》りつける明楽にも、火穂の表情は揺《ゆ》るがなかった。

「もしいま置いていくなら、あたし、灯子たちといっしょについていくから。足手まといが、またふえるよ」

そう告げながら、迷いのない目で明楽のまなざしをすくいあげる。乗員たちは肩《かた》をすくめ、それぞれに仕方がないといった調子の息をもらした。

「首都は、ひどいところだ」

年老いた老人が、ふたたび目じりや頬《ほお》にしわをならべて、ひそやかに頬笑《ほおえ》んだ。

「わしは、妻も子どもたちも工場毒で亡《な》くしました。あそこなら、たいした重労働もなかろうと行かせた染料《せんりょう》工場で、家族みんなを死なせました。こっちは整備工場で年じゅう機械油にまみれて、家族中でいちばんの重労働と思っていた自分だけが生き残った。友人たちも、みなひどい死に方でした。せめて人が、人らしく生きて死ぬ場所であってほしいと思いながら、この年になって首都から逃《に》げるようにして乗員試験をうけた。……たのみます。あんたのような若い人にこんなことをたのむのは無責任のようだが、それでも。このとおり」

話すうちにその笑《え》みがしだいにはっきりしてゆき、年老いた老人はにこにこと破顔しながら明楽にむかって頭をさげた。明楽が、目をみはっている。

「……顔を、あげてください」

歯を食いしばってそう言い、明楽はだしぬけに、その場にひざをついて崩《くず》れた。路面に手をつき、這《は》いつくばるようにうなだれる。ぬれた赤毛が、重たげに垂れた。

「すみません。あたしに期待してもらってもこまる。約束できるのは、神宮に、火狩《ひか》りの王を生むための願《ねが》い文《ぶみ》をとどけるということだけ。これだけは、命にかえてもやりとげる。だけど……」

明楽が這《は》いつくばったまま言葉を消え入らせるのと同時に、薪《まき》という名の乗員が、まるめた布を持ってもどってきた。走りとおしてきたらしく、息があがっている。明楽のようすと、仲間の乗員たちをかわるがわる見やりながら、小柄《こがら》な乗員はひざをつき、持ってきたものをおずおずと明楽にさし出した。

同じくらいに遠慮《えんりょ》がちな手つきで、顔をあげた明楽がそれをうけとる。

「……ありがとう」

狩《か》り装束《しょうぞく》の上衣《うわぎぬ》は、けが人の着ていたものなのか、破れて血のあとがついている。口がきけないのだという小柄《こがら》な乗員が、明楽をじっと見つめながらなにやら手でしぐさをした。汚《よご》れているが、これしか見つからなかったのだ、と言っているかのようだった。

明楽はそれをまとい、力をこめて帯をしめた。

「……灯子、クン」

火穂が、名を呼びながらそれぞれの頭をかかえこむように、ひたいを寄せる。火穂の手が心もとなくふるえていた。火穂とひたいをくっつけあう灯子を、かなたがゆっくりと尾《お》をふりながら見あげている。その耳のつけ根を、火穂の手がなでた。

「ちゃんと、帰ってきてね。死なないでね？　かなたも」

「うん……うん。火穂」

〈揺《ゆ》る火《ほ》〉を狩《か》ることなど、はたしてできるのだろうか？　ほんとうに、火狩《ひか》りの王は生まれるのだろうか？　火穂の暮らしてゆくことになる首都は、これ以上危険な場所にならずにすむのだろうか……どの不安も、口にすることはできなかった。

「神宮へののぼり口は、残ってますか？」

明楽のまなざしが、もとの鋭《するど》さをとりもどしつつある。問われた乗員は、ひげの剃《そ》りあとがめだつあごをさすった。

「火狩《ひか》りや経営者が神宮へ行くときに使うのぼり口は、崩落《ほうらく》に巻きこまれて使えそうもなかった。崖《がけ》ぎわで、ばかでかい木々人《きぎびと》があのへん一帯掘《ほ》りかえしてる。神宮までのぼれるようにするんだと言っていたぞ」

クヌギだ。――クヌギとヤナギは、キリと緋名子《ひなこ》を見つけてくれただろうか。腕組《うでぐ》みを解いて、乗員が明楽に、カラカラと音のする筒状《つつじょう》の入れ物を投げてよこした。

「痛み止めだ。役に立つかは知らんが、もう手もとに残った薬はこれだけだ。——地下通路や建物の中に、まだ火をつける者がいるかもしれん。おれたちも、遺体の搬出《はんしゅつ》がおわったらむかうよ」

明楽が、乗員たちにもう一度深く頭をさげ、なにも言わずにきびすをかえす。足早に歩きだす明楽を、灯子はためらわずに追った。かなたとクンも当然のようについてくる。

灯子はクンの手をにぎりながら、火穂の顔を目に焼きつけようとした。……うまく見えない。視界が暗くぼやけるのにくわえて、勢いよく湧《わ》く涙《なみだ》が火穂の顔をにじませてしまった。

火穂は口を引き結んで、じっとこちらへ視線をそそいでいる。まなざしに祈《いの》りをこめようとしているのがわかった。

（帰るから、きっと……火穂のとこへ、ちゃんと帰ってくる）

火穂の友達になる。自分がそう言ったのだ。そして火穂は、ここで生きてゆくと決めたのだ。

明楽の赤い髪《かみ》が空になびく。すでに夜をにじませはじめている空に、それは消えかかる狼煙《のろし》のように揺《ゆ》らいだ。

火穂にもっとかけるべき言葉があったような気がしたが、どれも灯子の背中から形を失ってこぼれていった。その背中を火穂にむけて、灯子はクンの手を引いて歩いた。うつむき、すっかり汚《よご》れたそでで目もとをぬぐう。

空はいまだに雲に蓋《ふた》をされていて、顔をあげても星など見えなかった。——いまも星の高さにいられたら、雲の下のようすまでは見ないですんだろうに、〈揺《ゆ》る火《ほ》〉は雲のこちら側にいるのだ。

「……明楽さん」

たよりなく呼びかける灯子を、明楽はふりむかなかった。

「黙《だま》って歩け。急ぐよ」

破壊《はかい》されていない建物の敷地《しきち》の中をぬけ、止まらずに進む。かなたが背後のものから守るように、灯子とクンのうしろについていた。

明楽の頬《ほお》が泣いてぬれているように思えたが、暗さのためにはっきりとたしかめることはできなかった。


橋のたもとから町へもどらず、ふたたび神宮へむかって進みはじめた瞬間《しゅんかん》から、しのびやほかの神族に襲《おそ》われるのではないかと身がまえていた。が、それらしい気配はなく、かなたもてまりも、危険を察知するようすはなかった。

火穂からわたされたつつみに入っていたのはにぎり飯で、結局、歩きながらそれをほおばっているのはクンだけだ。明楽ははじめから手にとろうとしなかったし、灯子も、いま食べるともどしてしまいそうだった。ひややかな空腹が腹の中に貼《は》りつき、それが体を前へ前へとせき立てていた。

明楽はめだつことを避《さ》けているのか、建物にはさまれた細い通路を選んで歩く。入り組んだ工場地帯のどこかに、〈蜘蛛《くも》〉はいるだろうか。水路から襲《おそ》ってきた、体を作り変えられた人々は。……あるいは、〈蜘蛛《くも》〉に救われようとして、人体発火をかえりみずに火をはなつ人間は。

「灯子、具合がおかしいんだろ。平気なの？」

歩きつづけながら、明楽が問うた。あたりがどんどん暗くなる。時間の感覚が、灯子の中で意味をなさなくなっている。

返事をしない灯子にそれ以上は言葉をかけずに、明楽は指についた米粒《こめつぶ》をなめとっているクンに横顔をふりむけた。

「クン、虫は調達した？」

「したよ。森にはいっぱいいたもの」

明楽が言っているのは、発火を無効にする特別な虫ではなく、クンが異能で使役《しえき》する虫たちのことだ。にぎり飯をたいらげても空腹が癒《い》えずに、クンは自分の指を順番にしゃぶっている。

「そうか。じゃあ、なにかあったときには、灯子はクンといっしょにいるんだよ。——正直、守りきれるかわからない」

入り組んだ建物が、じわじわと夜にひたりはじめる。前をむいた明楽の揺《ゆ》れる髪《かみ》が、暗さにまぎれてもうよく見えなかった。

「弱いな、あたしは。ほんとは力ずくでも、あんたたちをすこしでも安全な場所へ置いていかなきゃだめなのに」

暗くなってゆくのが、怖《こわ》かった。夜がおおいかぶさってきて、なにもかもを押《お》しつぶしてしまうようだ。

「明楽さん、あの……森で、神族のまわりの草やら木から、声が聞こえましたよね？　あれは、どういう意味ですか？　ほんとなん、明楽さんが、信用しとらんって、その……」

犬たちの爪《つめ》が、路面にあたって小さな音を刻みつづけている。

「……ほんとうかもしれないな」

明楽が返事をするのと同時に、てまりがくしゃみでもするように、フン、と大きく鼻を鳴らした。沈《しず》みかけた声を持ち直すため、明楽が顔を上むけたのがわかった。

「人間よりも、炎魔《えんま》のほうが信用できる。だって、そうでしょ。火を使えないあたしたちは、炎《えん》魔《ま》たちの恵《めぐ》みがなければ、生きられないんだ」

クンがなめとりそこねた米粒《こめつぶ》を、となりを歩きながらかなたが舌でもらいうける。クンはかなたのほうをむいて、反対の手もさし出した。

「炎魔《えんま》は人間のように、あれこれずるいことは考えないよ。すくなくとも、人間にむかってくるときの炎魔《えんま》には、命のやりとりしかない。あたしは……火穂に伝言されたとおりにばかだから、わかりやすくないと信用できないんだ」

ひとしきりクンの手をなめまわしたかなたが、前を行く狩人《かりゅうど》の思いをなめとろうとするかのように、くりかえし舌で自分の鼻を湿《しめ》している。

「あの」

呼びかけたが、なにを言おうとしているのか、灯子はあっさり言葉を見失う。重圧をはねかえすような明楽の声からは、ほんとうの言葉を隠《かく》している響《ひび》きが感じとれた。けれどもそれは気のせいなのかもしれず、灯子にはそれをどうたずねればいいのか、そもそも訊《き》くべきなのかさえも、わからなかった。

前を行く明楽の足どりは、決然としている。それを追いながら、クンがつないでいる手に力をこめた。ぎゅう、と加減をせずににぎってくる手の力の弱さに打ちひしがれながら、灯子は火穂のくれたわらじを無駄《むだ》にすりへらさないよう、ちゃんと足をあげて前へ踏《ふ》み出した。

ふいにてまりが、歩く明楽の足のそばへ飛びすさった。

どこかから、犬の声がする。

人の気配の失《う》せた工場地帯に、犬たちの息づかいが聞こえていた。まだこちらに残っている火《ひ》狩《か》りたちの狩《か》り犬《いぬ》だろうか……明楽と同じ目的を持つだれかが、近くにいるのだろうか。

しかし、それをたしかめることなく明楽は建物にはさまれたせまい路地を歩いてゆく。一度もふりむかないその背中が寒そうだった。

夜がおおいかぶさってくるのといっしょに、灯子は腹の底からつめたいあぶくが立ちのぼるのを感じていた。後悔《こうかい》とも恐怖《きょうふ》ともなにかの予感ともつかないそのつめたさは、あっというまに頭《ず》蓋《がい》までのぼり、ただでさえ焦点《しょうてん》のさだまらない視界を暗くにじませた。

（〈揺《ゆ》る火《ほ》〉は、どこにおるんじゃろう。いま、どうなっとるんじゃろう……）

無事に願《ねが》い文《ぶみ》をとどけたとして、それに応じてくれるのだろうか。三つある願《ねが》い文《ぶみ》のどれか。炉《ろ》六《ろく》という名の火狩《ひか》りか煌四が、すでにそれをとどけているかもしれない。

火穂は、もう町へもどっただろうか。でたらめな間取りの、海に近い家へ帰っただろうか。

(きれいじゃったなあ。首都の服を着ても、火穂はきれいなあ)

よく似合うと、言いそびれてしまった。死《し》に装束《しょうぞく》めいた花嫁《はなよめ》衣裳《いしょう》なんかよりも、ひらひらとたよりない首都風の衣服のほうが、火穂にはずっと似合っている。これから火穂は、ああいういでたちをして生きてゆくのだ。ここで。

かなたが幾度《いくど》か、歩く灯子の手の甲《こう》に頬《ほお》や耳をすりつけた。かたくしなる犬の毛がふれるたび、灯子はさまよい出しそうになる意識をつなぎとめた。

前の晩には機能していた照空灯《しょうくうとう》はともらず、そこかしこの安全灯の赤い光だけが暗闇《くらやみ》の奥《おく》にぎらついている。血の色をしたその小さな照明は、これから起こることをまばたきせずに待ちかまえている目のようだった。

明楽はわき目もふらずに歩きつづける。灯子は、自分やクンがほんとうの歳《とし》よりもどんどん幼くなってゆく心地がした。こんなにちっぽけで力も持たず、無防備な者が、あの人についていってなにをしようとしているのかと、何度も同じ問いが頭をかすめた。実際に明楽の足どりは、灯子たちをふりきろうとしているかのようだ。邪魔《じゃま》になるくらいならここで足を止めたほうがいい。幾度《いくど》もそう思うのに、「置いていかないで」と言ったクンの声がはっきりと耳によみがえり、灯子は足を速めて明楽に追いすがった。

赤い髪《かみ》がふいに揺《ゆ》れを止めたのは、大きな工場のわき道をあとわずかでぬけきるというときだった。明楽の気配が変わり、かなたが背中の毛をぴりっと逆立てる。犬はすみやかに、火狩《ひか》りのとなりへ歩み出た。

明楽の腕《うで》が、うしろ手に灯子たちをかばおうとする。

——ひた、と。

足音とも呼べないかすかな音だけを連れて、なにかの影《かげ》が前方におり立った。まともに働かない灯子の目の錯覚《さっかく》でなければ、その影《かげ》は工場の壁《かべ》を伝いおりてきた。人の形をして、破れた衣服を引きずっている。

身を低くした獣《けもの》じみた姿勢で、立ちふさがる。つややかな髪《かみ》と、こちらを恨《うら》めしげににらむ黒々とした目には見おぼえがあった。

「……やっぱりお前たちが」

影《かげ》が口をきき、かなたが牙《きば》をのぞかせてうなる。

「その犬。——その犬が悪いことをみんな引きつれてきたのよ。だから、獣《けもの》はいやだったのに」

うめくようにそう言って、綺羅《きら》をとりかえそうとして崖《がけ》から落ちたその人は、路地の先に立ちはだかった。

五　虚空《こくう》の娘《むすめ》

「……しかし、みごとにめちゃくちゃですね」

ぜえぜえと息を荒《あら》げながら、火十《ひとお》先生がぼやいた。軽い口調にしようと努めているのがわかるが、うまくいっているとは言えなかった。

「これじゃあ事態が収束しても、もとの状態にもどすのは一筋縄《ひとすじなわ》ではいかないねぇ」

二人で両側からキリを支え、緋名子《ひなこ》はすこし距離《きょり》を置いてその前を進んでゆく。工場地帯のこのあたりは、ほぼ壊滅《かいめつ》状態だった。地下通路から侵入《しんにゅう》した〈蜘蛛《くも》〉と、それを手引きした人間がしこんでいた火薬が、工場を見たこともない形にゆがめ、路面を瓦礫《がれき》と破片《はへん》だらけにしていた。

回収車《かいしゅうしゃ》の乗員たちは、こんな場所へ踏《ふ》み入《い》って、けが人や死者を探し出したのだろうか。

「町で、不思議なうわさが流れているよ。赤い髪《かみ》をした火狩《ひか》りが、人々を救う火狩《ひか》りの王というのになるんだって」

「え……？」

火十先生が弱々しく笑ったが、うなだれるキリの頭に隠《かく》れて、その顔は見えなかった。まったくでたらめな破壊《はかい》のあとが、足もとにも頭上にも散乱し、正気を削《けず》りとってゆく。首に石板をさげた学院の教師は、思い出したようにしゃべることで、なんとかそれにあらがおうとしているのかもしれなかった。

「赤い髪《かみ》の火狩《ひか》りだなんて、昔ぼくが書庫へ忍《しの》びこませてあげた人のことみたいでしょ。その後、彼のすがたは見ていないんだけど。──町のほうでは、空気がピリピリしてるんです。まあ当然だね、なにも知らずに突然《とつぜん》こんなことがはじまって、だれもがおどろいて、混乱していますよ。そこへ、〈蜘蛛《くも》〉が人間に火をとりもどしてくれるなんて、声高《こわだか》に言う人たちがいるもんだから。なにを信じていいかわからなくなると、人は暴走します。火狩《ひか》りのなんとかというのは、それを鎮《しず》めるのが目的の、作り話なのかもしれないね。だれが流したのだか、わからないけれど」

もともと肺が弱いはずの教師は、のどの奥《おく》に異物を引きずるような音を混じらせている。工場地帯の空気は汚《よご》れ、煤《すす》や埃《ほこり》が無数に舞《ま》って、呼吸がかなり苦しいのではないだろうか。

「……赤い髪《かみ》の火狩《ひか》りを、知ってます」

煌四《こうし》のたよりないつぶやきに、火十先生の歩みが鈍《にぶ》った。

「知ってるの?」

ほとんど力を失っているキリの体がかしがないよう、煌四も一旦《いったん》足並みをあわせた。緋名子が、こちらをふりかえる。

(もう働く必要はないと言われたんだ。もう、これまでのことを秘密にしておく必要もない)

キリの、切り落とした前腕《ぜんわん》の枝のあとが、ごつごつとてのひらに食いこむ。

増水しているらしい水路の水音が、まるで緋名子を呼んでいるようだった。

「先生。教えていただいた中央書庫の第三階層で——本を見つけたんです。炎魔《えんま》の毛で綴《と》じられた、手製の本でした。先生が以前、こっそり中へ入れたという火狩《ひか》りが隠《かく》した本です。その火狩《ひか》りの血縁者《けつえんしゃ》だという人が、いま、首都にいて……」

教師は、歩きながらとぎれとぎれになる煌四の話を、ひどく神妙《しんみょう》なようすで聞いていた。見つけた本に書かれていたことを、熾火家《おきびけ》でしてきたことを、そしていま首都で起きていることを、すべて話しおえるまで、一度も口をさしはさむことはなかった。

ときおり壊《こわ》れた建物のむこうから、犬の声がした。犬たちが、町に運ばれた火狩《ひか》りのもとへ行かずにとどまっているのは、ほんとうにこちらが安全だと思っているせいなのだろうか?

「……なんというか」

言いさしてためらうように、火十先生はいがらっぽい咳《せき》をした。

「自分の無力さが、情けなくなりました」

息を地べたへこぼすようなその声が、聞くこちらの肺の深くへ食いこむのを、煌四は感じた。自分たちが踏《ふ》む破片《はへん》の割れる音が、低くすりよってくる夜の気配を濃《こ》くしてゆく気がした。

足音を立てずに前を行く緋名子が、煤《すす》けた風景から浮《う》かびあがって見える。細い腕《うで》にかかえた鎌《かま》の金色が、現実ばなれしてあざやかだった。

カタカタと、教師の首からぶらさがった石板がかわいた音を立てる。

「すみません。こまったときはたよれと、先生から何度も言ってもらっていたのに。……自分でやれると思いこんで、〈蜘蛛《くも》〉を大勢」

だしぬけに火十先生が大きな咳《せき》の発作《ほっさ》に襲《おそ》われだし、煌四はあわててキリの体を引きうけた。緋名子がすばやくキリの腕《うで》をつかみ、入れかわりに煌四は、背中をまるめ、痩《や》せた首すじをこわばらせて咳《せ》きこむ教師がその場に崩《くず》れないよう、体を支えようとした。

「……ああ、ごめんごめん。大丈夫《だいじょうぶ》です。やっぱりこちらは空気が悪いね」

もう一度はげしく咳《せき》をして、火十先生は呼吸を整えた。

「先生、町にもどったほうが――」

「いいえ、ぼくのはまだまだ、のど風邪《かぜ》みたいなもんです。彼女《かのじょ》のほうが状態が悪い。行きましょう」

そうしてふたたび、キリを担《かつ》ごうとする。とまどった顔の緋名子にうなずいてみせ、煌四もそれにならった。

「雷火《らいか》だよね。きみがとっくみあっていたのは。大きいよ、あれは。大きな火はね、どう使うか、しつこくしつこく考えないと。いかずちを作る方法を、きみは考えた。そこで止まっちゃだめですよ。もっともっと、しつこく考えるんだ。必要なら、今度こそ、いくらでも知恵《ちえ》を貸します」

歩きながらそう言う教師の声は、まだのどの奥《おく》に細かな異物を引きずって、苦しそうだった。

海の底で吐《は》き出された夜が、背後から追ってくる。

神宮の下へむかって工場地帯を進むにつれ、周囲には異様な空気がよどみだした。機械の稼働音《かどうおん》とはちがう変則的な物音が、崖《がけ》のほうから地を這《は》って響《ひび》いてくる。もうすぐ建物のとぎれる前方で、なにかが動いている。

胃の腑《ふ》が引きつれた。行く手が暗く見える。先を歩く緋名子が暗がりに呑《の》みこまれそうな気がして、呼び止めようとしたが声が出なかった。

「……いま、人の声が」

ふいにか細くささやいたのがキリだったので、煌四たちは足を止めた。乱れた髪《かみ》におおわれた顔を、キリは横手の建物へむけようとしている。

「人の声がした。だれかいる。……たぶん、けが人」

煌四には聞こえなかった。が、前方でくりかえされる重低音を無視して耳をすませると、工場の鉄塔《てっとう》にからみつくようにして、犬の吠《ほ》えるのが聞きとれた。

「見てきましょう」

胸の深いところから咳《せき》をしぼり出すと、火十先生がキリの腕《うで》を注意しながらはなし、ずり落ちかけた眼鏡を直した。

「危険なところへは、行かないでくださいよ」

煌四たちにそう言い残す声が、よどんだ空気の中にかすれて消えた。自分の言葉が煌四たちの行動を制限することを、教師自身があてにしていないのがわかった。

猫背《ねこぜ》のうしろすがたが建物のむこうへ見えなくなるのを待って、キリがひざに力をこめた。唐突《とうとつ》だったので、煌四はよろけそうになる。それにいらだったキリが、舌打ちをもらそうとしたのだろうが、しゃくりあげるような音がのどを伝うだけだった。それでも体を自力で支えつつあるのは、生き木《いぎ》に近づいてきたためなのかもしれなかった。

「……はなせ、モグラ。ここからは、一人で行く」

キリの言葉に、緋名子が目をしばたたいた。

「あのおっさん、死んだらこまるんだろ。あっちにクヌギたちがいる。あとは自分で歩ける」

「だましたんですか?」

「ばか。だれかいたのはほんとうだ」

けがをしている灰色の足はひどく痛むらしく、ひざがふるえている。片側から支える煌四に、かなりの体重をかけたままだ。仲間の木々人《きぎびと》たちのすがたはまだ見えず、崖《がけ》の付近には神族たちもいるかもしれなかった。

「一人じゃ、危ないです。いっしょに行く」

煌四はキリの手首をつかんでいる手に、力をこめなおした。

「うるさいなあ。ほんとにお前、いらいらする」

火十先生がもどるのを待たずに進みはじめた煌四に、キリは引きずられるようについてきた。腕《うで》をはなして歩きだすだけの力は、やはり残っていないのだ。緋名子がそれを見とどけて、ふたたび前をむく。鎌《かま》を持った妹は、小さな狩《か》り犬《いぬ》に見えた。

崖《がけ》へ近づくにつれ、経験したことのない臭気《しゅうき》が空気を重くしていった。排煙《はいえん》とも汚水《おすい》とも黒い森のそれともちがう、不吉《ふきつ》なにおいが漂《ただよ》ってくる。自然と息がつまるのを、どうすることもできなかった。

「なんだよ……全部が自分のせいみたいな顔しやがって。お前なんか、流されて巻きこまれた、ただの、ガキじゃないか。思いあがるなよ、モグラのくせして」

キリの声の根が、危なっかしくぐらついている。その揺《ゆ》れに自分までおぼれないよう、煌四はじっと前方に意識をむけた。もうすぐ建物がとぎれる。雷火《らいか》による破壊《はかい》のあとが、工場の建造物をゆがませている。あのむこうに、煌四が引き起こしたできごとの結果が、まだ散乱しているはずだ。

緋名子を呼び、うしろにまわらせた。見せてはならない。しかし、もう置いてゆく勇気もなかった。

影《かげ》が見える。巨樹《きょじゅ》と人とが融合《ゆうごう》したすがたが、崖《がけ》の手前に、ただならぬ大きさの体をさらしている。思わず立ち止まっていた。かなたを連れた灯子《とうこ》とおりていった地下居住区で目にした、巨《きょ》人化《じんか》した木々人《きぎびと》が、そこにいた。その体を形作っているのが血や肉なのか、植物なのか、ここからでは見わけがつかなかった。いくつものくぼみがあり、複雑なおうとつがあり、木々人《きぎびと》の体には、深い影《かげ》が棲《す》みついていた。ただ、暗さの中でもキリと同じ色をした目があざやかに光り、二対《つい》四本ある腕《うで》が、きしみながら動きつづけている。

煌四の衣服をつかむ手があった。緋名子だ。顔を前へむけたまま、緋名子が以前はよくそうしたように、煌四のズボンをつかんでいた。緋名子の目がおそれをこめて見つめているのは、クヌギではなかった。煌四が地下通路から黒い森へ迷いこんでいるあいだに、緋名子はあの巨大《きょだい》な木々人《きぎびと》とはもう会っているのだ。

妹が見つめているのは、クヌギのその手もとだった。変則的な低い音の源。

「クヌギ……」

キリが煌四よりも前によろめき出る。仲間の声など聞こえていないようすで、クヌギは太い腕《うで》を動かしつづけている。

工場の機械とひとしく無機質に、木々人《きぎびと》の手が土を掘《ほ》り起こす。あたり一帯に折りかさなる〈蜘蛛《くも》〉の死体を、掘《ほ》り起こした土の中へ無造作に投げ入れてゆくのだった。充分《じゅうぶん》な深さの墓穴《はかあな》ではなく、あれでは強い雨が降れば骸《むくろ》がむき出しになってしまう。それを補おうというのか、クヌギは〈蜘蛛《くも》〉たちの骸《むくろ》を手でこねまわすように、大量の発酵《はっこう》よけの薬剤《やくざい》をなすりつけていた。巨人化《きょじんか》した木々人《きぎびと》の手に押《お》されて、もう死んだ体の骨がきしみをあげる。

煌四は反射的に吐《は》きそうになるのを、緋名子の頭を抱《だ》きよせることで危《あや》うくこらえた。緋名子は決して鎌《かま》の刃先《はさき》があたらないよう、ひしと身を寄せてきた。

キリは歯を食いしばると、煌四の肩《かた》にまわしてあった腕《うで》を引きぬいて、崩《くず》れるように進み出た。歩けずにひざをつく。這《は》いずっていったその先、地面の上に、もう一人の仲間がいた。長い首を持つヤナギだ。だが謎《なぞ》めいた笑《え》みを浮《う》かべていたヤナギの顔は、崩《くず》れた路面にうつぶせになっている。

ヤナギは長い首を、打ちやられた帯のように、めくれた舗装《ほそう》の上に投げ出していた。首のつけ根が、一本のかしいだ木を支えている。生《い》き木《ぎ》だ。木々人《きぎびと》たちの生命のよりどころとなる緑の木は、人の腰《こし》ほどの高さもない。土から根をぬかれ、いまにもたおれようとかしいだその木を、ヤナギの体がかかえこんでいた。長い首とは裏腹に、その体は無理に縮められて見える、ひとにぎりの肉塊《にくかい》だった。こぶにおおわれた球状の体の、おそらく腹にあたる部分から植物の根そのものにしか見えない無数の器官が伸《の》び、生《い》き木《ぎ》の根にからみつき、すでについえた力で抱《だ》きこんでいた。

ヤナギに顔を寄せてから、キリが、手を動かしつづけるクヌギをふりあおいだ。

「クヌギ、やめろ――やめろ、なにをしてるっ！」

キリがわめくが、その響《ひび》きはきっと、虫の羽音程度にしか、クヌギにはとどいていないのではないかと思われた。

クヌギにむかって這《は》いずってゆこうとしたキリは、ふと糸が切れたようにこうべを垂れ、ひくっと痙攣《けいれん》じみた息をついた。

ざらざらと、土と舗装《ほそう》のかけらの混じりあったものを、クヌギの手がひしめく死体の上にばらまく。かぶせられる土の重さが、死者たちを押《お》しつぶしてゆく。

「……やめろよ」

キリが顔をあげ、仲間にむかって慟哭《どうこく》した。

「あたしたちは、化け物じゃない！　まともな人間じゃなくなったけど、それでも、化け物にはなりさがってない。……こんなことをしたら、ほんとうに……」

キリがうなだれ、身をふるわせて嗚咽《おえつ》をもらすのも、クヌギの目には入らず、聞こえていないようだった。緋名子が煌四からはなれてキリのそばへ行こうとし、けれどもその背中にふれるのをおそれたように、踏《ふ》みとどまる。

煌四はヤナギの顔の前へまわって、頭部を支え起こそうとした。手が止まり、ひえきったしびれが胸のあたりから全身へひろがった。

そのつめたい感触《かんしょく》には、おぼえがあった。工場毒の汚染《おせん》をうけ、衰弱《すいじゃく》し、人の言葉を失って苦しみぬいて息を引きとった母親の体温も、こんなふうに、おそろしいほどつめたかった。

灰色だった肌《はだ》からは、完全に色も、陰影《いんえい》すらもぬけ去って見えた。つやのない長い髪《かみ》が、刺青《いれずみ》の頬《ほお》と目もとを半分隠《かく》してしまっている。首すじに手をあてたが、煌四の指にふれたのはただひえきった皮膚《ひふ》の手ざわりだけで、脈はなかった。

(だめだ。死んでる……)

そう感じたと同時に、どこかでかさかさと虫の這《は》う音を耳がとらえた。

「庭園の木々人《きぎびと》も、残りたったの二人か」

凛《りん》とした声とともに、ふいにその場に、異質な存在が訪れた。前ぶれもなく、しかし当然のような顔をしてそこに立っているのは、若葉色の、裾《すそ》の長い着物をまとった女だ。くっきりと紅を引いた口の横、白い頬《ほお》には、青い花の刺青《いれずみ》がおどっている。

植物をかたどった刺青《いれずみ》のために、一瞬《いっしゅん》、木々人《きぎびと》かと思った。しかし特有の体臭《たいしゅう》はなく、髪《かみ》や皮膚《ふ》の色もちがう。そのいでたちは、神族のものだった。

緋名子が鎌《かま》をにぎったまま身がまえる。キリがいまいましげに、現れた女のすがたを見やった。

「失《う》せろよ。いまさら、なんの用だ」

口をきるなり、キリは神族にむかって毒づいた。長い裳裾《もすそ》を引きずった神族は、くちびるに笑《え》みの形を浮《う》かべる。

「いまだから用があるのだ。木々人《きぎびと》が隔離地区《かくりちく》から勝手に出歩いているのだからな。生み出したものの後始末はせねばならん」

乱れた死体だらけの崖下《がけした》に、なめらかな声が朗々《ろうろう》と響《ひび》く。それにあらがうかのように、キリが大きく舌打ちをした。

「お前の作った木々人《きぎびと》は――シュユは死んだ。木の氏族の、名前は瑠璃茉莉《るりまつり》だったな。後始末の必要はない」

衰弱《すいじゃく》したキリがにらんだところで、神族の表情はまったく揺《ゆ》るがなかった。崖下《がけした》の惨状《さんじょう》も、工場地帯で、首都で起こっていることも、まるで関係のない遠くから見物しているかのようだ。

「〈揺《ゆ》る火《ほ》〉は――千年彗星《せんねんすいせい》はどうなった?」

自分の声がとどくかあやしみながらも、煌四はそう問わずにいられなかった。神族の目がこちらをむく。不思議と、恐怖《きょうふ》はこみあげてこなかった。……虫がどこかで這《は》いまわっている。

「お前は? ああそうか、あのいかずちを落とした人間の仲間か。謀反《むほん》を起こした人間の筆頭は、ひばりの監視《かんし》対象だったろう。だからあいつは無能だ。〈蜘蛛《くも》〉の頭数をこれだけへらして、結果としては上々だが」

つややかな口はよくしゃべり、聞きたくない言葉を大雑把《おおざっぱ》に投げてよこす。

「お前たちも、いったいなにがしたい？　千年彗星《せんねんすいせい》は危険物だ、帰還後《きかんご》すぐに機能を止めて、地中深くにでも埋《う》めておくしかない。それを、宗家《そうけ》も〈蜘蛛《くも》〉も人間どもも、こぞってほしがるのだから手におえない。あれの中にある火は、いまの世界のだれにも御《ぎょ》せない。発火を無効にした〈蜘蛛《くも》〉であろうとだ。土氏族は愚《おろ》かしくも依巫《よりまし》にする娘《むすめ》を連れ帰り、水氏族は人間を新たに作り変えた。そこにいる小さい娘《むすめ》もそうだろう？　それもこれも、世を永らえさせるためだという。わたしは、お前たち木々人《きぎびと》を作ったときにもういやになったのだ。何度も何度も、悪あがきはよせと言った、言いつづけてきたのに、やつらは変わらん。まったく、狂《くる》っている」

狂《くる》っていると言いはなつ神族の、きれいにそりかえったまつ毛にかこまれた目が、緋名子を見すえた。――虫が。かさかさと虫が這《は》う。煌四は神族の視線から妹をかばおうとし、しかし、背後の気配に異変を感じてふりかえった。

「緋名子？」

いまのいままで、目じりを引きつらせて神族をにらんでいたはずの緋名子が、天から糸で吊《つ》られたように直立して空を見あげている。目も口も、ぽかんと開いたままになっていた。

「薬が切れてきたのだろう。水氏族のやり方は、体を根本から作り変えているのではないからな。また薬を投与《とうよ》しなければ、体がもたんのだ。無駄《むだ》なあがきをするから、面倒事《めんどうごと》がふえてゆく」

神族の声は飄々《ひょうひょう》としていて、上をむいたまま緋名子が獣《けもの》じみた悲鳴をあげるすがたを、絵空事のように思わせた。緋名子の小さな体を突然《とつぜん》襲《おそ》う異変に、キリも顔をこわばらせていた。

「おい、しっかりしろ」

それでも煌四より緋名子に近い位置にいたキリが、手を伸《の》ばそうとする。体のわきに腕《うで》を伸《の》ばした状態で硬直《こうちょく》した緋名子の手に、キリの指先がふれる。

そのほんのかすかな接触《せっしょく》に、緋名子が絶叫《ぜっきょう》した。

悲鳴をあげながら、緋名子がキリのわき腹《ばら》を蹴《け》りつけた。いや、こわばりきった体が、大きな痙攣《けいれん》を起こしたのだ。

おかしな声をあげて、キリの体がななめに転がる。実際には軽く吹《ふ》き飛んだのに、煌四の目はそれをとらえきることができなかった。切りそろえた緋名子の髪《かみ》がはげしく揺《ゆ》れるのだけが見えていた。さけび声をあげつづけながら、緋名子がその場に這《は》いつくばる。ゆがんだ舗装《ほそう》に頭突《ずつ》きでもするような勢いだ。そのむこうで、キリが自分の腹をかかえてまるめた体を痙攣《けいれん》させている。

「緋名子、よせ!」

どうやって止めるか考えもせず、煌四が駆《か》けよろうとしたときだ。めりめりと雷鳴《らいめい》にも似た音が、頭上から降ってきた。――手が、おりてくる。機械の腕《うで》かと見まごうほど、それは巨大《きょだい》だった。開いた五本の指は人間のそれと同じ形で、しかし質感は人体でも機械でもなく、樹木のものだ。

「……モグラか。モグラの用があるのは、あっちだ」

遠雷《えんらい》の響《ひび》きを持つ声が、ひどくゆっくりと降ってきた。

クヌギの手だ。巨人化《きょじんか》した木々人《きぎびと》が、こちらへ手を伸《の》ばしてくるのだった。とっさに緋名子に飛びついてかかえあげ、クヌギの手の下から逃《のが》れようとした。――しかし、そこには動けないキリもいる。仲間のことも、〈蜘蛛《くも》〉を土に埋《う》めてゆく木々人《きぎびと》はつぶしてしまうのではないか。煌四は意味のわからない声をあげながら緋名子を肩《かた》に担《かつ》ぎあげ、キリのわきの下へ手を入れて引きずろうとした。わずかな振動《しんどう》で、キリが痛みに顔をゆがめる。煌四は躊躇《ちゅうちょ》して動きを止め、そして、まにあわなかった。

クヌギの手が背中から体をつかみあげた。硬直《こうちょく》している緋名子もろともに、荒々《あらあら》しい手ににぎりこまれ、持ちあげられる。内臓がばらばらに浮《う》きあがり、もとの位置にもどりそこねた、その感覚といっしょに落下の衝撃《しょうげき》が全身を襲《おそ》った。

空がくらくらと回転した。

息ができず、身動きのとれない時間がどれほどの長さだったかわからない。キリを引っぱろうとした右手が、緋名子の頭をかばっていた。手の甲《こう》がすりむけている。その手に小さな頭を載《の》せて、緋名子は目を閉じ、完全に力をぬいていた。決して手ばなそうとしなかった火狩《ひか》りの鎌《かま》がない。クヌギにつかまれたとき、緋名子の手から落ちたのだろうか。

薄《うす》く開いた口が息を通わせていないように見えて、煌四はなにがどうなったのかもたしかめず、上体を起こして緋名子の顔をのぞきこんだ。

「緋名子――緋名子！」

大声で呼びかけるが、反応しない。

「死んでいませんよ。安心してください」

穏《おだ》やかな声がかかって、煌四は動きを止めた。もう聞くはずがないと思っていた声だ。それが錯覚《さっかく》であることをたしかめるために、煌四は視線をあげたのかもしれない。先ほどまでいた、小花の刺青《いれずみ》の神族はいない。かわりに、縹色《はなだいろ》の直衣《のうし》をまとった年若い男が一人、異様に大きな建造物を背後に立って、こちらを見おろしていた。

荒々《あらあら》しい岩壁《がんぺき》を背にした、白壁《しらかべ》の巨大《きょだい》建築。その前面にかまえるあざやかな朱《しゅ》の門と板塀《いたべい》。

目がとらえたものと体の感覚が、すぐには噛《か》みあわない。圧倒的《あっとうてき》な大きさの建物と、その前に立つ見おぼえのある顔の持ち主……おとがいに紐《ひも》を結《ゆ》わえた烏帽子《えぼし》が、ふちの細い眼鏡をかけた顔にも、すっきりとくしけずった髪《かみ》にも似合っていなかった。にらみつける視線をどこか気にしているようすで、その神族は自分のまとっている着物のそでを持ちあげた。

「この恰好《かっこう》はあまり好きではないのですが、神宮での正装なので、仕方がないのです。――大《だい》丈夫《じょうぶ》ですよ、その試験体は、すぐにまた動けるようになりますから」

にこりと笑いかける顔。丁寧《ていねい》で心のこもった口調。

人間の医師のふりをしていた水氏族の神族が、わずかな距離《きょり》しかない位置に立っていた。白衣をはおっていた体に、いまは水紋《すいもん》をかたどった模様のある直衣《のうし》をまとっている。緋名子や、燠火《おきび》家《け》の使用人だったたくれは、そして水路をさまよう者たちの体を作り変えた……火を必要としない体にした張本人が、いままた目の前にいる。這《は》いつくばる煌四たちを、虫でも観察するかのように見やっている。

感覚への違和感《いわかん》に、視線を転じた。工場の屋根屋根と煙突《えんとつ》、切れて垂れさがったロープ、宵闇《よいやみ》に呑《の》まれかかった破壊《はかい》のあと――工場地帯が、はるか下にある。そのむこうに、海が意味もなくつけくわえた絵のように黒く横たわっている。

手の下、ひざの下には、かわいた土の感触《かんしょく》があった。

ふたたび視線を神族のほうへ、その背後へむける。冗談《じょうだん》じみた大きさの建物が、外壁《がいへき》も柱も一切くすませることなく、岩壁《がんぺき》の陰《かげ》にいだかれてそびえていた。

いくつもの階層からなる、白壁《しらかべ》の巨大《きょだい》建築。多層的につらなる屋根にふかれた碧瑠璃《へきるり》の瓦《かわら》。いつも遠目に見るばかりだった。だから、人ではない者たちの住まうその宮城は、ただならない美しさを漂《ただよ》わせて見えた。……が、いま間近に見るそれは、工場地帯にあってもおかしくない、いびつさをも備えていた。柱の太さも窓の位置も、屋根の高さも正確にそろっておらず、白亜《はくあ》の壁《かべ》の外側を、大小さまざまの配管が交差し、くねりながら這《は》っている。まるで、海ぎわのつぎはぎ細工の家のように——つねに高みから工場地帯を見おろしているその建物は、化け物じみた威容《いよう》をしとやかに彩《いろど》られ、そこに立っていた。

つきあげたのは、怖気《おぞけ》だったのか畏怖《いふ》だったのかわからない。煌四は崖《がけ》の上にいた。クヌギが、煌四と緋名子をつかみ、神宮の建つ敷地《しきち》へ持ちあげたのだ。体をなんとか動かそうとしてかなわなかったキリは、いっしょではなかった。

「その試験体をわたしてください」

こともなげに、神族はそう言った。

暗いはずなのに周囲のようすが見えるのは、神宮そのものがぼうとした明かりをはなっているためだった。岩山の中腹に半円形に切り開かれた、なかば洞窟《どうくつ》となった場所。見取り図で知っていたはずの敷地《しきち》は、実際にそこに立ち入るとより広大に感じられる。威容《いよう》をそびえさせる神宮の周辺にもいかずちの攻撃はおよんだらしく、あちらこちらに土のえぐれたあとや、砕《くだ》け落ちた岩の破片《はへん》がある。

……炉六《ろろく》はどこだろう。もう願《ねが》い文《ぶみ》をとどけおえ、明楽《あきら》たちを手だすけするために森へむかっているのだろうか。ここから見るかぎり、崖《がけ》の上に、〈蜘蛛《くも》〉のすがたはなかった。崖下《がけした》から火を這《は》いあがらせる〈蜘蛛《くも》〉たちを押《お》し流した崩落《ほうらく》が、高い位置にあるこの敷地《しきち》の地面をも道連れにした形跡《けいせき》があり、足場は極端《きょくたん》にかたむいている。〈蜘蛛《くも》〉は神族が起こした地すべりで、一人残らず排除《はいじょ》されたのだろうか。それとも、奇妙《きみょう》な墓場のように沈黙《ちんもく》している工場地帯に、まだ生き残った〈蜘蛛《くも》〉たちがいるのかもしれない。

「これから新人類たちに、つぎの任務に就《つ》いてもらいます。工場地帯に残った人間の中に、〈蜘《く》蛛《も》〉に加担し、火をつけてまわる者たちがまだひそんでいる。われわれ神族も火種の除去に力をつくしていますが、地下通路のすべてを水で押《お》し流してしまうわけにもいかない。負傷者の救助をおこなっている人間もいるようですが、区別のつけようがないので、すべて排除《はいじょ》しろということです」

あの建物の中に、姫神《ひめかみ》がいる――綺羅《きら》も、きっとあの中にいるのだ。碧瑠璃《へきるり》の瓦《かわら》。まっ白な壁《かべ》。赤い柱。それらがちぐはぐに入り混じって、距離《きょり》感覚を狂《くる》わせる。はじめて間近に見る神宮は大きすぎて、どこになんのための空間があるのか見当をつけることができない。神宮は背後の岩壁《がんぺき》から這《は》いずり出たかのように、天然の壁《かべ》と融合《ゆうごう》していた。さながら、建物に擬態《ぎたい》した大きすぎる生き物が、自らを封《ふう》じこめる岩屋から這《は》い出そうとしているかのようだ。朱色《しゅいろ》の塀《へい》にかこまれた正面の空間は、前庭だろうか。

〈揺《ゆ》るる火《ほ》〉は。〈揺《ゆ》るる火《ほ》〉はいま、どこにいるのだろう。やはりこの建物のどこかにいるのだろうか。

神宮の壁面《へきめん》に開いた無数の小さな窓から、こちらをうかがう気配を感じた。中にいる神族たちが、なりゆきを見守っているのかもしれない。不恰好《ぶかっこう》な建物に隠《かく》れて、足もとで起こるできごとを見物しているのかもしれない。

煌四は、ぐったりと力を失って動かない緋名子を、ざらつく地面に慎重《しんちょう》に横たえた。体のあちこちに小さな傷はできていたが、立ちあがるのに問題はなかった。かばんの中には雷瓶《らいびん》がある。

「きみでは、われわれ神族に対抗《たいこう》できませんよ」

「うるさい。緋名子に、もうなにもするな」

烏帽子《えぼし》を結わえた紐《ひも》を邪魔《じゃま》そうにして、神族は指であごをさすった。

「その子どもは、眼前にあった死をまぬがれたのですよ。いまは変異した体に揺《ゆ》りもどしが起こっているのです。薬を投与《とうよ》して、苦痛をのぞかなければ」

「ふざけるな！」

足が二本しかない。目も首も心臓も、骨に守られていない腹部も、急所がみな体の前面にならんでいる。牙《きば》もなく、戦いに適さない自分の体がいまいましかった。かなたのように走れたら、そうしたら動けないでいる緋名子を、かならず守りとおせるのに。逃《に》げずに立っていることしか、煌四にはできなかった。相手のふいをつくには、距離《きょり》がありすぎる。

「では、きみにも薬を投与《とうよ》しましょう。きみは、同じ母胎《ぼたい》から生まれながら、胎児性汚染《たいじせいおせん》をうけなかったのでしょう？　兄妹《きょうだい》で苦痛をわけあうことができなかった。これからは、同じになれます」

直衣《のうし》のたもとから、神族が医療《いりょう》用の器具をとり出した。狂《くる》いのない手つきで注射器をかかげる。ひえびえとした目が、煌四を射止めた。

焦《あせ》りや恐怖《きょうふ》はなかった。ちっぽけなガラスの筒《つつ》にしこまれた透明《とうめい》な液体——あれが。すなおに治療《ちりょう》をうける緋名子の腕《うで》にもあれを刺《さ》したのかと思うと、純粋《じゅんすい》な怒《いか》りだけが湧《わ》いてきてあふれた。ごめんなさいと、か細い文字を地下室の紙類にこっそり書きつけていた緋名子にも、人でなくなったと訴《うった》えたくれはにも、神族の手が薬をあたえたのだ。

怒《いか》りのままに駆《か》けだそうとして、煌四は危《あや》うく踏《ふ》みとどまった。馳《は》せてくる足音がする。

「……綺羅は？」

短く問うと、むこうは一瞬《いっしゅん》だけ目をまるくした。こちらへ来る存在をまだ察知していない。神族は、煌四が自分と同じ言葉を使っていることを不思議がっているようですらあった。

「ああ、燠火家《おきびけ》の娘《むすめ》」

獣《けもの》の到来を、耳が予感する。狩《か》り犬《いぬ》が来る。神族はまだそれに気づかない。

「ぜひとも試験体にしたかったのですが、あの娘《むすめ》には先に土氏族が目をつけていたので、実験することができませんでした。あの娘《むすめ》を使うことができれば、薬の完成はもっと早かったのですが」

「じゃあ綺羅は、体を作り変えられてはいないんだな？」

「いろいろな連中がからむと、研究はまっすぐに進まなくなる。きみにもおぼえがありませんか？首都が無理なら、どこかの村をまるごと新人類の集団にしてみるつもりです。炎魔《えんま》の火にたよらない生活が成立することが証明できれば、いずれはこの国のすべての人間を救えます」

その言葉がおわると同時だった。俊足《しゅんそく》の犬が気配を消して駆《か》けつけ、人間のふりをしていた神族の顔が、同じ表情のまま静止した。狩《か》り犬《いぬ》は速度を殺さずに、神族の手に咬《か》みついた。細いが体格のある犬の速さに体勢を崩《くず》され、縹色《はなだいろ》の直衣《のうし》が前のめりに揺《ゆ》らいだ。液体の入った器具が、地面に落ちてはねる。

雨雲の色の毛並みをした犬は、神宮をいだく岩場の北側から駆《か》けてきた。町へ通じる方角から。神族の手を牙《きば》に捕《と》らえて、そのまま細い身を猛々《たけだけ》しくふるう。引きたおされてゆがんだ神族の顔からは、誠実そうなおもざしは消え去っていた。

「――みぞれ」

煌四は犬の名を呼んだ。神族の手に咬《か》みついてはなさない犬の、うしろへ目をむける。半月型の岩棚《いわだな》のむこうはしからは、いまは使われていない旧道がつながっている。が、この犬を連れているはずの火狩《ひか》りのすがたはなかった。

「この、下等動物が！」

神族の手に打たれて、みぞれがすばやくしりぞいた。牙《きば》がぬかれると、縹色《はなだいろ》の直衣《のうし》のそでがみるみる血に染まった。赤い。神族の血も、人間のそれと同じ色だ。穢《けが》れをきらって近づくことすらしない人間の血液と。

痛みよりも怒《いか》りのために呼吸を荒《あら》げて、神族は立ちあがった。傷ついていないほうの手に小ぶりな刃物《はもの》をにぎっている。みぞれの片目の下に、切り傷が生まれていた。隠《かく》し持っていた武器を、神族はさらに狩《か》り犬《いぬ》につき立てようとした。

逃《に》げるのはたやすいのに、みぞれは神族に立ちむかうため脚《あし》に力をこめた。そばに火狩《ひか》りがいないにもかかわらず。

雨雲の色をした犬の体毛が、ふっとそよいだ。よせ、とさけぼうとした煌四は、背後に熱いかたまりが起きあがるのを感じてふりかえる。緋名子が、立ちあがっていた。熱のために顔を赤黒く染め、獣《けもの》のように低く身がまえて、神族をにらみすえている。充血《じゅうけつ》した目を見開き、緋名子が駆《か》けだそうとした。

「……緋名子、やめろ!」

煌四はとっさに、神族に立ちむかおうとする緋名子を抱《だ》きとめた。神族にもたらされた力で他者を傷つければ、緋名子は一生苦しむことになる。

緋名子の動きは、煌四の腕《うで》の力であえなく止まった。そして神族のふりあげた刃物《はもの》が、犬を傷つけることもなかった。

神族の背後に、狂《くる》いのない直線をたもってそびえる塀《へい》、その中央の門が音もなく開いて空気を静まりかえらせたのだ。

しとやかな朱色《しゅいろ》の門の内側から、さし出される足がある。足袋《たび》につつまれ、それ以外にはなにもはいていない。暗い色の裳裾《もすそ》に、長いそでと細い布が揺《ゆ》れる。

みぞれが自分の口や鼻を舌でなめる音が、異様に大きく響《ひび》く。煌四はひとりでに開いた門と、その中から出てきた者に視線をさだめたまま、一切の身動きができなかった。脈も呼吸も、自分のもとから遠のいてゆくのが感じられた。

この着物の色を、どこかで見た記憶《きおく》があると思った。いまにも雨の降りだしそうな、肌寒《はだざむ》いどこかで。揺《ゆ》れる細い布は包帯だ。けがをしたのだろうか。〈揺《ゆ》る火《ほ》〉は、無事に帰すと言ったのに。両の足首と手首、そして細い首に、はしを長く垂らした包帯が巻かれて揺《ゆ》らいでいる。こちらをむいている顔は陰《かげ》になって、その表情は見えなかった。

「綺羅……？」

ゆるく波打った豊かな髪《かみ》が、陰《かげ》になって見えない顔のまわりに流れている。その髪《かみ》にも、幾《いく》条《じょう》もの細布が結《ゆ》わえられ、背後にひらひらとたなびく。星の子の、銀色の髪《かみ》のように──

細布と波打つ髪《かみ》とを揺《ゆ》らして、綺羅が首をかたむけた。

「綺羅？　それがこの子の名前？　──ああ、あなたの、友達なのね。だけど、ごめんなさい。

わたしは綺羅ではないの」

少女にしては、低く深みのある声。よく知っている声が、意味のわからないことを告げる。

「……〈揺《ゆ》る火《ほ》〉。わたしはいま、この子の中に入っている」

そう言って綺羅の指が、自分の胸《むな》もとを指さした。

六　紅色

引きちぎれた赤い布が、しなやかな体の下へ垂れさがっている。無残な破れ口《やくち》を見せるそれは、立ちふさがる人物の、はがれかかった皮膚《ひふ》にも見えた。

かなたの鼻がとらえたにおいと同じものを、おそらく灯子《とうこ》も感じとった。青白い顔に垂れかかった黒髪《くろかみ》の奥《おく》から、美しい形の目がのぞいている。そのまなざしにこもる憎悪《ぞうお》、呼吸とともにめぐらされる嘆《なげ》きと混乱。……それらがはっきりとしたにおいとなって、目の前の女から発せられている。

綺羅《きら》の、母親から。

（生きとりなさった……）

胸に生じる言葉が、つぎの瞬間《しゅんかん》には寒気となって全身へめぐった。

神族に連れ去られる綺羅をとりもどそうとして、崖《がけ》から落ちた綺羅の母親は、生きて自分の足で立ち、いま灯子たちの前にいる。大きなけがをしているようすはない。神族だと名のる若い男が首につき立てたガラスの筒《つつ》は、もうぬけ落ちていた。

ひた、と片方の靴《くつ》を失った足が、舗装《ほそう》をなでる。

前にのめってかがめた姿勢は、傷をおって気の立った獣《けもの》のようだ。明楽《あきら》が気配を張りつめ、灯子とクンをうしろへかばった。

「燠火家《おきびけ》の、奥方《おくがた》さまでしょう？　まさか、あんたも神族に」

相手を自分の視野にとらえながら、明楽が低く声を発した。にぃ、と、綺羅の母親であるはずの人が笑う。――いや、笑ったのではない。威嚇《いかく》のために、歯を見せたのだ。青白い顔に、くちびるは異様なほど深紅《しんく》をたもっている。

「綺羅はどこ？　わたしの娘《むすめ》を、どこへやった？　お前もやつらの手先か。屋敷《やしき》に入りこんで、主人にとり入って……この、汚《きたな》らしい女狐《めぎつね》が」

「なにを言ってんだかわからない」

明楽が顔をしかめた。おどろいた表情をすぐさまかき消し、綺羅の母親を鋭《するど》くにらむ。

「あたしは神族の手先じゃない。綺羅は神宮へ連れていかれたんだ。連れもどす。時間がないから、そこをどいて」

綺羅の母親は、乱れた髪《かみ》をますますふり乱した。

「黙《だま》れ——黙《だま》れぇ！　お前も、その貧相《ひんそう》な子どもも。もとはといえば、学生気取りの貧乏人《びんぼうにん》の息子《むすこ》と工場毒の汚染児《おせんじ》が、屋敷《やしき》へ来たせいで。くだらない連中が寄ってたかって、なにもかもめちゃくちゃにして！」

クンが、うしろへ灯子の手を引っぱった。が、その力は弱く、クンがおびえているのが伝わってくる。明楽が歯がゆげに、おさえた息を吐《は》く音が聞こえた。

崖《がけ》から落ちる寸前、綺羅の母親の首すじに、若い神族の持っていた針のついた筒《つつ》がつき立っているのが見えた。使用人の一人は、筒《つつ》の中の液体を首すじへそそぎ入れられて豹変《ひょうへん》した。それならば赤い衣《ころも》を引きずるこの人も、神族によって体を作り変えられた一人にくわわったのか。崖《がけ》の、あの高さから落ちて、目に見えるけが一つなくここに立っているのは、作り変えられた体のためか。

目をむいて歯ぎしりをし、怒《いか》りをむき出しにして、綺羅の母親は明楽をにらんでいる。これまでに起こったこと、すべての原因を、視線によって明楽の身に刻印しようとしている。明楽の落ちつきようは、まるで人ではなく、獣《けもの》と対峙《たいじ》しているときのようだった。

「綺羅をたすけに来たんでしょう。なら、あんたもいっしょに神宮へ行くか、さもなければ道を開けろ」

低い声で明楽が告げるが、それは相手の耳へまともにとどかない。

「お前みたいな小娘《こむすめ》が、どうやって熾火家《おきびけ》にとり入った。主人がこんな泥《どろ》くさい小娘《こむすめ》を、屋敷《やしき》に入れる道理がないのに。わたしが……貧民区から、どんな思いであの家に住まいを得たか」

「知るか。ばかげた話はどうでもいい。どうでもいいけど、綺羅をたすけても、あの子が帰る家があそこなのが腹が立つ。ご主人さまと呼ぶくせに、自分の家族もないがしろにしてきたんじゃないのか？　そもそもなんで、あんなやつと――」

「夫婦になったのか？」

身を低くかまえていた綺羅の母親が、ふいに腰《こし》をまっすぐに起こし、背の高い体の軸《じく》を地面と垂直にした。憎悪《ぞうお》もあらわだった表情が、その顔から跡形《あとかた》なく追いやられる。踊《おど》り手《て》がつぎの動きに臨《のぞ》むため、体の流れを整えるかのようだった。

先ほどよりも空が暗くなっている。安全灯の緋色《ひいろ》の明かりが、毒々しく輝《かがや》きをました。

赤い衣《ころも》の肩《かた》に胸に背に、流れる黒髪《くろかみ》を装飾品《そうしょくひん》にしたその顔は、この世にあってはならないほどあやしく、なにとも知れないものへの慈愛《じあい》に満ちていた。

「肉をくださったからよ」

しとやかな声音《こわね》が、その言葉を紡《つむ》いだ。寒さがぴりぴりと灯子の背を這《は》いまわる。

「貧しさのために飢《う》えて、骨と皮ばかりだったわたしに、あの人は食べるものをくださった。もっと食べて、美しくなりなさいと。だからついていった。あの人といっしょになって、町の上からくだらない連中を見おろして暮らせば、わたしも人間になれると信じたのよ。……ああ、なのに」

引きちぎれた赤い衣服の布地が、はらりと揺《ゆ》れた。火のようだと、灯子が思ったつぎの瞬間《しゅんかん》、綺羅の母親がこちらへ跳躍《ちょうやく》してきた。あまりの速さに対応しきれず、明楽の体が後方へ吹《ふ》き飛ばされる。

「……明楽さん!」

灯子の声など、この場ではまったくの無意味だ。

後頭部と背中を路面に打ちつけた明楽の上に、赤い影《かげ》がおおいかぶさる。破れた衣服から、まっ白なむき出しのひじが見えた。明楽に爪《つめ》をつき立てようと、それは鋭《するど》い角度に折りまげられている。

「人間に——なりそこねた」

嘆《なげ》きとともに、打撃《だげき》が明楽を襲《おそ》おうとする。

てまりが綺羅の母親の顔面へむかって飛びかかる。咬《か》みつこうとするが、小さなあごは相手をとらえそこね、てまりは路面にふり落とされる。明楽は犬の悲鳴を聞いてうなり声をあげ、馬乗りになっている赤い衣《ころも》の腹を蹴《け》りつけた。が、その足に力がこもっていない。あるいは明楽の筋力では、勝ち目がないのかもしれなかった。

おそろしさから手がしびれ、視界が一気に暗さをました。

「お、おばさん、やめてっ！」

灯子はさけんで、明楽の首を絞《し》めている手にすがりつこうと無我夢中《むがむちゅう》で駆《か》けよった。綺羅の母親に咬《か》みかかろうとしていたかなたが、筋肉を張りつめたまま攻撃《こうげき》をひかえる。

近づいた灯子に顔をむけ、綺羅の母親は明楽の頭部を地面に投げ捨てるように手をはなした。こちらへ黒い目がせまってくる。背後でクンがうなるのが聞こえ、灯子は腕《うで》をひろげて立ちはだかった。どちらを守ろうとしているのか、自分でもわからなかった。

「き、綺羅お姉さんが、きっと神宮におりなさる。たすけに行かんと……迎《むか》えに来てくれなさったんと、ちがうんですか！」

赤い衣《ころも》の動きが止まった。

ほつれた髪《かみ》が頬《ほお》にかかって、つめたそうな肌《はだ》に繊細《せんさい》な影《かげ》をやどしている。そのすがた形の狂《くる》いのなさは、神々《こうごう》しいほどだった。紙漉《かみす》き衆《しゅう》がどれほど時間をかけ、丹念《たんねん》な仕事をしても、これほど美しいものを生み出すことはできないだろう。

その美しい顔を灯子のほうへむけたまま、綺羅の母親が胸に呼吸を行き来させている。緋名子《ひなこ》もこの人と同じにされたのだ。それがいつなのか、なぜなのかはわからない。地下水路でたすけてくれた、煌四《こうし》が「くれは」と呼んでいた人物も。

明楽がのどを押《お》さえながら、起きあがろうとする。咳《せ》きこむのをこらえて歯を食いしばり、明楽は立ちあがって灯子のもとへ駆《か》けよろうとする。

「ぎゃ!」

ひしゃげた悲鳴が降ってきた。上体をのけぞらせ、顔の片側を押《お》さえて、綺羅の母親がその場で身をよじった。指のあいだから、ぼとりと黒いものが落ちた。翅《はね》のつぶれた蜂《はち》だ。クンのはなった虫だった。

「あああ……!」

顔を押《お》さえてよろよろとあとずさり、そのまま路地のとぎれ目までさまよい出た。そのすがたを、崖《がけ》の方角からほのかにさす光が照らしてつつんだ。

(あの、光——)

いまは機能していない照空灯《しょうくうとう》のような強い光ではない。照明を失った工場地帯を月明かりのように照らす、あれは、神宮にともる明かりではないか。

綺羅の母親が押《お》さえる顔の片側が、みるみる腫《は》れあがってゆく。白いほの明かりにさらされ、そのすがたは灯子の目の中でとろけて、一枚の赤い花びらに見えた。紅色の影《かげ》がひとりごちる。

「……ああ、あっちにいるんだわ、うちの人は。こんなにひどいありさまになって。肉をもっと、もらいに行かなくては」

綺羅の母親は中空に視線をむけ、ふいに灯子たちのことなど忘れたかのように、ふらふらと歩きだした。だらりと両手をおろしたために、どす黒く腫《は》れあがる頬《ほお》があらわになる。引きちぎれた赤い裳裾《もすそ》をひらめかせながら、そのすがたは建物のむこうへ消えた。

「灯子……」

明楽がなにかを言ったが、まともに聞きとれなかった。

かなたの尾《お》が揺《ゆ》れる。熱く湿《しめ》った手が灯子の手を引いた。クンだ。明楽が先に走ってゆく。ぐらぐらと頭の中が揺《ゆ》らいで、細かな時間の前後が入り乱れている。灯子はかなたを追い、明楽のあとにつづいて、クンに手を引かれて走った。路地をぬけた先の大きな通路へ出ると右に折れ、その先にひろがる光景にむかっていった。前方に、夜よりもなお暗い色をした岩山がそびえている。神宮をいだく山だ。その中腹になめらかな微光《びこう》をまとって、神宮が地上を見おろしていた。黒い森のにおいがする。つめたく甘《あま》ったるいこれは、この場にいる死者たちが最期《さいご》に吐《は》いた息のにおいであるのかもしれなかった。

きしきしと、頭の芯《しん》がいやな音を立てる。目の中に点々と黒いまだらが生じ、いくらまばたきをしてもそれは消えなかった。

クンと手をつないだまま、灯子はよろけそうになる。クンをあちらへ行かせてはいけないのだ。なぜなら崖《がけ》の下には、〈蜘蛛《くも》〉の死体が散乱している。ぬかるむ泥《どろ》になかば埋《う》もれた骸《むくろ》を前に立ちつくす煌四と、灯子はたしかにこの場所で再会した。木々人《きぎびと》のクヌギとヤナギに緋名子を守ってほしいとたのみ、かなたといっしょにここへ駆《か》けつけたときに、そこにいならぶ骸《むくろ》たちを見た。

氷のひび割れるような音が、頭蓋《ずがい》の内にずっと響《ひび》いている。頭が痛かった。目の中の黒いまだらはどんどんはばをきかせて、灯子はまともにものをとらえることができない。

土の上に、月が見えた。建物のとぎれた空間の先、そびえる崖《がけ》の下に、鋭《するど》い金の三日月が落ちている。それは火狩《ひか》りの鎌《かま》だった。

苦いにおいが鼻をついた。

（木々人《きぎびと》さんのにおいじゃ）

まだいたるところにゆうべの豪雨《ごうう》の湿り気《しめりけ》が残っているのに、空気が埃《ほこり》っぽい。白い粉末が掘《ほ》りかえされた地面の土に混ざりこんで、土になじまなかったものが空中を舞《ま》っているのだ。死体にまぶす、発酵《はっこう》よけの薬剤《やくざい》だった。つないでいた手をすべらせながら、クンがうしろをずっとついてくる。

いっしょに地下通路へおりる前、再会した煌四はあたり一帯に折りかさなる〈蜘蛛《くも》〉の死体を前に、顔色を失って呆然《ぼうぜん》と立っていた。クンを連れて、ここにいた。この薬剤《やくざい》は、耕しかけた状態の土の上にある〈蜘蛛《くも》〉たちの骸《むくろ》のために大量にまぶされたのだ。

灯子はうまく見えない目をこらすことをやめて、地面につき立っている鎌《かま》のほうへ近づいていった。かなたが先導する。そばに横たわっているのが長い髪《かみ》の木々人《きぎびと》であることに、すぐ近くまで行ってやっと気がついた。

「……ヤナギさん」

砂色の髪《かみ》に手をふれる。その下にある皮膚《ひふ》が完全に体温を失っているのがてのひらへ伝わった。長い首のそばに、一本の小さな木があった。若い葉を枝につけた緑の木――クヌギが運び出してきた、生き木《いぎ》だ。生き木《いぎ》はななめにかしぎ、葉はくらりと下をむいていた。

かなたがにおいをたしかめている鎌《かま》を、灯子は吸いよせられるように見つめた。柄《つか》に荒布《あらぬの》が巻かれている。形見の鎌《かま》だった。緋名子が持っていったはずの鎌《かま》。緋名子はどこだろう？　キリといっしょにいたのではなかったのか。

「ヤナギさん、起きて。けが、しなさったん？　起きてください……」

ヤナギは長い首を土の上へふせたまま、動かない。息絶えて回収車《かいしゅうしゃ》の上へもたれかかった竜《りゅう》神《じん》のすがたに、それはよく似ていた。

生き木《いぎ》がしおれているせいだ。そう思い、灯子はかたむいている木にこわごわ手をふれた。

——細い幹の先端《せんたん》が切られている。切り口にはまだ湿り気《しめけ》があって、新しかった。近くに切られた木の先が落ちているようすはない。だれが、生き木《いぎ》を切っていったのだろうか。

視界が暗い。足もとから立ちのぼる死者たちの体臭《たいしゅう》が、胸をひやし、頭をくらくらさせた。〈蜘蛛《くも》〉たちのまとう炎魔《えんま》の毛皮。壊《こわ》れた手足。面におおわれた顔、あるいは面を失った死に顔。

（せっかく、燃えん体になりなさったのに）

クンが腹に抱《だ》いている虫を使って、ここに死んでいる〈蜘蛛《くも》〉たちは、だれもが望む体を手に入れていたはずなのに。人体発火をおそれずに、天然の火をあつかえる体。赤子の目をつぶさずともよく、梢《こずえ》がこすれて生じた火の粉程度で死んでしまうこともない……ほしくてほしくてたまらない体を手に入れたはずなのに、こんなに大勢でむごたらしく死んでいる。

視線をあげて、灯子はくらんだ目に巨大《きょだい》なすがたをみとめた。

クヌギがいる。巨人化《きょじんか》した木々人《きぎびと》は、二対《つい》四本の腕《うで》で崖《がけ》にすがりついて、身じろぎせずに立っていた。そびえる巨樹《きょじゅ》としか見えない体が、呼吸しているのかどうかわからなかった。眠《ねむ》っているのだろうか。一本の年ふりすぎた木のように立って、クヌギはびくとも動かない。

崖《がけ》のほうへ走っていったはずの綺羅の母親のすがたは、ここにはなかった。そのかわりに、黒い死者たちの中からよみがえったような人影《ひとかげ》が一つ、こちらをむいて立っている。その人影《ひとかげ》は、黒い顔をほとんど暗い空気に溶《と》けこませていた。

クンの肩《かた》がぴくりと動いた。灯子や明楽が止めるひまもなく、クンはまっすぐ崖《がけ》ぎわにいる者たちのもとへ駆《か》けていった。

「父ちゃん」

たしかにクンはそうさけんだ。明楽の気配がこわばる。灯子たちは無言で、息さえこらえて、クンのそばへ駆《か》けつけた。

炎魔《えんま》の毛皮をまとい、顔に黒い面をつけた〈蜘蛛《くも》〉が、たおれふし、折りかさなって土といっしょくたになった同族たちの中からただ一人、崖《がけ》に背中をあずけて立ちあがっていた。その胸から腹にかけて皮膚《ひふ》がぱっくりと裂《さ》けており、深い亀裂《きれつ》の内側に無数の虫たちがうごめいている。

その足もとには、まだ子どもの〈蜘蛛《くも》〉たちが十人ばかり、折りかさなってたおれていた。死んだ子どもたちの、面におおわれた顔の上をぞろぞろと虫が這《は》って、崖《がけ》を背に立ちあがった〈蜘蛛《くも》〉の傷口へ集まってゆく。

明楽が短刀を鞘走《さやばし》る音がする。

（なんで……）

灯子は足もとがふらつくほどのめまいをおぼえながら、この場から逃《に》げ出せない。よく見えない目を、なにからもそらすことができなかった。

「——クンか」

身じろぎしない〈蜘蛛《くも》〉の面の奥《おく》から、声がした。地を這《は》うように深みのある声が、クンを呼んだ。はじめからこの子の名前を知っている者に、灯子たちははじめて会ったのだ。黒い手甲《てっこう》をはめ、だらりと垂れた手の下に、楕円形《だえんけい》をした金属の道具が転がっていた。地下通路に火をつけようとしていた親子の持っていたものと、同じ形だ。

「ここまで来たか。森で、とっくに虫どもに食いつぶされていると思ったが。火をとりもどすための虫をうけつけなかったチビに、まだ命があったか」

かすれた声で、けれどもどこか愉快《ゆかい》げに、〈蜘蛛《くも》〉が言う。

「クン、はなれろ」

背中へ呼びかける明楽の声に、聞き逃《のが》しようのないふるえがやどっていた。明楽の言うことを聞かずに、クンは背すじを伸《の》ばし、まるい後頭部をこちらへむけて、岩壁《がんぺき》に背をあずけて動けない〈蜘蛛《くも》〉をじっと見あげている。

「ザンとヲンが死ぬとこ見たよ。ほかのみんなも死んだ？」

「死んだぞ。首都へ入った者たちは死んだ。お前、森で虫を採ってきたのか」

クンの頭がこくりとうなずく。虫たちがつめこまれて動いている傷口を見ても、クンはおどろかず、再会した仲間に——親に、それ以上近づいてゆくこともなかった。

「特別な虫、探してこいって、お兄ちゃんがたのんだから」

表情が生じるはずのない黒い面が、笑ったかのようだった。

「父ちゃん。もうお姉ちゃんたちのこと、殺さないで」

クンの幼い声が暗い空気に刻まれる。刻まれるそばから、こぼれて消えてゆく。

真冬のつめたい川の中、一人ぼっちだと思ったあの場所に、灯子はいままた足をひたしていると感じた。川の水は骨まで透《す》かして切りつけるようで、後悔《こうかい》しようがうろたえようが、引きかえすことはできなかった。灯子の足がつかっているのと同じ、暗く澄《す》んだ水の中に、太古の生き物のように楮《こうぞ》の白皮《しろかわ》が身をくねらせていた。

〈蜘蛛《くも》〉が低く笑った。

「殺せんなあ。いまは、お前の連れている虫にも勝つことができん」

足もとにたおれふす子どもの〈蜘蛛《くも》〉たちは、自分たちの親にすがるようにも見え、また自分たちを導く者を、細い腕《うで》を伸《の》べて支えようとしているかにも見えた。動かない子どもたちもまた、炎魔《えんま》の毛皮を身につけ、黒い面で顔をおおっている。子どもたちのそれよりも多くの装飾《そうしょく》をほどこした面をつけた〈蜘蛛《くも》〉の顔が、わずかに角度を変える。クンから明楽へ、そのまなざしが移ったのがわかった。

「きさまが、王になろうという火狩《ひか》りか」

声が、染《し》み入るような深みを帯びた。発音するのにあわせて、傷口の中の虫たちがぞろぞろとうごめく。

明楽は口を結び、いつでも斬《き》りかかれる姿勢で短刀をかまえたままでいる。しかし、厳しいその顔は、ひどく悲しそうでもあった。

「……火狩《ひか》りの王を、この世界に生む。人間を救ってやると火の種をあたえたようだけど、〈蜘《く》蛛《も》〉に節介《せっかい》を焼いてもらう必要はない」

明楽が低く告げると、肩《かた》をふるわせて〈蜘蛛《くも》〉が笑った。その泰然《たいぜん》とした笑い声に、灯子の耳はぞっとするほどのなつかしさを感じとる。森の中で、この〈蜘蛛《くも》〉のひざに乗り、かつてクンもこの声を聞いたのかもしれなかった。火を焚《た》き、あるいは虫を使って炎魔《えんま》を遠ざけ、いま足もとに死んでいる小さな者たちをまわりに集めて、森の夜をすごしたのかもしれなかった。……

「人間よ、自由になりたいのだろうが。自由をもたらす存在は、王ではない。黒い森から、炎魔《えんま》から、工場毒と神族の統治からお前たちを解放するものは、ただ一つ。火だ」

〈蜘蛛《くも》〉の声が、耳の奥《おく》の器官をおののかせる。ちがう、と声をとがらせる明楽の肩《かた》が、はっきりと緊張《きんちょう》していた。短刀の柄《つか》をにぎる指が、ぎゅっと小さな音を立てた。

「お姉ちゃん」

クンが明楽をふりかえって見あげる。耳をたおして明楽の足もとにうずくまったてまりが、それでも〈蜘蛛《くも》〉にむけてうなった。

「だめだよ、殺そうとしちゃ。手を出したら、父ちゃんがお姉ちゃんを殺しちゃうよ」

上を見あげる。崖《がけ》にとりついて動かずにいるクヌギの、さらに上。高い山の中ほどに、白々とした光をまとって神宮が鎮座《ちんざ》している。崩《くず》れた崖《がけ》の下がこんなありさまになっているのに、その光はまばゆいばかりだ。目の中へこぼれこんだ光をうけとめきれず、とっさにしばたたいたまぶたに涙《なみだ》がにじんだ。

「クン。いまは、この人間どもがお前の家族か」

低い声の穏《おだ》やかさを失わずに、〈蜘蛛《くも》〉が問いかけた。腹の傷を埋《う》めつくす虫たちがもぞもぞと動きまわり、死者たちの上へ深みのある声が降りかかる。

「教えてやれ。神族からもらいうけた道具で獣《けもの》を狩《か》っていては、人間は最後まで、滅《ほろ》ぶべき神々につながれたままだ……神々という呼び名も、やつらには不相応だ……」

灯子は必死に、かなたの息づかいを耳に集めた。決して正気を失わず、自分のするべきことを選びとろうとしている犬の呼吸を。

クンがこちらに背をむけたまま、傷をうけた〈蜘蛛《くも》〉を見あげている。そこに立ちつづけることで、〈蜘蛛《くも》〉から――自分の父親から、灯子や明楽を守ろうとしているかのようだ。

「……土を鋤《す》き、糧《かて》を得て生をつなぐ。それが本来の人間のすがただ。決してこのような、毒を垂れ流す場所につながれているような生き物ではない。人間どもを飼いならしている、神族もまた」

〈蜘蛛《くも》〉ののどから、すきま風のような音がもれる。呼吸にあわせてその音は大きくなってゆき、腹の傷に身を押《お》しこめた虫たちはますますさかんに動きまわった。あの虫たちは、なにをしているのだろう。

「いまさら〈蜘蛛《くも》〉がなにを言っても、聞く耳を持つ気はない。お前たちは、殺しすぎだ」

明楽の声が死者たちの上をさまよった。水の流れる音がする。首都にめぐらされた水路がさわいでいる。頭の中に、ひび割れの音が大きく響《ひび》く。

ここには、死者ばかりだ。

灯子は、大きな工場につながれていた黒馬の、無我夢中《むがむちゅう》で駆《か》け去るすがたを思い出していた。あの馬は、ちゃんと草のある場所へ逃《に》げただろうか。

「そうだな。そして人間も〈蜘蛛《くも》〉を殺し、神族は人間を死なせつづけている。救いがたい。神族は、選ぶべき道をまちがえた。持てあました命数の使い道も、宗家《そうけ》の力の使い道も」

神宮をいだく崖《がけ》のむこうの空が、黒い森と同じ色に染まり、工場地帯の上をおおう雲もむしばまれていった。まっ暗だ。この夜は闇夜《やみよ》だ。ひざから下の感覚を失いながら、それでも灯子は地面に落ちている三日月に、吸いよせられるように視線をむけた。

首都に蓋《ふた》をする雲のむこうに、月はいるだろうか。まっ黒な顔で、地平を見おろしているだろうか。

かなたが、ぴくりとこちらへふりむく。灯子の肩《かた》になにかがいた。まるで重みを感じさせずに、小さなだれかが立っている。

灯子は吸いこむ息に、たしかになつかしい味を感じた。

雪のように白いかむろに肩上《かたあ》げをした着物、ちっぽけな顔。——童《わらし》さまだ。息のかかるほどそばに、そのすがたがある。若葉色の目をして、灯子のそばにいる。灯子の目に、いまやそのすがたはぼんやりとした白いかたまりとしか見えないが、それでもその顔がほのかに笑っているのがわかった。

着物の下へ隠《かく》した守《まも》り袋《ぶくろ》が、そこへしまってある守《も》り石《いし》が、こんと胸の骨にあたる。名前のちがう神さまの石を同じ袋《ふくろ》に入れては、けんかをなさると教わってきたのに、灯子はそこに二つの守《も》り石《いし》を入れたままにしていた。ばあちゃんのにぎらせた守《も》り石《いし》と、火狩《ひか》りの形見の石と。

（……童《わらし》さま……あのとき、読まれましたか？　願《ねが》い文《ぶみ》を……）

肩《かた》の上で、童《わらし》さまがほのかに笑って灯子をのぞきこんでいる。灯子は気をつけて静かに静かに息をした。自分の吐《は》く息で、童《わらし》さまを吹《ふ》き飛ばしてしまったらどうしようと不安になった。

ぎし、と音がしたのは、土につき立った鎌《かま》を、かなたがくわえて引きぬいたからだった。

「首都へ入ったわれわれは、ここでついえた。クン、お前の母も、兄たちも死んだ。かわりに、見とどけろ……神を名のる者たちの正体を、その滅《ほろ》びるさまを」

〈蜘蛛《くも》〉が語るその声が、しだいに静かになってゆく。明楽は手にした短刀を、つきつけることができずにいる。両者のあいだに立つクンがますます細く小さく思え、灯子の心臓が、細い糸で吊《つ》られたようにたよりなくふるえた。

童《わらし》さまのあるかなきかの人さし指が、灯子の右手をさす。ふりむくと、かなたが口に鎌《かま》をくわえて、こちらへ駆《か》けてくる。あのときと——黒い森で、炎魔《えんま》からうけた傷で死んだ主《あるじ》の鎌《かま》をくわえとり、腰《こし》をぬかしている灯子のもとへ運んできたときと、同じに。

柄《つか》に汚《よご》れた荒布《あらぬの》の巻かれたこの鎌《かま》は、煌四と緋名子の父親のものなのに。二人は、かなたの家族はどこにいるのだろう。

犬のさし出す火狩《ひか》りの鎌《かま》を、灯子はうけとった。ふるえのやどる手に、狩《か》りの道具はおそろしいほど重かった。口が自由になったかなたは舌でなめて自分の鼻を湿《しめ》し、明楽たちのいるほうへ顔をむける。

「〈蜘蛛《くも》〉は、まだ森にひそんでいる。われわれを殺しても、べつの〈蜘蛛《くも》〉が人間を解放する。〈蜘蛛《くも》〉が最後の一人まで滅《ほろ》びようとも、やがて人間は、おのずから本来のすがたをとりもどそうとするだろう……」

〈蜘蛛《くも》〉の笑い声がする。あんなけがをしていて、なぜ笑うことなどできるのだろう。〈揺《ゆ》るる火《ほ》〉は笑っていなかった。世界を見ていることに耐《た》えられなかったのだと、あの子はそう言っていた。

火穂《かほ》といっしょにいた回収車《かいしゅうしゃ》の乗員たちが、クヌギが崖《がけ》に道を作っているのだと言っていた。しかし、クヌギ自身が崩《くず》れかかった崖《がけ》に四つの手でしがみつき、不自然な姿勢のまま動かないでいる。

「そこまで人間の解放に執着《しゅうちゃく》する理由はなんだ？　〈蜘蛛《くも》〉が敵対しているのは、神族だろう」

腹の中の虫たちが、動きにあわせて節を小さく鳴らす。それによって、人には理解できない古い言葉を発しているかのようだった。〈蜘蛛《くも》〉が面の奥《おく》で、低くうなった。それは、苦しげな嘆《たん》息《そく》だ。

「……血族の過《あやま》ちをすすぎたいのだ。火を操《あやつ》る異能を失ってなお、自らを神と名のっておごりつづける、神族宗家《そうけ》の過《あやま》ちを」

「宗家《そうけ》の、火の氏族？」

明楽の声に、いつものような感情はこもっていなかった。怒《いか》りも強がりも、ふだんならすべて声や表情にこめるのに、いまは一切を消し去っている。

クンがやっと、うしろをふりむいた。まるい目が灯子を見、そして明楽にそそがれる。ずっとくたびれはてて表情のなかったクンは、眉《まゆ》をさげて目じりを引きつらせ、心もとなさをあらわにしていた。

「〈蜘蛛《くも》〉は、最初、火の家の神族だったんだよ。でも、昔みたいに火が使えなくなった。神族でも火があると、体の中から燃えちゃうから。だから火がほしかったんだ。そいで〈蜘蛛《くも》〉になったの」

いまとなってはたいしたことではない、クンの声に、そんな響《ひび》きが混じっていた。

「そう……そういうことか」

明楽はどこか力がぬけたように、ため息混じりの声を発した。

神族の最高位にある火の宗家《そうけ》。その血族であったという〈蜘蛛《くも》〉が首都をはなれ、黒い森にひそんでまで火をとりもどそうとした、その執念《しゅうねん》が皮膚の下へ這《は》いこんでくるようで、灯子は自分の体の中にいることが耐《た》えがたかった。幼いころ大けがをおった火穂をたすけ、湾《わん》で流れの火狩《ひか》りたちを惨殺《ざんさつ》し、人間に火をとりもどさせようとし、いま目の前で、こんなにも死んでいる。

クンの目にも、灯子の肩《かた》にいる童《わらし》さまは見えただろうか。一瞬《いっしゅん》で明楽へ視線を移したから、クンは童《わらし》さまの小さなすがたを見なかったかもしれない。童《わらし》さまの指が、クヌギのしがみついている崖《がけ》の斜面《しゃめん》をさし、そのまま上へ移動してゆく。崖《がけ》の上には、神宮がある。姫神《ひめかみ》と、そして綺羅がいるはずの。

ちっぽけな手が灯子のあごにふれ、幼い緑の目が灯子の瞳《ひとみ》をのぞきこんだ。暗い視界に、とがった光がはぜる。灯子はそれを追いはらおうと目をつむり、開けたときには、童《わらし》さまのすがたは消えていた。

手ににぎった鎌《かま》がずしりと重い。

(あの上……)

あの上へ行けということか。この鎌《かま》を持っていたはずの緋名子は、まさかここをのぼっていったのだろうか。一人で? ひょっとすると、先に工場地帯へもどった煌四といっしょに行ったのかもしれない。

傷口を虫たちでふさいだ〈蜘蛛《くも》〉は、動くようすがない。じわじわと死につつあるのか、それとも腹の中の虫たちが、〈蜘蛛《くも》〉の生命がこぼれるのをふせいでいるのかもしれないが、とにかく身動きをするそぶりは見せない。

灯子は自分の気配をさとられないよう、クヌギの足もとへ移動した。

多様な種類の植物と、かたい皮膚《ひふ》のからみあう、クヌギのとほうもなく大きな足にふれてみた。このつめたさがもともとのものなのか、それともすでに生きていないからなのか、あまりにも木と融合《ゆうごう》しすぎたクヌギの生死を見きわめることは、灯子にはできなかった。

高く伸《の》ばしたクヌギの片腕《かたうで》の先が、岩壁《がんぺき》の中ほど、神宮をいだく崖《がけ》のくぼみに達している。木々人《きぎびと》の体を足場にのぼってゆけば、神宮へたどり着ける。

そのとき大きな手が上から伸《の》びてきて、なおもしゃべろうとしている〈蜘蛛《くも》〉を、その体を持ちあげた。四本あるクヌギの手の一つだった。

クンが、声一つあげずに、空中へ運ばれてゆく父親をながめている。〈蜘蛛《くも》〉の傷口から、ぼとぼとと虫が落ちた。クヌギのべつの手がその虫たちをうけとめ、高く持ちあげる。木々人《きぎびと》の頭部が動いて、手にうけた虫をばらばらと口の中へこぼした。

ごくん、とそののどがうごめく音がする。

虫を食べおえると、クヌギは〈蜘蛛《くも》〉を自分の足もとへ運び、その体を下へ置いて上から土をかぶせた。

出かかった悲鳴が肺の底にへばりついて動かない。かなたからうけとった鎌《かま》の柄《つか》をにぎる手に力をこめ、一方で灯子はクヌギの足からてのひらをはなすことができなかった。

倦《う》んだ声が降ってくる。

「……キリは、まだ墓に入らん。モグラは先に行ったぞ。お前たちも、むこうに用があるのか。

火狩《ひか》りの王を生むのか。許しを乞《こ》え。〈揺《ゆ》るる火《ほ》〉はまもなく星を焼くぞ。王になって、星の子に許しを乞《こ》え」

翡翠色《ひすいいろ》に光る目が、こちらをむく。夜をせおった木々人《きぎびと》が、灯子たちを見おろしている。

明楽がてまりを懐《ふところ》へ入れ、つっ立っているクンをかかえあげた。灯子とかなたのほうへ走ってくる。その真上から、クヌギの手がせまっていた。

明楽の手が灯子の腕《うで》をつかむのと、クヌギの鉤爪状《かぎづめじょう》の指が地表の土もろともに体をすくいあげるのは同時だった。目の奥《おく》に黒い点が生まれた。体が揺《ゆ》れて、黒い色が頭蓋《ずがい》の中いっぱいにふくれあがる。

それと裏腹に、視界に白い光がはじけて、完全になにも見えなくなった。

七　波

緋名子《ひなこ》の動きが止まっている。そばへ綺羅《きら》が来たので、安心したのかもしれない。いや、ちがう。綺羅にちがいない、まちがえるわけはないのに、それはちがうとなにかが鋭《するど》く告げた。

黒い着物。紅葉《もみじ》の色の帯。手足と首の包帯。髪《かみ》に結《ゆ》わえた細布。まだ混乱しきっている煌四《こうし》をさしのぞくその少女へ、神族が冷淡《れいたん》なまなざしをむける。

「こんなところへ出てこられては、さしつかえるのでは？」

その声音《こわね》が、冷静さをとりもどしている。現れた少女のすがたを前にして、神族はとっさに、みぞれに咬《か》まれて出血している手をそでの中へ隠《かく》しこんだ。

「だって」

綺羅の声が、平坦《へいたん》にこぼれた。背後に音もなく開いた丈高《たけだか》い門、そのむこうの四角く切りとられた空間は、べつの現実の不出来な写し絵のようだ。煌四と緋名子が目の前にいるのに、綺羅は近よることも名を呼ぶこともしない。手首に包帯を巻いた手が持ちあがり、着物をあわせた自らの胸《むな》もとを押《お》さえた。

「……この子が、とっても怒《おこ》っているんだもの」

自分を指さしながら、綺羅はそう言った。声にも表情にも、とまどいや困惑《こんわく》はわずかもこもっていない。ただその目が、なにもかもが不思議だと訴《うった》えていた。

(麻芙蓉《あさふよう》の幻覚《げんかく》が、まだ残ってるのか……?)

綺羅のようすは明らかにおかしかった。

か細いすすり泣きが、煌四の視線をさげさせた。みぞれを傷つけた神族に立ちむかおうとした緋名子が、身をかたくして肩《かた》をふるわせていた。体を硬直《こうちょく》させ、きつくうつむいて泣いている。

煌四は緋名子の肩《かた》を抱《だ》きかかえ、よろめきそうになる体に力をこめた。暗い色の、そでの長い着物をまとい、髪《かみ》や手足に細布を引きずって立つ綺羅を、正面から見すえた。

顔色がまっ白だ。口にほのかな紅をさしてあるせいで、血の気の引いた顔色がいっそう際立《きわだ》っている。そのまなざしは目の前の煌四たちではなくもっとひろく遠いどこかを見すえ、決してこちらを見てはいなかった。

ひ、ひ、と浅い呼吸をつなぐ緋名子の体が、発熱している。煌四は、綺羅のまとっている装束《しょうぞく》の染め色がなにに似ているのかをふいに思い出した。それは、墓の土の色だ。母の埋葬《まいそう》のときに見た、棺《ひつぎ》を埋《う》めるため深く掘《ほ》られた穴に断面をのぞかせる土の、暗い色だ。

「依巫《よりまし》、なのか？」

自分の問いが、まっすぐに立つ綺羅のむこう、白砂《しらすな》が平らにならされた空間へ吸いこまれる。狂《くる》いのない平面を、朱色《しゅいろ》の門を構成する直線を、綺羅の波打つ髪《かみ》の線がかき乱していた。

「そうです。五つの切り口から魂魄《こんぱく》をそそぎ入れ、結び目を作った。──土氏族のしわざです」

こたえたのは神族だった。穏《おだ》やかな口調から、もう煌四が焚三《たきみ》医師の声の名残《なごり》を聞きとることはなかった。綺羅が、首をかしげる。

「怒《おこ》ってる。ものすごく怒《おこ》って、じっとしていないの。ねえ、わたしをもとの体にかえして。この中にいるのはとても痛いし、このままでは、この子の体ももたなくなってしまう」

まっ白に色の褪《あ》せた顔をして、綺羅が神族たちに訴《うった》える。──ちがう、これは、綺羅ではないのだ。〈揺《ゆ》る火《ほ》〉は地下通路のとちゅうで消えた。そのときに「依巫《よりまし》のしたくが整った」と、ひばりが言った……入れ物にされた綺羅の中へ、〈揺《ゆ》る火《ほ》〉が入っているのだ。いましゃべっている存在は、千年彗星《せんねんすいせい》だ。

熱を出してふるえる緋名子を抱《だ》きあげながら、煌四は見慣れないいでたちをした綺羅から、わずかに距離《きょり》をとった。みぞれが尾《お》の先すら動かさず、全身の神経をそばだてて綺羅のすがたをした者を見あげている。

「いまからでも、依巫《よりまし》の中からぬけ出し、もとの体にもどることはできるでしょう。しかし、それには土氏族の力が必要です。〈揺《ゆ》る火《ほ》〉、早く選んではどうですか？　どのみちあなたの決断を、止める力を持つ者などないのです」

若い神族の告げる言葉に、綺羅の顔がはじめてゆがんだ。悲壮《ひそう》なほどの表情を、細布を結《ゆ》わえた豊かな髪《かみ》がふちどる。

「選ぶ？　選んだわ、もっとずっと前に――軌道《きどう》からはなれたとき、一人で朽《く》ちはてるまで、二度ともどらないと選んだ」

願《ねが》い文《ぶみ》をとどけ、綺羅を連れもどさなければ。そのために神宮へ来たのだ。――しかし、この体にいる者は、綺羅ではなく〈揺《ゆ》る火《ほ》〉だ。

（つぎの姫神《ひめかみ》にするため……神族は、そう言っていたんだ）

なぜ綺羅が、こんなことに巻きこまれなくてはならないのだろう。自分の母親に嗅《か》がされた麻《あさ》芙蓉《ふよう》の影響《えいきょう》が体から消えるまで、屋敷《やしき》の自室で休み、治療《ちりょう》をうけていなくてはならないのに。

緋名子はうるんだ目を危なっかしく揺《ゆ》らがせながら、綺羅や煌四のほうを懸命《けんめい》に見ようとしていた。

「緋名子、大丈夫《だいじょうぶ》だ、いつもの熱だから。薬を飲んで、寝《ね》ていたら治るんだ。すこしのあいだ、がまんできるな？」

煌四のつらねる気休めに、妹はふるえながら何度もうなずいた。頭を重たそうに煌四の肩《かた》にあずける。作り変えられた体を、うまく操《あやつ》ることができていないのだ。抱《だ》きあげた緋名子の心もとない呼吸の音が、煌四の神経をきつくゆがめた。

みぞれに食いつかれた手をそでの中へ隠《かく》している、あの神族に引きわたせば、緋名子の熱はさがるのかもしれない。この異様な状態から緋名子をたすけるすべは、いまは、神族にしかないのかもしれない……緋名子の体を作り変えたのが、同じその神族なのだとしても。

煌四は緋名子の頭を支えながら、顔をあげた。妹に薬をあたえた神族に目をむけた。しかし、

「……その子は、やめてほしがっている」

声がした。妹のことを、緋名子ちゃん、と愛らしげにいつも呼んでくれていた声が。

まるで緋名子のことを、いままで見たこともなかったかのように言う。

墓穴《はかあな》の色をまとった綺羅が、首をかしげて緋名子をのぞきこんでいる。髪《かみ》や首、手首足首の細布が、囚人《しゅうじん》をつなぐ鎖《くさり》のように垂れて揺《ゆ》れた。

「体を操作されたくないって。また他者を傷つけてしまうかもしれないから、このままのほうがいいって」

綺羅の顔には、虚《うつ》ろで心細そうなおもざしがやどっている。同じ顔をした少女と、煌四はいっしょに地下通路をたどった。〈揺《ゆ》る火《ほ》〉の表情そのものだ。

「――〈揺《ゆ》る火《ほ》〉、こんなところまで出てくるには、まだ無理があるはずですよ。依巫《よりまし》が安定していない。下手なことをすると、依巫《よりまし》ごと死んでしまいます」

医者のふりをしていた神族が、吐《は》き捨てるように言った。

その言葉に、反応したのは〈揺《ゆ》る火《ほ》〉ではなかった。上から、白い影《かげ》が落ちてくる。カン、と高い音を立てて、開いた門の手前へおり立ったのは、ひばりだった。

「お前は黙《だま》っていろ」

少年神はきつく眉《まゆ》をつりあげて、恨《うら》みすらこめた目つきを縹色《はなだいろ》の直衣《のうし》の神族にむける。ひばりは工場地帯で、油百七《ゆおしち》の支配下にある者たちの足止めをしていたはずだ。自分のけがを隠《かく》しながら、神族はひばりの登場に意外そうに目を光らせた。

「おや、もう動けるのですか？　謀反《むほん》を起こした人間たちに、かなりてこずっていたようですが。まだ神宮の中にいたほうがいいのでは？」

白々しい忠言に、ひばりがいまいましげに舌打ちをした。

「黙《だま》れというんだ。なんだ、そのざまは。姫神《ひめかみ》の御許《みもと》で血を流すとは。その血をすぐまで神宮へ立ち入るな」

神族のおもざしが、暗くとげを帯びた。ふちの薄《うす》い眼鏡の奥《おく》から、ひばりをにらむ。

「燠火家《おきびけ》の当主と配下の者一名。穢《けが》れを身にまとった謀反者《むほんしゃ》をみすみす神宮へ入れたのは、颪氏族の落ち度でしょう」

煌四のこめかみが、自然と引きつった。油百七は、〈蜘蛛《くも》〉の屍《しかばね》がならぶ崖下《がけした》から、近づいてくる神族たちを突破《とっぱ》し、神宮の中まで入ったのだ。

「あの者たちを試験体にするのだと言って、神宮内に生きたままとどめているのは水氏族だろう？　やつらをいますぐ外へほうり出せ。血の一滴《てき》、骨の一片《ぺん》も残さずこの世から消してやる」

現れたひばりにも、〈揺《ゆ》る火《ほ》〉はまっすぐな姿勢を崩《くず》さず、虚《うつ》ろなおもざしを揺《ゆ》るがすことはなかった。やりとりをする神族たちのどちらの声も、墓場の色をした着物をまとった〈揺《ゆ》る火《ほ》〉の心の中まではとどいていない。

「これ以上、人間をもてあそぶのはやめて。もう、こんなことは、さんざんしてきたはずでしょう。旧世界からうけつがれたのは、人体発火病原体だけで充分《じゅうぶん》だった」

〈揺《ゆ》る火《ほ》〉が、綺羅の口を使って静かに言う。

不吉《ふきつ》な色の裳裾《もすそ》や長いそでを揺《ゆ》らし、綺羅の髪《かみ》を肩《かた》にすべらせて、〈揺《ゆ》る火《ほ》〉がこちらに背をむけた。風はないが、髪《かみ》がはためく。結《ゆ》わえつけられた細布が、空中に複雑な波形をえがく。

周囲にいるのは、神族ばかりだ。腕《うで》の中の緋名子は高熱を出している。煌四は、こめかみにつめたい汗《あせ》が浮《う》くのを感じた。開かれたままの門の内側へ目をこらす。――白砂《しらすな》が平らに敷《し》きつめられた庭。その先に、赤い柱によって地面から浮《う》かびあがった御殿《ごてん》の入り口が見えている。あそこから、神宮へ入れる。かばんの中の願《ねが》い文《ぶみ》をとどけるべき相手は、神宮の中にいる。

(だけど、〈揺《ゆ》る火《ほ》〉は)

王になる者が狩《か》るのだという千年彗星《せんねんすいせい》は、いま、目の前にいるのだ。神族たちの言葉をそのまま信用するならば、ほかの氏族の異能によって、まず依巫《よりまし》になった綺羅から引きはなさなければならない。しかし、神族たちがそれを許すわけはなかった。

門から一直線に庭をつきぬけた先に、階《きざはし》がある。その上に、御簾《みす》がおろされている。……あれは、なにを隠《かく》しているのだろうか。

「姉上、もう時間がありません。手揺姫《たゆらひめ》さまのもとへおもどりください。……ぼくは、姉上たちに、神族の言いなりになってほしくはありません。どうか、自由になってもらいたいのです。姉上がなにを選ばれようと、もうだれにも口出しをさせません」

ひばりは歩みよってくると、〈揺《ゆ》る火《ほ》〉の足もとにひざまずいた。〈揺《ゆ》る火《ほ》〉は首をかしげ、その所作の意味を判じあぐねているかのようだった。ややあってから、かしげたままの首を弱々しくふるった。

「土の氏族が、姫神《ひめかみ》の座へわたしを座《すわ》らせるしたくをしているのでしょう? 地上への帰還《きかん》と同様に、書きかえのできない指令をあたえようとしている。わたしの頭の中に、その指令を書くための場所があるのでしょう?」

ひばりは口を引き結び、ただ相手を見つめることで返事をした。〈揺《ゆ》る火《ほ》〉が目をふせると、綺羅のまつ毛が頰《ほお》にささやかな影《かげ》を落とした。

「依巫《よりまし》にされているこの子も、その子たちも関係ない。町へ帰してあげて。そのあとでないと、選べない」

〈揺《ゆ》る火《ほ》〉の目が、煌四と緋名子のほうをむいた。孤独《こどく》な老いと幼さをたたえた目は、どこか緋名子に似ている。

「姉上。いまは、人間への情はお捨てください。姉上と手揺姫《たゆらひめ》さま、神族と人間たちのためにだれよりも虐《しいた》げられてきたお二人を、ぼくはせめてお救いしたい。――それに、人間の中には、姉上を狩《か》ろうとしている者たちがある」

ひばりの少女のような声に、怖気《おぞけ》が走った。煌四の感情を読みとったのか、みぞれが鼻面《はなづら》をなめらかにこちらへむけた。みぞれがここにいるのに、犬を連れているはずの火狩《ひか》りは一向に現れない。

明楽《あきら》の兄、炉六《ろろく》の友人だったという火狩《ひか》りは、神宮で殺されたのだという。先に神宮へむかった炉六にも、同様のことが起こったのではないか。

「……火狩《ひか》りを、どうしたんだ？」

にらみすえる煌四の視線を、ひばりは顔面からひたむきさを消し去り、瞬時《しゅんじ》に口の片はしをあげてどこか楽しげにうけとめた。白い水干《すいかん》の上を、やわらかな長い髪《かみ》がすべる。

「お前に教えると思うか？」

目をこらす。白砂《しらすな》の庭のむこう、赤い階《きざはし》の上……御簾《みす》のおろされた静かな空間があり、それは煌四の腹の中からひややかな違和感《いわかん》を引きずり出した。下界の破壊《はかい》とはまるで無関係だといわんばかりの静謐《せいひつ》さをたたえて、御簾《みす》が隠《かく》している空間に——あそこに、なにかがいる。

すっとそばへ細い鼻面《はなづら》が寄ってきた。みぞれが、かたわらに立ってまっすぐに門の内側の白砂《しらすな》の空間を、その先の階《きざはし》の上を見すえている。目の下に傷をおった犬は、舌で自分の鼻を湿《しめ》して白い牙《きば》をかちゃかちゃと鳴らした。目を閉じている緋名子に鼻を寄せ、すくいあげるようなまなざしで煌四を見る。

ひどい頭痛に襲《おそ》われたかのように、〈揺《ゆ》る火《ほ》〉が顔をしかめる。きつく閉じた目をあげたとき、表情のなくなっていた顔に、悲壮《ひそう》なほどのいらだちが表れていた。その表情を、見たことがあった。煌四に、油百七のもとでしていることをすべて話せとせまったときの、あの顔だ。

歯を食いしばって、依巫《よりまし》がのどの奥《おく》から声を引きずり出した。

「巻きこまないで……煌四たちを、もう巻きこまないで」

声のふるえが、煌四の意識を強く打ちすえた。

そのとき、煌四の腕《うで》が自分の意思とは関係のない力で押《お》しやられた。同時にひばりのすがたが、大きく後方へ吹《ふ》き飛んだ。

受け身をとりそこね、ひばりは背後に開いた門の敷居《しきい》の上をまたいで背中を地面に打ちつける。着地の衝撃《しょうげき》で咳《せ》きこもうとするひばりに、小さな影《かげ》がのしかかった。緋名子だ。煌四の腕《うで》をふりきって跳躍《ちょうやく》し、ひと息にひばりを門の内側まではじき飛ばして、その上に馬乗りになっていた。がむしゃらな動きに、正確さはなかった。そのぶん、ひばりはよけることも反撃《はんげき》することもできないでいる。さけびながら、緋名子は少年神の上へこぶしをふりあげる。にぎりしめた手を顔面へたたきこむつもりだ。

「お兄ちゃんと綺羅お姉ちゃんを、いじめないでっ！」

わめき声と同時にふりおろそうとした緋名子の手は、しかしひばりの顔を砕《くだ》かなかった。水紋《すいもん》のえがかれた直衣《のうし》のそでが、緋名子の腕《うで》をうしろからつかんだ。反対の手に、注射器がある。針が緋名子のほうをむいている。

「じっとしていてください」

落ちつきはらった声が、煌四の頭に残っていた枷《かせ》をとりはらった。かばんから雷瓶《らいびん》をとり出すことも思いつかず、走りながら落ちている石くれをつかみとった。砕《くだ》けた先端《せんたん》がとがっているのを、とっさにどうやって見わけたのか、自分でもわからない。

首すじだ。炉六が〈蜘蛛《くも》〉のヲンに短刀をつき立てた、その動きを思い出そうとする。記憶《きおく》は混乱していて、煌四は一瞬《いっしゅん》のあいだにその方法を捏造《ねつぞう》した。

駆《か》けてゆく勢いを、手につかんだちっぽけな石にこめようとする。こんなもので神族の体を傷つけられるのかわからなかった。けれども、しなければならない。この神族にこれ以上、好きにさせるわけにはいかない。

視界が極端《きょくたん》にせばまり、煌四にはねらいをさだめた神族の首以外、一切のものが見えていなかった。

「――みぞれ！」

さけんだ声がだれのものなのかも、考えられなかった。腕《うで》をふりあげた煌四の横腹へ犬が体当たりをし、体が衝撃《しょうげき》にかしいではじめて、みぞれに命令をくだす者が一人しかいないことに気づいた。

ざっと音を立てて、煌四は大きく体勢を崩《くず》し、眼鏡がはずれかける。鋲《びょう》の打たれた門扉《もんぴ》に肩《かた》と頭を打ちつけたが、痛みを感じるには意識が混乱しすぎていた。

神族の手へ、金色の光が斬《き》りこんだ。ただそれだけが見え、薬液の入った器具をかまえた手がどうなったのかをたしかめることはできなかった。声があがる。短い悲鳴によって敵意を表した神族は、しかし間髪《かんはつ》を入れず顔面へ打撃《だげき》をくわえられ、うしろへ蹴《け》たおされた。

腕《うで》を解放された緋名子の体がかしぐ。もともと小柄《こがら》な体は、力を失って布切れのように地面へすべり落ちた。ひばりがおぞましそうに、這《は》いつくばったままあとじさる。

火狩《ひかか》りは、旧道側から現れた。本来の利《き》き手《て》ではない左手ににぎっているのは、短刀ではなく狩《か》りに使う鎌《かま》だ。駆《か》けつけた炉六が煌四の意識へたたきつけるように、わらじの足をすぐそばへ踏《ふ》みしめた。

「お前は殺すな」

声の底には高いかすれがふくまれていた。その足もとへ不恰好《ぶかっこう》にひざをついた姿勢から、煌四はあわてて起きあがった。立とうとするひざが砕《くだ》けて、地面がかしぐ。門扉《もんぴ》のむこう側にくずおれた緋名子へ、駆《か》けよろうとあがいた。

耳の奥《おく》で、つめたい血がさわいだ。炉六からぎらつくような血のにおいがした。森で角度を調整しなおしていた短刀がない。だから鎌《かま》を使っているのだ。ここへたどり着くまでに、何者かと戦った痕跡《こんせき》が、炉六の体にまつわりついている。火狩《ひか》りのまとう生々しい死のにおいが、つぎの瞬間《しゅんかん》にも目の前で起こるであろうできごとをはっきりと予感させる。

炉六の横顔が、頭部への打撃《だげき》をうけて腹を上に這《は》いつくばる神族をにらみすえた。煌四はそれを直視することができず、顔をゆがめて起きあがろうとするひばりのそば、白砂《しらすな》を乱してたおれている緋名子をたすけようと、敷居《しきい》をまたいだ。

くぐる瞬間《しゅんかん》、全身に鳥肌《とりはだ》が立った。神族の住まう領域から、異物として拒絶《きょぜつ》されているのをはっきり感じた。それでもためらわずに進んだ。敷居《しきい》を越《こ》えたすぐそこに、緋名子がいるのだ。足をどのように動かしたのかも判然としないまま、緋名子をかかえあげようと手を伸《の》ばした。目を開けているが、緋名子はひくひくと浅い呼吸をし、たおれこんだまま手足をこわばらせていた。

明らかな殺意のこもった視線を緋名子へむけていたひばりが、その目を転じて表情をこわばらせた。

緋名子をかかえて、煌四はやっとうしろをふりむく。火狩《ひか》りの鎌《かま》が、あおむけにたおれた神族の首へ、確実に斬《き》りこんでいた。炎魔《えんま》を狩《か》るための武器は咽頭《いんとう》を裂《さ》き、ためらわずに相手の息の根を止めていた。

しかし同時に、神族の手も動いていた。――いや、手だけが動いていた。のどを裂《さ》かれた体から切りはなされて、形のよい右手がくねりのぼる。切断面から血液ではなく真水があふれて、それが蛇《へび》の鎌首《かまくび》のように手を支えていた。にぎったままの注射器が、しりぞこうとする火狩《ひか》りの胸部につき立てられた。

緋名子が身の内へ空気を押《お》しこめるように呼吸をつめる。展開されるできごとを見せまいと背中を抱《だ》く手に力をこめると、緋名子ははげしくふるえながら煌四の肩《かた》へ頭を寄せてきた。

門の外側に立つ〈揺《ゆ》る火《ほ》〉が、火狩《ひか》りを注視している。不思議そうなまなざしだった。口から、言葉が失われていた。

炉六は鼻梁《びりょう》にしわを刻んで、とどめを刺《さ》したはずの神族の顔をにらむ。烏帽子《えぼし》も眼鏡もはずれて、目をむいている半死半生の顔は、炉六を見つめて、たしかに笑っていた。

鎌《かま》に裂《さ》かれたのどから、ごぼりと血があふれた。赤い液体といっしょに、どこから響《ひび》くのか神族の声がする。

「おや、適合者ではなかったようですね。残念です」

最期《さいご》に使われた異能が、その声を響《ひび》かせたのかもしれなかった。人間の医師のふりをしていた神族の、誠実そうな声がたしかに耳にとどいて、空中にうねる水に支えられた手首が落ちるのと同時に消えた。首の傷から噴《ふ》きあがっていた血液が、勢いを失い地面へ流れる。

ひざを崩《くず》しかけた炉六は深々と息を吐《は》きながら、刺《さ》さったままの注射器を自分で引きぬいた。土の上へ捨てられたそれが、とんでもなく場ちがいなものに見えた。あんなものが、ここにあってはいけない――煌四の心臓からも針がぬかれたかのように、痛いほど速く血がめぐった。炉六のひたいに、頭から水を浴びたかのような汗《あせ》が流れ、血管のすじが浮《う》く。

「……くそ。殺しても死なん連中ばかりだ。炎魔《えんま》の群れとやりあうほうがよほどいい」

悪態をつき、炉六は煌四や緋名子のむこう、階《きざはし》の上の御簾《みす》を目にとらえる。門の外側から、穿《うが》つようなまなざしが御簾《みす》へとどいた。その視線の動きをさとって、ひばりがすばやく起きあがった。緋名子のあたえた打撃《だげき》でどこかを傷めたのか、動きがぎこちない。

「姉上、もどってください。手揺姫《たゆらひめ》のところへ」

門の外に立ちつくしている綺羅の口から、星の子の言葉はこぼれてこなかった。いま死んだばかりの神族へ、まばたきを忘れた横顔をじっとそそいでいる。そのあごが小刻みにふるえるのだけが見てとれた。

「う、動かないでください」

ぐったりしている緋名子の体を支えながら、煌四は炉六へ呼びかける。火狩《ひか》りの顔が、かすかに笑ったように見えた。

「休んではおれん。旧道にいた〈蜘蛛《くも》〉の残党とやりあって、時間を食ったのだ。……お嬢《じょう》さんは、依巫《よりまし》にされているのか」

綺羅のすがたへ視線をむけ、炉六が煌四にむかって短く問うた。たずさえていた短刀を失っている火狩《ひか》りにうなずいてこたえながら、煌四はただ焦《あせ》っていた。体へそそがれた薬を消さなければ。どうすれば、いまそんなことができる？　適合者ではなかった場合、薬をあたえられた人間はどうなるのだろう。いや、なぜあの神族の言葉を信じる必要がある？

炉六は、煌四の思うことなどすべて無視した。

「千年彗星《せんねんすいせい》がこの場にいるんだな。では、星を狩《か》り場《ば》へ誘導《ゆうどう》するのではなく、明楽をここに呼ばなければならん」

「……でも」

腕《うで》の中で、緋名子は自分の体を動かせずに弱い呼吸をくりかえしている。みぞれが自分の火狩《ひか》りへ、端正《たんせい》な横顔をむけていた。〈揺《ゆ》る火《ほ》〉がそのむこうに立っている。水氏族の神族は動かなくなったが、ひばりはこちらへ敵意をむけたままだ。雷瓶《らいびん》は——まだかばんに入っている。

「願《ねが》い文《ぶみ》を読んだか？」

炉六の声がゆがんでいる。肺《はい》がどうにかなっているのか、呼吸の音が異様に荒《あら》い。

「……いいえ」

煌四がそう応じると、火狩《ひか》りはたしかに笑《え》みを浮《う》かべた。

「あいつは相当のばかだからな。とどけてやらんわけにはいかない」

意味のわからないことを告げると炉六は足に力をこめ、

「いいか、妹とお嬢《じょう》さんを、かならず連れて帰れ」

煌四に目をむけるとあとはまっすぐに前を見て、駆《か》けだした。

門をくぐり、敷居《しきい》を越《こ》えて走る。自分の乱れた呼吸をふり切るように、神宮の敷地《しきち》へ踏《ふ》みこんだ。立ちふさがろうとするひばりに、みぞれが飛びかかる。完璧《かんぺき》な平面にならされた白砂《しらすな》が、火《ひ》狩《か》りの足に乱されてゆく。

煌四は緋名子をその場に座《すわ》らせた。くたりと力なく、それでも妹は細い手をついて自分の上半身を支える。それをたしかめて、なんの武器も持たないまま、みぞれと少年神のあいだへ割って入った。先ほど緋名子が打撃《だげき》をあたえたひばりの胴《どう》へ肩《かた》を打ちつける。

「みぞれ、行け!」

犬を押《お》しのけながら、さけんだ。主《あるじ》の声ではないのに、みぞれは長い脚《あし》で砂を蹴《け》り、方向を転じて炉六のもとへ走った。狩《か》り犬《いぬ》の牙《きば》を避《さ》けるために身を引く姿勢をとっていたひばりが、きつくこちらをにらむのが目のはしに見えていた。

白いそでの下から、幾片《いくへん》かの紙が舞《ま》った。煌四のかたわらを飛んで、駆《か》けてゆく炉六をとりかこむ形で着地したのは、四体のしのびたちだ。さらに動こうとするひばりの手を、煌四はひねりあげる勢いでつかんだ。綺羅が見ているだろう、と思った。依巫《よりまし》にされたまま、この無様なやりとりをきっと見ている。

しのびの一体の足に、みぞれが食らいついた。犬の牙《きば》に残る神族の血が、黒装束《くろしょうぞく》から陰影《いんえい》を消し去る。血の穢《けが》れに反応して、ほかのしのびたちが犬におどりかかろうと、高下駄《たかげた》で砂を蹴《け》りつけた。

切れ長の目が間近から煌四をにらみつける。

「死にたいのか」

少年神の声が低く問うたが、決して返事はしなかった。

三日月鎌《みかづきがま》が鋭《するど》い音を立てて空を斬《き》る。火狩《ひか》りの動きに迷いはない。もはや、迷っていられる猶予《ゆうよ》はないのだ。鎌《かま》の一閃《いっせん》で、炉六とみぞれの周囲に立ちはだかったしのびたちは、もとの紙人形にもどった。

炉六はそのまま、階《きざはし》を駆《か》けあがる。鎌《かま》をふりあげて、御簾《みす》をはらい落とした。がらんとした暗い空間があらわになる。黒光りのする木材の組まれた正殿《せいでん》に、一段高く御座《ぎょざ》がしつらえられている。

ひばりが短く息を吐《は》く。依巫《よりまし》が、〈揺《ゆ》る火《ほ》〉がまっすぐに、御簾《みす》のむこうを見つめている。そこに現れた小さな影《かげ》を。

御座《ぎょざ》の上には、一人の少女がいた。赤い着物をまとい、火狩《ひか》りを見あげて座《すわ》っていた。背丈《せたけ》よりも長い髪《かみ》が周囲に垂れ、金糸の織りこまれた紅色の着物が、青白い肌《はだ》の色をいっそう強調していた。一人きり、そこに座《すわ》っていて、警護の者も従者らしき者のすがたもない。

「お前がそうか?」

炉六の問う声が聞こえた。まるで、道で会った子どもに迷子かと問いかけるような口調だ。

五色の糸でふちを彩《いろど》られた御座《ぎょざ》の上から、体に不釣《ふつ》り合いなほど瀟洒《しょうしゃ》な衣《ころも》をまとって、少女はじっと火狩《ひか》りを見あげる。かたわらに台座に載《の》った小ぶりな照明があるきりで、背後によどむ暗さが、いまにもそのすがたを呑《の》みこみそうだった。

煌四がとり押《お》さえていた腕《うで》を、ひばりが引きぬく。少年神もまた、御簾《みす》のむこう、巨大《きょだい》建築の入り口にある御座《ぎょざ》に座《すわ》る少女を見つめている。

火狩《ひか》りの問いに、少女がこくんとうなずいた。耳の上につけた髪飾《かみかざ》りが揺《ゆ》れる。灯子《とうこ》に似ていた。顔立ちもいでたちもまるでちがうが、心細げなたたずまいが、それにもかかわらず静かな覚《かく》悟《ご》を思わせる顔が同じだった。

炉六はにぎっていた鎌《かま》をわきにはさむと、なにかを狩衣《かりぎぬ》の懐《ふところ》からとり出した。願《ねが》い文《ぶみ》の入った雷瓶《らいびん》だ。それを少女にさし出そうとする。しかしその動きが、はたと止まる。狂《くる》いのない設計の塀《へい》にかこまれた、木も、草の一本も生えていない庭。直線と平面のみで構成された空間の、静謐《せいひつ》であるはずの空気がうねる。——下から。

「威勢《いせい》のいい者たちがそろいながら、穢《けが》れた人間をここまで立ち入らせるとは、嘆《なげ》かわしい」

地中から、現れる影《かげ》があった。御座《ぎょざ》の背後の空間からではない。炉六のうしろ、きめ細かな砂の下から、その暗い色をした人影《ひとかげ》は出現したのだ。土がずぶずぶと盛りあがり、やや背のまがった老人の形になって、ゆっくりとかぶりをふる。

朽葉色《くちばいろ》の直衣《のうし》に黒い烏帽子《えぼし》の神族の、穏和《おんわ》な声音《こわね》に聞きおぼえがあった。身をひるがえしたみぞれが、ためらわずに年老いた神族に襲《おそ》いかかろうとする。が、神族が手をかざすと、土のつぶてが犬にむけて飛散した。みぞれが短く悲鳴をあげて頭と尾《お》をまるめこむ。

門の外から、〈揺《ゆ》るる火《ほ》〉がじっとこちらを見ている——その視線が、煌四の神経をあぶった。見まちがいではない。あれは、燠火家《おきびけ》で家庭教師をしていた老人だ。綺羅をさらったという神族。耿八《こうはち》という偽名《ぎめい》を使っていたのだと、煌四に教えたのはこの場にいる少年神だ。

「おや、煌四くんも、ここまで来たのですか。優秀《ゆうしゅう》なばかりでなく、悪運も強いようです」

ふりかえった神族が年老いた顔に柔和《にゅうわ》なしわをならべ、人間の教師のふりをしていたころと変わらない口調で声をかけることに、煌四はあらがいがたい寒気に襲《おそ》われた。綺羅は依巫《よりまし》に、〈揺《ゆ》るる火《ほ》〉の入れ物にされ、このままではつぎの姫神《ひめかみ》に仕立てられる。……綺羅をこんなことに巻きこんだ、張本人がこの神族なのだ。

「姫《ひめ》さまに、人間が近づくことは許されません」

知識深さを醸《かも》す老人の声が、この場にいる者たちに告げた。

（あれが……？）

姫神《ひめかみ》。炉六が駆《か》けのぼった階《きざはし》の上にいる少女が。神族たちの力をまとめ、各地の結界を維持《いじ》している、この世界を支える存在――あんなに小さな子どもが。

階《きざはし》の下にたおれたみぞれが、長い脚《あし》をふりまわすように立ちあがった。犬はまだ動けるのに、打ちこまれた薬のせいなのか、炉六の体はかしぎかけている。火狩《ひか》りの鎌《かま》が重い音を立てて床《ゆか》へ落ち、炉六は願《ねが》い文《ぶみ》を目の前の少女へわたさないまま、左手の中へにぎりこむ。

「早く、逃《に》げろ」

炉六の低く言う声が、こちらまで聞こえた。みぞれに命じたのでも、煌四にむけて言ったのでもない。火狩《ひか》りの顔は、眼前の少女にむけられたままだった。

火狩《ひか》りの言葉に、少女が目をみはった。得体の知れないおどろきが、その顔をおおっている。願《ねが》い文《ぶみ》をわたさず、なにを思って逃《に》げろと言ったのか、煌四が考えるいとまはなかった。白砂《しらすな》が空中へ巻きあがり、その下から黒い土が噴《ふ》きあがった。生き物のように、土が火狩《ひか》りに襲《おそ》いかかる。それは黒い蛇《へび》か、竜《りゅう》に見えた。炉六は逃《に》げずに、自分へむかってくるものを見すえている。

「やめて」

うしろから声がした。綺羅の。ちがう、〈揺《ゆ》るる火《ほ》〉の声だ。煌四のうしろから、足袋《たび》をはいた足が敷居《しきい》を越《こ》えてくる。

「だめだ」

炉六のほうへ走りだそうとしていた煌四は反射的にふりかえり、こちらへむかってくる〈揺《ゆ》る火《ほ》〉の前へ立ちふさがった。不思議そうに目を見開いているのは綺羅の顔なのに、中身はあの痩《や》せ細った天の子どもなのだ。煌四の言葉や行動が、いったいどれほどの力を持つだろうか。

「むこうへ行くな。綺羅をつぎの姫神《ひめかみ》にさせない。あっちへ行っちゃだめだ」

肩《かた》をつかんだ。暗い色の着物の布地はやわらかく、こんなに汚《よご》れた手でふれてはならないと思った。両の目をまるく見開いた顔の下、波打った髪《かみ》に接触《せっしょく》している自分の手がふるえているのに煌四ははじめて気がついて、いっそう動揺《どうよう》した。

緋名子は動けずに、地面にうずくまっている。

いま、なにかをまちがえたら、この場にいるだれかが犠牲《ぎせい》になる。もうこれ以上、だれも死なせてはならないのに。

ひばりが小さく鼻を鳴らす。あざけりのこもったそのしぐさに、煌四は強い違和感《いわかん》をおぼえた。みぞれが吠《ほ》える。炉六の足に伸《の》びあがった土がからみついて階《きざはし》から引きずりおろし、地中へ呑《の》みこもうとしていた。地面のうねる感触《かんしょく》が、こちらまで伝わってくる。かき混ぜられた土のにおいが空気中へ解きはなたれた。

片腕《かたうで》がつぶれ、体内に薬をそそがれた火狩《ひか》りに、抵抗《ていこう》する力はもうないようだった。土中から鎌首《かまくび》をもたげた土の腕《うで》に、炉六は引きずりこまれそうになる。

と、御座《ぎょざ》の上に座《すわ》っていた少女が、よろよろと立ちあがり、赤い裳裾《もすそ》を引きずりながら階段を駆《か》けおりた。うねる土の上へためらいなく踏《ふ》みこみ、炉六に手を伸《の》ばした。その左手から、雷瓶《らいびん》をつかみとる。

とたんに土を操《あやつ》る力がとだえ、地面のうねりが止まった。地中へ引きずりこむ力がとぎれ、炉六は腰《こし》まで土にまみれて、かき乱れた庭土の上に身をふせていた。そのかたわらへひざまずき、赤い髪飾《かみかざ》りを揺《ゆ》らして、少女が両手につつんだ雷瓶《らいびん》を、神族の力が断《た》ち切れた土の中へ押《お》しやった。火狩《ひか》りを呑《の》みこむうねりを止めたはずの地面が、少女の手のふれる部分だけ泥水《どろみず》のようにやわらいで瓶《びん》をうけ入れ、土の下へ隠《かく》した。とぷりと小さな音とともに呑《の》みこまれた雷瓶《らいびん》は、もう浮《う》かびあがってはこなかった。

「……よけいなことを」

年老いた神族の顔色が、はっきりと変わった。柔和《にゅうわ》に笑うところしか見たことのないその目が見開かれ、土の上にひざをついた姫神《ひめかみ》をにらんでいる。

花飾《はなかざ》りの載《の》った頭をあげ、少女が直衣《のうし》すがたの神族を見あげた。前髪《まえがみ》の下の眉《まゆ》がこわばり、その口がなにかを言おうと動きかけた。

そのとき、光が空を染めた。神宮の無数の窓の内側から、強烈《きょうれつ》な光がはじけてあふれたのだ。金色の、あの輝《かがや》きはたしかに雷火《らいか》の色だった。

いくつもの窓から照射される閃光《せんこう》が見えたと同時、天が裂《さ》けた。

まぶしい裂傷《れっしょう》が空間を切り刻み、爆音《ばくおん》とともに駆《か》けくだった。いかずちだ。冴《さ》えわたる光が上空の力をたずさえ、神宮の屋根を直撃《ちょくげき》した。

大屋根が光を呑《の》み、呑《の》みこみきれずに砕《くだ》けて飛散する。残響《ざんきょう》が空気をどよもす中、破壊《はかい》された屋根と建物の破片《はへん》が飛んで落ちてくるのが、ひどくゆっくりと見えた。

神宮の破片《はへん》は前庭へも飛来し、朱色《しゅいろ》の塀《へい》に激突《げきとつ》して白砂《しらすな》を宙に巻きあげた。怒《いか》りの形をした砂の花が、いくつもはぜては空気をにごらせた。

煌四は〈揺《ゆ》るる火《ほ》〉の手を力まかせに引き、動かずにいる緋名子と綺羅、二人の上へおおいかぶさった。だがいくら待っても、衝撃《しょうげき》は直接襲《おそ》ってこなかった。落ちた破片《はへん》があたりの土へつき刺《さ》さる音が絶え間なくするのに、背中や肩《かた》を砕《くだ》きに来るものは一つもない。

いかずちの音に鈍麻《どんま》した耳が、それでもやがてあたりが静まったことを感じとる。耳の底に、なぜかかすかな犬たちの声が流れこんだ。工場地帯に残った、狩り犬《かいぬ》たちがさわいでいる声だ。

顔をあげ、煌四はにぎりこんでいたはずの綺羅の手が消えているのに気づいた。黒い着物をまとったすがたが、かたわらに立ちあがっている。手首の包帯が白々と揺《ゆ》れている。細布を結《ゆ》わえた髪《かみ》が、おののく空気の形のままになびいていた。

〈揺《ゆ》る火《ほ》〉はまっすぐに立ちあがり、顔を空へむけていた。すでにいかずちの閃光《せんこう》は消え、まっ暗にもどった空には月も星もない。陰鬱《いんうつ》な蓋《ふた》の閉ざされた夜空を、天の子どもをやどした綺羅が見あげている。

落下した破片《はへん》はこの場にいるだれにもあたることなく、すべて塀《へい》の周辺へ落ちていた。裂《さ》けた木材や瓦《かわら》のかけらが、傷一つなかった塀《へい》をかきむしり、白砂《しらすな》をえぐって土にめりこんでいる。

「けがはない?」

〈揺《ゆ》る火《ほ》〉が、顔をゆがめているひばりに問いかけた。いかずちの吹《ふ》き飛ばした破片《はへん》のえがいた不自然な軌道《きどう》を空気の中にふたたび見ているかのように、〈揺《ゆ》る火《ほ》〉は視線を上へむけている。

「……機械が、まだ生きていたのか」

地面にひじをついて体を支えながら、炉六がうめいた。薬によって呼吸に異常をきたし、大量の土に圧迫された脚《あし》を地面の上へ折りまげたまま、それでも炉六も、そばにいるみぞれも飛んできた破片《はへん》にあたることはなく無傷だ。

煌四は反射的に、大きく開かれたままの門のむこう、工場地帯のほうをふりかえる。製鉄工場の打ちあげ機は、まだ動かすことができたはずだ。回収車《かいしゅうしゃ》の乗員たちの言葉どおりなら、工員や燠火家《おきびけ》の使用人は残っていなかった。煌四も、大勢の警吏《けいり》が工場内に入りこみ、見張りまで立てているのを見た。……いや。

油百七の息のかかった者が、警吏《けいり》の中にもいたとしても、おかしくはないのではないか。あるいは、警吏《けいり》の恰好《かっこう》をしてまぎれこんだ者が。煌四の脳裏《のうり》に、屋上から神宮の方角を見やっていた警吏《けいり》のすがたがよみがえる。

しかし、落雷《らくらい》地点となる誘導《ゆうどう》用の雷瓶《らいびん》は？　神宮の中までは、さすがに雷瓶《らいびん》を設置していない。

（油百七と使用人が、神宮の中へ捕《と》らえられているんだ。それなら、さっきの閃光《せんこう》は）

窓からあふれた閃光《せんこう》は、打ちあげ機のもとで待機している者へ呼びかけるための、雷火《らいか》による合図だ。油百七たちは雷火《らいか》を持ち出していた。だが、神族が武器を持たせたまま神宮へ入れるわけがない。

（なんだ？　どうやって……）

そのときだった。炉六が鎌《かま》でとりはらった御簾《みす》の奥《おく》から、人影《ひとかげ》が一つ、ゆらりと現れた。大柄《おおがら》なその人影《ひとかげ》は、まろぶような足どりで階《きざはし》を駆《か》けおりてきた。勢いをそのままに、少女の赤い着物の背にぶつかる。少女の体が、はげしく痙攣《けいれん》した。

人影《ひとかげ》が、さらにもう一つ。正殿《せいでん》の奥《おく》から走り出てきて、欄干《らんかん》の上から跳躍《ちょうやく》し、階《きざはし》のかたわらに立つ土氏族の神族に飛びかかった。目がとらえている光景に、理解が追いつかない。赤々と血が噴《ふ》き出ているが、それは襲《おそ》いかかられた神族からではなく、わめきながら飛びかかった人物の体から流れているものなのだ。負傷して腹部から大量に出血しながら、その人物は年老いた神族の上へ崩《くず》れかかった。

「……まぬけが！」

悪態をついたひばりが、しのびを走らせる。一気に庭の敷地《しきち》を駆《か》けぬけた三体のしのびは、しかし標的にふれる直前に消えた。血で染まった紙人形が、土の上に落ちる。朽葉色《くちばいろ》の直衣《のうし》をまとった神族の体が、赤い紙きれの上にひざを崩《くず》した。

走り出てきた者たちの正体が、煌四の視界までも赤く塗《ぬ》りたくった。神宮の中から現れた者たちは、油百七と使用人だ。

大量の血を浴びた土氏族の神族に、使用人は自分の傷口をおおいかぶせるようにのしかかる。土を操《あやつ》る異能をくり出すこともできず、神族は朽葉色《くちばいろ》の直衣《のうし》をてらてらと染めながらかろうじて階《きざはし》の下へにじり去った。

「腹の中に、雷火《らいか》を隠《かく》し持っていたか」

ひばりが歯を食いしばる音がした。それでは、先ほどの閃光《せんこう》といかずちをもたらした雷火《らいか》をとり出すために、あの使用人は腹を裂《さ》いたというのか。

出血は捨て身の攻撃《こうげき》と防御《ぼうぎょ》を兼《か》ねていた。血を流してさえいれば、神族たちはまともに戦うことすらできない。年老いた神族に返り血を浴びせかけ、腹を裂《さ》いた使用人は痙攣《けいれん》しながら土にふした。

その体を見おろすこともせずに、少女の体を引きずって大きな影《かげ》が歩いてくる。

人影《ひとかげ》の手がはなれると、少女が体をかしがせる。ほとんど重みを感じさせずに、土氏族の異能によって乱れたままの土の上へ落ちた。着物の背中から、冗談《じょうだん》のように刃物《はもの》の柄《つか》が飛び出していた。

時間が止まっているかのようだ。

背中へ垂直に刺《さ》さった刃物《はもの》が、願《ねが》い文《ぶみ》を地中へ沈《しず》めた少女の命を一瞬《いっしゅん》にして絶っていた。長い髪《かみ》に飾《かざ》られた花のかんざしが、しゃらりと庭土にこぼれている。

「……やっとだ。やっとはたせた」

よく響《ひび》く深い声が、麻痺《まひ》した鼓膜《こまく》を揺《ゆ》るがした。御座《ぎょざ》の奥《おく》から現れた恰幅《かっぷく》のよい人影《ひとかげ》。こちらへ歩いてくるその顔から、皮膚《ひふ》がすっかりむけているのかと、煌四は錯覚《さっかく》した。すぐに、ぶれていた視界が正常さをとりもどす。乾燥《かんそう》して細かにひび割れた血液が、油百七の顔面をむき出しの肉のように見せているのだ。

「あと一人。あと一人をつぶせば、神族は完全に無力化する」

目を見開いてこと切れている姫神《ひめかみ》に見むきもせず、油百七がうたいあげるように言った。その後方で、瀕死《ひんし》の深手をおっている使用人が、たおれふしたままどうにかまだ息をしている。頬《ほお》が削《そ》げ、こぼれ落ちそうなほど見開かれた目は虚《うつ》ろだった。血液が失われすぎているのだ。

ひばりが歯を食いしばる音が、煌四の耳までとどいた。

血で汚《よご》れた油百七の顔の中に、目玉が異様にぎらついている。足もとに這《は》いつくばっている炉六に吐《は》き捨てるような笑いを投げかけ、油百七は顔をあげ、まっすぐに門のほうへ、煌四たちのほうへ視線をむけた。

「その中にいるのかね」

色の薄《うす》い油百七の目が、〈揺《ゆ》るる火《ほ》〉にひたとさだめられた。口ひげがうねる。幾分《いくぶん》やつれたその顔はしかし、得体の知れない力をみなぎらせて輝《かがや》いていた。

「……お父さま」

か細い声で、〈揺《ゆ》るる火《ほ》〉がたしかに、そうつぶやいた。

油百七の視界に、煌四のすがたは入っていないようだった。いま庭の土にたおれふした少女の死体をもうかえりみることなく、油百七は自分の娘《むすめ》のすがたをしている千年彗星《せんねんすいせい》へ瞳《ひとみ》をむけた。

笑っていたその顔が、突如憎《とつじょにく》しみにゆがむ。

「……どんな恰好《かっこう》をしていようと、止められると思うな」

よろめきつつこちらへ駆《か》けだそうとする油百七の足首を、炉六が腕《うで》をからめて捕《と》らえる。体勢を崩《くず》しかけながらも、油百七は反対の足を炉六の腹へたたきこんだ。むせる炉六の右手を、同じ足の靴底《くつぞこ》で踏《ふ》みつけた。

正常な呼吸をとりもどさないまま、炉六が絶叫《ぜっきょう》する。みぞれが飛びかかっても、油百七は小揺《こゆ》るぎもしなかった。咬《か》みかかったみぞれを、まるで猫《ねこ》のように腕《うで》に食いつかせたまま引きずって、こちらへ来る。その目が完全に、狂気《きょうき》をやどしていた。

「姉上、お逃《に》げください！」

ひばりが鋭《するど》くさけぶ。まだなんの形にもなっていない白い紙を手に、前へ出る。〈揺《ゆ》るる火《ほ》〉は動かずに、狩《か》り犬《いぬ》をふり落として駆《か》けてくる油百七を、ただ凝視《ぎょうし》していた。

立ちあがろうと身じろぎする緋名子の肩《かた》を、煌四は力をこめて押《お》さえつけた。

「……やめろ」

煌四が低くもらした声に、緋名子がおびえきった目をあげる。

みぞれの牙《きば》が作った深い咬傷《こうしょう》を、油百七が立ちふさがるひばりにふりかざす。ふんだんな血が飛んで、白い紙と少年神の水干《すいかん》に、点々としみを作った。ひばりの身動きがこわばる。神族にひるむことなく立ちむかってくる人間への恐怖《きょうふ》が、はっきりとその気配に表れていた。

暗い土色の着物の肩《かた》に垂れかかる髪《かみ》と細布が、空気の振動《しんどう》をうけてふわりと揺《ゆ》らいだ。

「あなたは——なにと戦っているの？」

油百七の目の奥《おく》をのぞきこむように、まばたきもせず見つめている〈揺《ゆ》るる火《ほ》〉の胸《むな》ぐらを、大きな手が捕《と》らえた。躊躇《ちゅうちょ》なく、その手に力がこめられてゆく。

「このときのために、生涯《しょうがい》をかけてきた」

油百七が、引きずりよせた〈揺《ゆ》るる火《ほ》〉に自分の顔を近づける。反対の手ににぎっているものが、とろりと金の光をこぼす。雷瓶《らいびん》だ。いま製鉄工場の打ちあげ機が作動したら、あの雷瓶《らいびん》をめがけていかずちが落ちてくるだろう。

血まみれの使用人が、うつぶせたままうめいた。まだ生きている。はげしくふるえるその手が、もう一つの雷瓶《らいびん》をにぎりこんで持ちあがる。煌四は息を呑《の》む。打ちあげの合図——まさか。そんなことをするはずがない。いくら油百七でも。血流が凍《い》てついてゆくのを感じながら、煌四は緋名子をその場に残して駆《か》けだした。足が勝手に動いていた。わずかの距離《きょり》だ。〈揺《ゆ》る火《ほ》〉を捕《と》らえている油百七は、すぐ手のとどく位置にいる。

「やめろ、それは綺羅なんだぞ！」

煌四の声に、油百七の色の薄《うす》い目がこちらをむく。〈揺《ゆ》る火《ほ》〉は綺羅の顔で、じっと綺羅の父親を見つめたままだ。

血で染まった油百七の顔が、いびつな笑《え》みを浮《う》かべた。その笑《え》みが深いところから恐怖《きょうふ》を引きずり出し、煌四をひるませる。

「邪魔立《じゃまだ》てはさせんよ。自分の血筋がとだえることなど、問題ではない」

油百七が引きずりよせた〈揺《ゆ》る火《ほ》〉に、ぐっと顔を近づける。

巻き添《ぞ》えにするつもりだ。自分自身を最後の落雷《らくらい》地点にして、千年彗星《せんねんすいせい》を消し去ろうとしている。綺羅だとわかっていて、それでも躊躇《ちゅうちょ》しないのだ。

「気はたしかか——綺羅から手をはなせ！」

〈揺《ゆ》る火《ほ》〉の目は、自分を捕《と》らえる男を見すえつづけたままだ。おそろしいほどにその表情は揺《ゆ》るがない。ただ不思議そうに、問いかけるように〈揺《ゆ》る火《ほ》〉がのぞきこんでいる油百七の横《よこ》面《つら》を、煌四は殴打《おうだ》した。ほかにとるべき行動はすべて頭から消し飛んだ。しかしどれほどの傷もあたえることはできず、油百七はふりむきざまに血の混じった唾液《だえき》を吐《は》き捨てた。

直後に相手の腕《うで》が伸《の》びてきて、煌四は地面に打ちたおされていた。口の中に血の味が湧《わ》く。

「きみはもう用ずみだ」

むけられた言葉の冷酷《れいこく》さにぞっとする前に、腹部へ衝撃《しょうげき》が来た。油百七の足がみぞおちへめりこんだのだ。

「動くな、坊主《ぼうず》」

ひずんだ声がした。いつのまにか立ちあがった炉六が駆《か》けてきて、油百七のうしろから自らの体をぶつけた。その衝撃《しょうげき》によって、油百七の手がますます綺羅の首を絞《し》めあげる。

「この……死にぞこないの野良犬が！」

油百七が体を反転させ、炉六の肩《かた》をつかんでふたたび地面へ引きたおした。

だが油百七もまた、肥えた体を沈《しず》めかける。その腰《こし》に、先ほど自分が姫神《ひめかみ》を殺した短刀が刺《さ》さっていた。炉六が死体の背中からぬきとり、油百七へ一撃《いちげき》をあたえたのだ。油百七は大きくよろめいて、それでもなお〈揺《ゆ》る火《ほ》〉から手をはなさない。

「お前のようなやつには、じっくりと自分のしたことを思い知らせてやりたいところだ。だが、くそ、時間がない」

炉六はあおむけに地面にたおれたまま、油百七をにらみあげる。色を失った口のはしで、チッとすばやく舌を鳴らす。みぞれが駆《か》けてきて、油百七をめがけて大きく飛んだ。飛びかかりながら、口にくわえたなにかを落とす。蹴《け》られた腹をかばいながら、とっさに煌四はそれをうけとめた。

雷瓶《らいびん》だ。階《きざはし》のたもとへ目をむけると、使用人はすでに地にふして身動きをしなくなっていた。その体の下に赤いしみがひろがっている。合図のための雷瓶《らいびん》は、使えなくなった。

みぞれの牙《きば》が油百七のあごのつけ根をとらえる。

吠《ほ》え猛《たけ》るようにわめきながら、油百七は食いついてはなさないみぞれをふりはらおうともがく。狩《か》り犬《いぬ》に襲《おそ》われながらも、その手は決して〈揺《ゆ》る火《ほ》〉を逃《に》がさなかった。

油百七は身をねじって、みぞれを門柱にたたきつける。短く悲鳴をあげて、犬はどさりとその場へ落ちた。片足を極端《きょくたん》に引きずりながら、油百七が前庭から外へ出ようとする。この場から〈揺《ゆ》る火《ほ》〉を連れ去るつもりだ。

煌四は起きあがりながらさけんだが、自分の発した言葉を聞きわけることができなかった。蹴《け》られた腹がえぐれるように痛んで、視界がくらむ。

ひそかな足音がせまった。緋名子が走ってくる。走れる状態ではないはずなのに、油百七に追いすがろうとする。しかし、緋名子の手がとどく前に、血まみれの靴《くつ》をはいた足を引きずって油百七は敷居《しきい》をまたぎ越《こ》え、庭の外へ出た。水氏族の神族、熾火家《おきびけ》の侍医《じい》を装《よそお》っていた神族の骸《むくろ》のある場所へ。さらにそのむこうへ。

ひばりが鋭《するど》く息を呑《の》み、怒号《どごう》をあげながらあとを追う。だがまにあわない。

犬たちが。工場地帯で犬たちがさかんに吠《ほ》えている。

暗い夜の工場地帯を背景に、そのときあざやかな紅色が見えた。

炎《ほのお》のような深い赤が、崖下《がけした》から現れた。それは引き破れた絹の衣服だ。白い足が崩《くず》れてかしいだ土を踏《ふ》む。そのすばやい動きが身のまわりに風を生じて、黒い髪《かみ》がつややかに舞《ま》う。

火華《ひばな》だった。美しい顔の片側が、たしかにどす黒く腫《は》れあがっていた。かっと見開いた目が、綺羅のすがたをとらえ、ついで油百七をとらえる。

「あなた。ここにいらっしゃると思ったの」

腫《は》れあがった顔に、火華が優美な笑《え》みを浮《う》かべる。

(なんで……)

なぜここに、火華が。旧道から水路へ落ちたのではなかったのか。

うろたえてはならない。落ちつけ――自分にそう命じるが、意思に反して心臓は引きつれるように脈を乱した。綺羅を追いかけようとした緋名子の体が、その場で硬直《こうちょく》する。

「肉をくださらなくては」

火華の目は、一度もまばたきをしていない。再会した自分の夫と娘《むすめ》を迎《むか》えようとするかのように、しなやかな両腕《りょううで》をゆるくかかげる。緋名子がおびえて息をつめる小さな音が聞こえた。

「こんなに醜《みにく》くなってしまったの。もっと肉をくださらなくてはだめよ」

油百七の頬《ほお》の肉が振動《しんどう》した。その顔に表れた表情は、こちらから見てとることはできなかった。

「……そこをどけ」

油百七の声が低くくぐもる。みぞれが牙《きば》をつき立てた傷口から流れる血が、みるみる衣服の表面を流れてゆく。火華の眉《まゆ》が毒々しくゆがみ、片方の履《は》き物《もの》を失った足をそっと踏《ふ》み出した。舞《ま》うような所作のまま、油百七にひと息にせまり、捕《と》らえられたままの綺羅の体に手をかけた。

「これは、わたしの娘《むすめ》よ」

強引に引きずり、油百七から奪《うば》った依巫《よりまし》の体を、火華は地面へ投げ捨てる。

「なにをしようとなさったの？　わたしの娘《むすめ》よ。わたしが産んだ。わたしだけの。わたしのものだ、あれだけは、絶対にあなたのものにはならないのよ！」

絶叫《ぜっきょう》すると、火華は長い両腕《りょううで》を、出血している油百七の首にまわした。ぐらりとかしぐ油百七の体をかかえるように自分のほうへ引きよせ、火華は崖《がけ》のふちへためらいなく後退した。顔を空へむけて紅色の衣《ころも》をひらめかせ、重力をわがものにした。

火華と油百七が、もろともに崖《がけ》のむこうへ消えた。

そのすがたは、もう見えない。煌四は自分の体まで、危《あや》うげにどこかへ落ちてゆくような気がした。綺羅にむけていた厳しげな、勝ち誇《ほこ》ったような、残酷《ざんこく》な、気品のある表情、それを浮《う》かべていた者たちが二人とも、落ちていった。煌四と緋名子に救いの手をさしのべ、計略にからめとり、神殺しをはたすのだと、生きのびてみろと言った、もう用ずみだと吐《は》き捨てた者たちが。

油百七の手から解放され、地面にひざをついて、〈揺《ゆ》る火《ほ》〉が全身をふるわせている。

姉上、と呼びかけながら、ひばりが〈揺《ゆ》る火《ほ》〉へ駆《か》けよってゆく。少年神に、いま依巫《よりまし》になっている綺羅を傷つける意志はないはずだ。煌四は体を起こして、庭土にたおれている炉六のもとへむかった。

浅黒い肌《はだ》の色が、ほとんど蒼白《そうはく》になっている。血が失われすぎているのだ。からっぽの闇空《やみぞら》へ顔をむけて息をしている狩人《かりゅうど》の鋭《するど》い瞳《ひとみ》が、海を求めているのか、開いた門のむこう、工場地帯のむこうへむけられていた。尾《お》を垂らしたみぞれが、脚《あし》を引きずって主《あるじ》のもとへもどってくる。

「緋名子と綺羅は無事です。みぞれも」

煌四が呼びかけてもこちらをむかず、炉六は吸ってはのどでせき止められる呼吸を、投げやりにくりかえしていた。

「止血する。すこしだけ、がまんしてください」

煌四は、かばんの中の雷火《らいか》と願《ねが》い文《ぶみ》の入った雷瓶《らいびん》を、ポケットへつっこんだ。かばんを肩《かた》からはずし、枕《まくら》がわりにして炉六の頭をすこしでも高くたもとうとする。前庭のむこうには、年老いた神族が座《すわ》りこんで荒々《あらあら》しい呼吸をし、その手前では油百七が最後まで連れていた使用人がたおれふして動かなくなっている。炉六のつぶれた右手は油百七に踏《ふ》み砕《くだ》かれて新たに出血していた。腕《うで》を縛《しば》るため、肩紐《かたひも》をかばんからはずす。体にとりこまれた薬をとりのぞくすべは？　なにかで読まなかったか、学院で学ばなかったか、必死で思い出そうとした。――

「……しっかりしてください。たすかります。息を」

焦《あせ》る煌四の声をうるさがるように、炉六が口の片はしをゆがめて笑った。

「……さわるな。もういい」

聞きとれないほど小さな声が、頭に血をのぼらせた。煌四は自分の体の痛みをふりはらうようにかぶりをふって、炉六に顔を近づけてさけんだ。

「よくない！　まだ見てない、見せてない……この先の世界に、あなたみたいな火狩《ひか》りが、絶対に必要なんです」

炉六の口のはしがかすかに笑ったが、それは煌四の幼稚《ようち》さにあきれているのかもしれなかった。

「この先の世界は、お前がかわりに見とどけろ。……坊主《ぼうず》、まちがえるな。おれのほんとうの生業《なりわい》は火狩《ひか》りではない。海で魚を獲《と》ることだ」

言いおえて、一つ、二つ、呼吸をするため胸が上下した。のどがひくひくと痙攣《けいれん》をくりかえしていたが、やがてそれも静かになってゆき、止まっているのと見わけがつかなくなった。

どこに境目があったのかわからなかった。

みぞれが顔をすりつけて、主《あるじ》のにおいを嗅《か》ぐ。煌四は緋名子をそばへ連れてこなければとふりかえり、そのむこう、崖《がけ》ぎわで、黒い裳裾《もすそ》が揺《ゆ》れるのを目にした。

〈揺《ゆ》る火《ほ》〉が立ちあがってひばりの手をふりはらい、まっすぐに駆《か》けてゆくと、崖《がけ》のへりに手をついて大きく身を乗り出した。

その体は、身の内にあふれるものを持ちこたえられないというようすで、ふるえつづけている。落ちてしまう。煌四は炉六の脈もたしかめないまま、紅葉色《もみじいろ》の帯を締《し》めたうしろすがたに手を伸《の》ばさなければと立ちあがった。

ゆるく波打つ長い髪《かみ》が、ふわりと空中にひろがった。風はなく、空気は動いていないはずだった。

いつもよりも小さく見えるその背中が、深くこうべを垂れたためにまるく盛りあがった。

「お父さま、お母さま――」

崖下《がけした》をさしのぞいて嘆《なげ》く綺羅と、

「危ない。この子がとても怒《おこ》っているから」

ふりむいて警告する〈揺《ゆ》るる火《ほ》〉が、視界の中に二重写しになった。

「あ……」

とっさにうしろへ押《お》しやろうと、みぞれの横腹に手をあてていた。逃《に》げなければ。どこへ？

緋名子を、かばわなければ――なにから？

考えるいとまはあたえられなかった。

雷火《らいか》によるいかずち、神宮の屋根を粉砕《ふんさい》した輝《かがや》きよりも強いまぶしさが、周囲から一切の影《かげ》を消し去った。耳も目も使えない。熱さも寒さも、あらゆる方向の感覚もその瞬間《しゅんかん》に消えた。

体の中身をぬかれた。ただそう感じ、長いのか短いのかもわからない空白の中へ煌四もろともすべてをほうりこむ力の中心に、たった一人、綺羅がいるのがわかった。

背中がかたいものへ打ちつけられた。同時に、自分が動けなくなったのがわかった。脚《あし》になにかがつき刺《さ》さり、煌四はその場に縫《ぬ》いとめられた。痛みはまだ来ず、動くすべを失ったことに煌四は焦《あせ》ったが、その焦《あせ》りもあふれかえるまぶしさの中へ溶《と》かされていった。

第八部　地の迎え火

一　天の獣《けもの》

月がふれられそうなほど近くにあった。

ああ、あの夢の中だと、灯子《とうこ》は寒さをおぼえながら、そう感じた。

空はぼんやりと雲でおおわれていたはずなのに、月が見える。とほうもない大きさのその天体は、黒い影《かげ》になっているのに、真空に浮《う》かぶふくらみが見てとれる。

あたりは暗く、澄《す》みわたっている。月に見おろされたこの空間を、灯子は知っていた。

あの子がいるはずだ、そう思って視線を転じようとしたとき、灯子は、また一人ぼっちになっていることに気がついた。明楽《あきら》もクンも、いっしょではなかった。犬たちも——かなたもいない。

手に、形見の鎌《かま》だけをにぎっている。

どうやってここへ来たのかを思い出せない。なにが起きていただろう。……鼻の奥《おく》に、苦いにおいだけが残っている。

月のむかい側へ顔をむけると、そこにはやはり、疲《つか》れはてたようすの地平がひろがっていた。あれが地べただ、と灯子は感じる。あそこにみんながいるのに、なぜ一人で、こんなところへ来てしまったのだろう。こんなに遠くへ、さまよってきてしまったのだろう。

(ぼやっとしとるから。だいじなときに。あとすこしで――)

あとすこしで、神宮へたどり着くというところだったのだ。そうだ。クヌギの手に持ちあげられ、崖《がけ》を越《こ》えて。クヌギがこしらえている〈蜘蛛《くも》〉たちの墓場から、それを見おろす神宮へ、もうすぐにたどり着くというときだったのだ。

(光が……)

大きな光が、崖《がけ》の上へ至る直前に見えた気がした。澄《す》みわたった金色の光が、クヌギの指のすきまから。

この空間に足場はなく、灯子は上下を曖昧《あいまい》にしてぼやりと漂《ただよ》っている。

「あそこが、地べたで……あっちが海。ハカイサナが、泳いどる……」

目に映るものを、一つ一つ言葉にしてゆく。声に出して言わなければ、このまま、自分が消えてなくなってしまうと思った。

「そう。一度は滅《ほろ》びたのに、この星は、まだたくさんの生きたものたちをかかえている。――人間も、そのそばにいる神族も、星にとってはほかの生き物たちと変わらないはずなのに。どうしてこんなことばかりが何度も起きるのかしら」

奥深《おくぶか》い声がした。すぐとなりで。

ふりむくと、少女らしさの削《そ》ぎ落とされた、干《ひ》からびた果実じみた顔が、地平を見やっていた。ごつごつと痩《や》せた背のうしろに、銀の髪《かみ》がすさまじくはためいている。ゆらゆらと虚空《こくう》に曲線をえがく髪《かみ》の持ち主がとなりにいて、灯子はそのことにどれだけ安堵《あんど》したか知れなかった。

「依巫《よりまし》に――入れられたのと、ちごうたんですか？」

ごく自然に問いかけている自分が奇妙《きみょう》だった。相手は天の子どもで、ここはまっ黒な月に見張られた夢の中であるのに。……

夢の中、だった。たしかにここは、現実ではなく、幾度《いくど》か迷いこんだこの世の裏側なのだ。けれどもそれが灯子の見ている夢なのか、〈揺《ゆ》る火《ほ》〉の見ている夢なのかは判然としない。〈揺《ゆ》る火《ほ》〉の目は、がらんどうの二つの穴ではなくなっていた。まばゆい銀にも、深々と澄《す》んだ淵《ふち》の黒にも思える瞳《ひとみ》が、ちゃんとまつ毛に守られてはまっていた。

「ええ、入れられているのよ。いまも、依巫《よりまし》の中にいる。だけどあの子が、あんまり怒《おこ》っていて、どうしようもないくらい悲しんでいて、そのせいで結び目がゆるんだので、逃《に》げてきた。じきにまた引きもどされるけれど」

灯子は星の子のすがたを、はじめてまともに見たような心持ちになった。〈揺《ゆ》るる火《ほ》〉は当然のごとくにかたわらにいて、灯子などと対等に口をきいている。つぎの姫神《ひめかみ》になるか否《いな》か――あるいは星を滅《ほろ》ぼすかどうか、それを選ぶ立場の存在だというのに。

「綺羅《きら》お姉さんは……？　依巫《よりまし》にされなさったんですよね？　お姉さんは、どうなるん？」

〈揺《ゆ》るる火《ほ》〉のすがたが、とても寒そうだ。灯子は、右手の鎌《かま》の柄《つか》をにぎりしめた。いま、ここでもし……あの細い首に鎌《かま》をふるったら、千年彗星《せんねんすいせい》を狩《か》ることができるのだろうか？　火狩《ひか》りの王が、生まれるのだろうか。

背後にくねる長い髪《かみ》が、無数の蛇《へび》のようだった。鎌《かま》をにぎりしめたまま、灯子は動くことができない。

「あの子は、帰らなくては。だけど、どこへ帰ればいいのか、もうわからなくなったのだって、嘆《なげ》いている」

体を作り変えられ、襲《おそ》いかかってきた綺羅の母親。引きちぎれた赤い衣《ころも》をまとったそのすがたがよみがえった。

「人間をわたしの入れ物にすれば、思いどおりにできると、神族の中の者たちが思っていたみたい。手揺姫《たゆらひめ》の務めを継《つ》がせるために、ほかの方法はないと。――だけど依巫《よりまし》にされた子の意思は消え去らずにいる。神族は旧文明の崩壊《ほうかい》といっしょに、持っていたはずの力と知恵《ちえ》の多くを失ったんだわ。そしてきっと、もう考えるのをやめたの。だから自分たちの生存だけを維持《いじ》しようとする。だから人間を見くびる」

あの人は――母親は、綺羅をたすけに来たはずだった。体を神族に作り変えられていようとも、あの人のいる場所が、綺羅の帰るところではないのだろうか。……

灯子ははっとして、地平に目をこらした。

「〈蜘蛛《くも》〉が……クンの父ちゃんじゃという〈蜘蛛《くも》〉が。あ、あのあと、どうなったんですか？　明楽さんとクンは？　かなたは？　綺羅お姉さんも。お兄さんも、あそこへおるんですか？　わたし、行かんと」

かなたがいる場所へ、もどらなくてはならない。

「怖《こわ》くはないの？」

問いかける〈揺《ゆ》る火《ほ》〉の顔は、ひどくさびしげだった。両の耳の下で結《ゆ》わえた銀の髪《かみ》が、黒い月に複雑な波形をいくつもいくつも投影《とうえい》する。

「怖《こわ》い……怖《こわ》いです。〈揺《ゆ》る火《ほ》〉も、怖《こわ》かったんじゃろ？　そいでも、どうしたって、たすけんとならん。——ううん、わたしじゃ、なんのたすけにもならんです。そいでも、いっしょにおりたいん。あそこにおる人たちと、いっしょに」

灯子のつらねる言葉の意味は、虚空《こくう》にむなしく吸いとられて消えてゆく。

こくりと、〈揺《ゆ》る火《ほ》〉の頭がうなずいた。

「そうなの。そういうふうに考えたことはなかった……千年彗星《せんねんすいせい》の役割は、星の全土にいる人々を見守ることだったから。でももう、わたしもそんなふうになにかを望んでもいいのね。神族たちに、そうさせるつもりなどないみたいだけれど」

その口調は、自分の口から出てくる言葉に、心底おどろいているようだった。〈揺《ゆ》る火《ほ》〉のおどろきに同調するのか、銀の髪《かみ》の先が、くるくると渦《うず》を巻いてひらめく。

「わたしの核《かく》にある火の使い道を、依巫《よりまし》になったあの子にゆだねてもいい。いま、わたしに感じられるのは、あの子が一人ぼっちで悲しんでいる、その感情だけなの。……さびしそうで、混乱しているのに、なぜかわたしといっしょに、いろんなことを考えてくれる。新たな指令を書きかわえられないようにする方法や、わたしの火の使い方を」

痩《や》せ衰《おとろ》え、遠くから帰ってきたばかりの少女は、めずらしいものでものぞきこむように地平へ視線をそそいだ。

「わたしにも、いっしょにいたい人ならいる。その人といっしょにいる方法を、あの子となら
――綺羅となら、探《さぐ》りあてられるかもしれない」

「え……？」

灯子のほうへ、〈揺《ゆ》る火《ほ》〉がほのかな頬笑《ほおえ》みを浮《う》かべた顔をむける。その目が、泣きそうに細められた。が、干《ひ》からびきった頬《ほお》には、やはり涙《なみだ》は伝わなかった。

「千年彗星帰還《せんねんすいせいきかん》の指令も、消すことができるかもしれない」

そのときなんの前ぶれもなく、ぎらつくようなむき出しの光線が、黒い月のはしを射た。細い黄金の弧《こ》が、月のふちにやどった。

火の鎌《かま》と同じ形をした月光の、あまりのまぶしさに、灯子は目を閉じた。


鼻が最初にとらえたのは、血のにおいだった。だれかが、けがをしている。

灯子の腕《うで》に、きつくすがりつく者がいた。クンだ。夢の中と同じに、灯子の手は鎌《かま》をにぎりしめたままだった。

（かなた……？）

犬がそばにいない。視線をめぐらせようとしたとき、耳に明楽の怒声《どせい》が飛びこんできた。

（明楽さん、さっき――）

腹の底からわめいている。体中にけがをして、ちっとも休んでいないのに、どこからあれだけの声が出るのだろう。

赤い髪《かみ》が、なびくのが見えた。

（〈揺《ゆ》る火《ほ》〉に会《お》うたよ。目の前におって、鎌《かま》を持っとったのに、狩《か》れんじゃった。ごめんなさい……）

「お姉ちゃん」

クンが、灯子の腕《うで》を揺《ゆ》さぶった。それにつられて頭が揺《ゆ》れ、灯子は執拗《しつよう》な眠《ねむ》りから浮上《ふじょう》するように、自分たちが朱色《しゅいろ》に塗《ぬ》られた塀《へい》の前に立っていることに気がついた。

美しい直線で構成されていたであろう塀《へい》は、引き裂《さ》かれてへし折れ、周囲へ放射状に吹《ふ》き飛ぶ形で破壊《はかい》されている。塀《へい》の残骸《ざんがい》のむこう、岩壁《がんぺき》を背に立つ白く巨大《きょだい》な建造物は、屋根の中央が無残にえぐれ、尋常《じんじょう》ではない破壊《はかい》のあとを見せている。

灯子の手を、クンがぐいと引っぱった。

「こっちだよ」

クンの目に、さしせまった緊張《きんちょう》がやどっている。見れば朱色《しゅいろ》の塀《へい》の入り口である門は左右の柱だけを残し、とほうもない厚さの門扉《もんぴ》はでたらめな方向へ投げ出されて、地面にたおれていた。その塀《へい》の残骸《ざんがい》のむこうから、明楽の声が聞こえ、すがたが見え隠《かく》れしている。血のにおいも、そちらから漂《ただよ》っていた。

全身をめぐる血液の流れが、ぎゅっと滞《とどこお》った気がした。灯子は、壊《こわ》れた門へむかって走った。自分とクンと、どちらがどちらの手を引いているのか、わからなかった。

真四角な庭だったらしき場所とその入り口には、死が無造作に配置されていた。門の敷居《しきい》の手前に一つと、庭内に二つ。三つの死体と、塀《へい》の間際《まぎわ》に落ちた屋根や木材の破片《はへん》。そこに立ち、またはうずくまる者たち。——

明楽の短刀が空を裂《さ》き、ひるがえる。炎魔《えんま》を狩《か》るときの正確な動きではなかった。感情まかせにさけびながら、ただ相手にむかってゆく。明楽が対峙《たいじ》している者——汚《よご》れた朽葉色《くちばいろ》の直衣《のうし》をまとった神族は、乱れながらも急所をねらってくる短刀を、ことごとくかわしてゆく。烏帽子《えぼし》は落ち、薄《うす》くなった白髪《しらが》は血液で赤く染まっていた。それでも、見た目の老いからはかけはなれた動きで明楽の攻撃《こうげき》をしのぎつづける。

知っている。あの年老いた神族を、灯子は見たことがあった。燠火家《おきびけ》から駆《か》け出して綺羅を追い、たどり着いた旧道で。綺羅をさらい、土の中へもぐっていったあの、人ならぬ存在だ。

いま一人の神族のすがたが、崩《くず》れ残った塀《へい》の上にあった。白い水干《すいかん》をまとった、ひばりだ。背をまるめて顔をふせ、どうやら生きているらしいが動く気配はない。

腕《うで》にしがみつくクンが、しゃくりあげるようにつぶやいた。

「虫、使うなって。手を出したら、おいらが殺されちゃうかもしれないからって。特別な虫、とられちゃだめだ、って」

クンは、くやしそうにくちびるを噛《か》み、森で見つけてきた虫の入った瓶《びん》、布につつんで体に結《ゆ》わえつけたそれを、きつく手で押《お》さえた。明楽と神族が戦い、死んでいるらしい者と息のある者が入り乱れてたおれふすその場所で、だれよりもくっきりと意識に飛びこんでくるすがたがあった。

「……〈揺《ゆ》る火《ほ》〉？」

灯子は自然とその名を呼ぶ。すさまじくはためく白髪《はくはつ》ではなく、痩《や》せこけた身にぴたりと沿う白い衣《ころも》でもなく、干《ひ》からびんばかりの細い肢体《したい》でもないにもかかわらず。

黒っぽい着物すがた。帯は、燃えあがるような紅葉《もみじ》の色だ。暗さの中に、白い足袋《たび》がよくめだつ。ゆるやかに波打った髪《かみ》が肩《かた》を飾《かざ》り、そのすがたから現実味を失わせていた。

綺羅だ。ぼんやりとまなざしを遠くにむけて、綺羅が立っている。しかし、その身から発せら綺羅のすがたをした、〈揺《ゆ》る火《ほ》〉だ。綺羅の依巫《よりまし》。これは綺羅のすがたをした、〈揺《ゆ》る火《ほ》〉だ。

綺羅の体を入れ物にして、あの中には〈揺《ゆ》る火《ほ》〉が入っているのだ。さっき、月の手前にいっしょにいたのに。

波打った髪《かみ》には白い細布が幾条《いくじょう》も結《ゆ》わえつけられている。花嫁《はなよめ》の証《あかし》の、結《ゆ》い紐《ひも》のようだ。それがひらひらと着物の肩《かた》や胸に垂れさがっているが、あの一時たりとも止まらない白銀の髪《かみ》の動きとは、まったく似てはいなかった。

狩《か》りの鎌《かま》——形見の鎌《かま》が、灯子の手にある。この鎌《かま》を首につき立てれば、火狩《ひか》りの王が生まれるはずだった。

呼吸の音がうるさい。自分の息と、そばにいるクンのそれとが、混じりあって区別できなかった。

「あの人なの?」

綺羅の目が明楽の動きを追った。

「わたしを狩《か》ろうとしている火狩《ひか》りは」

綺羅の口から、か細く紡《つむ》ぎ出されるのはまぎれもなく〈揺《ゆ》る火《ほ》〉の言葉だ。

「お姉さん……?」

血のにおいのもとは、どこなのだろう。だれがけがをしているのだろうかと、灯子は視線をめぐらせかけた。瞬時《しゅんじ》に体の感覚が追いつかず、めまいが襲《おそ》った。工場地帯が、ずっと下にひろがっている。そのむこうに海がある。あの海から首都へ来たのだ。ハカイサナの送る潮に、船が運ばれて。船の上も血でいっぱいだった。〈蜘蛛《くも》〉に片目を斬《き》りつぶされた照三《しょうぞう》の傷からあふれた血が、船底にたまっていた。

「おん！」とかなたが吠《ほ》え、その声のするほうへ、灯子は顔をむけた。灰色の犬が視界に入り、めまいがやんだ。息を吸う。かなたは庭の乱れた土の片すみに立ち、四肢《しし》を張りつめた状態でこちらを見ていた。

はるか下では、工場地帯が暗闇《くらやみ》に沈《しず》みこんでいる。崖《がけ》の高さが背すじを寒くした。ここは、ずっと見あげてきた崖《がけ》の岩棚《いわだな》――神宮のある場所だ。あたりに散らばる美しい色をした残骸《ざんがい》は、壊《こわ》れた神宮の破片《はへん》だった。

かなたのむこう。瓦礫《がれき》まみれの地面に、崩《くず》れた塀《へい》の名残《なごり》に背をあずける恰好《かっこう》でたおれている人影《ひとかげ》がある。煌四《こうし》だ。血のにおいは、煌四から発せられていた。歯を食いしばって動けずにいる煌四をかばうために、かなたはそばにいるのだった。

「あっ」

のどが引きつれた。煌四の脚《あし》に、木材の破片《はへん》がつき刺《さ》さっていた。塀《へい》の付近一帯に砕《くだ》けた建物の破片《はへん》が散乱している。工場地帯の瓦礫《がれき》とはちがい、生々しい裂《さ》け目《め》をあらわにした破片《はへん》は、木材や漆喰《しっくい》、壊《こわ》れても色あざやかな瓦《かわら》だった。地面に落ちた建材の破片《はへん》が、下から煌四の脚《あし》を刺《さ》しつらぬき、その場につなぎとめていた。

「お兄さん！」

そばへ行ってひざをつく。煌四は蒼白《そうはく》な顔色をしながら、歯を食いしばって、背をむけてすっくと立つ〈揺《ゆ》る火《ほ》〉を見あげている。

綺羅のすがたをした〈揺《ゆ》る火《ほ》〉。煌四のかたわらには背中をまるめて横たわった緋名子《ひなこ》がおり、もう一人、煌四とはべつに、地面に身を投げ出してもう動かない者がある。

明楽が親しげに接していた、浅黒い肌《はだ》の火狩《ひか》りだった。炉六《ろろく》という名の。かたわらに、美しい犬がうなだれている。てまりが腰《こし》をぬかしながら、はげますように高く鳴き、その犬のそばについていた。

さらにその先、壊《こわ》れた建物になかば埋《う》もれる恰好《かっこう》でもう一人。小さな骸《むくろ》が地面にふせていた。愛らしい色の着物をまとった、まだ幼い女の子だ——

あごがふるえだすのを感じながら、灯子は手からこぼれかける形見の鎌《かま》をにぎった。よたよたと、うしろからついてきたクンが煌四のかたわらへしゃがみこむ。

「……虫、見つけたよ」

クンが、布に巻いて体にくくりつけた瓶《びん》を上からにぎった。うなずく煌四のひたいから一度噴《ふ》き出した汗《あせ》が、すでにひえきっているのがわかった。どれほどの時間、この状態でいたのだろうか。脚《あし》を貫《つらぬ》いた木片《もくへん》は灯子のひじほどまでの長さがあり、色の褪《あ》せていない血が白い木の表面を染めている。

「お、お兄さん、どうしよう、脚《あし》が」

動揺《どうよう》した自分の声が、傷口へ無様に降りかかった。

緋名子は背中をまるめこんで、動く気配がない。髪《かみ》の毛が目もとを隠《かく》して、表情もうかがえない。緋名子もけがをしているかもしれなかった。

名前を呼びながら、灯子は緋名子の肩《かた》へ手をふれた。——もしもつめたかったら、とよぎった不安が、その皮膚《ひふ》の熱さによって消え去った。ひどい熱だ。べつの不安が、灯子の頭の中で沸騰《ふっとう》した。

かなたが見つめる先で、明楽の足が地面をとらえそこねた。よろめいたのかと思ったが、そうではない。地面それ自体が、波のようにうねったのだ。体勢を崩《くず》して、明楽の短刀が決定的にねらいをはずす。神族がつき出した手が、明楽の手から短刀をはらい落とした。地面のうねりがこちらまでおよんで、落ちた武器の刃《やいば》が土の中へ呑《の》まれた。荒《あ》れはてた庭の土は本物の波となって上下し、明楽の短刀を半分以上呑《の》みこんだまま、持ち主のもとから引きはなしてゆく。

老いた目が、こちらをむく。この距離《きょり》で灯子の目にははっきりとはとらえられないが、それでも感じることができた。神族の、しわの奥《おく》にかっと見開かれた目が獲物《えもの》へ――じっと動かずにいる〈揺《ゆ》るる火《ほ》〉へむけられる。こちらへ来る。

かなたが走った。〈揺《ゆ》るる火《ほ》〉へ伸《の》ばされようとする神族の手に、迷わずに食らいつく。犬を殴打《おうだ》しようとふりあげられた反対のこぶしに、火狩《ひか》りの亡骸《なきがら》のそばにいたみぞれが飛びかかった。そのわずかのすきに駆《か》けつけた明楽が、〈揺《ゆ》るる火《ほ》〉の腕《うで》をつかんだ。ぼうっとした顔のままの〈揺《ゆ》るる火《ほ》〉を、神族からかばうために自分のうしろへ押《お》しやる。

空気が急に重くなった。灯子のつむじが、雨の気配を感じとる。空に急速に雨雲が流れてきつつあり、遠く雷《かみなり》がうなる音が聞こえた。

咬《か》みついた手を全身の重みをかけてふりまわすかなたを、神族の足が蹴《け》りつけた。かなたが牙《きば》を引きぬく。ぴくりと鼻を動かし、神族の打撃《だげき》から、すぐさまべつのなにかに反応する。

犬は、導かれるように空へ顔をむけた。

雨の気配以外、灯子にはなにも感じられなかった。かなた、そしてみぞれとてまりの反応は、人には聞こえない犬笛による号令を感知したかのようだった。

かなたはのどを大きくそらし、天にむかって吠《ほ》えた。背すじと鼻先までが一直線につながり、獣《けもの》の体は一つの、音を響《ひび》かせるための器官となる。長く長く、声は空へ響《ひび》きわたってゆく。てまりが、みぞれがそれにつづいた。犬たちは天と地をつなぐ一つずつの器官のように同じ姿勢をして、おのおのの高さで声を響《ひび》かせた。

なにが起きたのかわからないでいる灯子たちの耳に、新たな犬の声がとどいた。崖下《がけした》から――工場地帯からだ。かなたたちの声に反応して、いくつもの遠吠《とおぼ》えがかえってくる。犬たちの声が、静まりかえっている工場を、首都を揺《ゆ》さぶった。

そのとき、犬たちが感じたものとおそらく同じ気配が、灯子に空をあおがせた。

一匹《ぴき》の獣《けもの》が、夜空と見わけのつかない暗雲を背に、空中に立っていた。その一匹《ぴき》の獣《けもの》の出現を、犬たちは待ちかまえていたかのようだ。

（炎魔《えんま》……？）

まっ黒な獣《けもの》だった。翼《つばさ》も足場もなしに、空に立っている。四肢《しし》は太く、うしろへ波打つたてがみが、つめたい金の光をやどしている。燃える目がひたとこちらを見つめているのがわかったが、その目は炎魔《えんま》のそれよりもつめたげで、鋭《するど》く感じられた。

「――落獣《らくじゅう》」

煌四がささやくのが聞こえた。憧《あこが》れに似た響《ひび》きが、たしかにその声にこもっていた。

犬たちが作ったすきへ、明楽が入りこむ。上空に現れた獣《けもの》に思わず注意をむけた神族のあごを、鋭《するど》く蹴《け》りあげる。朽葉色《くちばいろ》の着物すがたが地面にたおれる前に、火狩《ひか》りはかろうじて柄《つか》の先がのぞいている自分の武器をつかむため、大きく手を伸《の》ばした。

落獣《らくじゅう》。雷火《らいか》を身の内に持つという獣《けもの》だ。雷瓶《らいびん》にこめられる威力《いりょく》の大きな火のことを知ってはいても、灯子はそれを持つ獣《けもの》のことを、どこかおとぎ話の存在のように思っていた。うんと遠い、かぎられた土地にしか棲《す》まないという獣《けもの》。それが暗い空をそっくり自分の背景にして、こちらを見おろしている。

「綺羅」

〈揺《ゆ》る火《ほ》〉が入っているはずの依巫《よりまし》に、煌四がもとの名前で呼びかけた。血の気の失《う》せた顔に、それでも厳しい表情をたもっていた。

「緋名子を、たすけてやってほしい」

その願いならば、依巫《よりまし》になっていようと無視できないはずだとでもいうように告げる。

「灯子。クンといっしょに、神宮の中へ逃《に》げるんだ。明楽さんも」

「え……？」

灯子が愕然《がくぜん》とするのと同時に、〈揺《ゆ》る火《ほ》〉が首をかしげた。呼びかけへの反応と、中に押《お》しこめられている意識が、大きくひずんで混乱しているかのようだった。

犬たちの声が、まだつづいていた。狩《か》り犬《いぬ》たちの声が、遠く空へとこだまする。

明楽にあごを蹴《け》られた年老いた神族は、よじれた姿勢でたおれて動かない。前方へ手を伸《の》ばす恰好《かっこう》でたおれている神族を見つめる煌四の手に、雷瓶《らいびん》がにぎられていた。願《ねが》い文《ぶみ》を入れたものではない。中には、とろりと揺《ゆ》れる金色の液体が光っている。

幾度《いくたび》か、大きなまばたきがくりかえされる。〈揺《ゆ》る火《ほ》〉が混乱している。その体を、うしろから明楽がかかえるように引きずった。

「逃《に》げろ！　煌四、お前、ふざけたまねするなっ！」

〈揺《ゆ》る火《ほ》〉の体を建物側へほうるようにつきはなし、明楽が、緋名子の体を担《かつ》ぎあげる。クンの首根っこをつかまえようとする。

犬たちの遠吠《とおぼ》えは、あの獣《けもの》を呼ぶためだったのだろうか？　あるいは――

（ああ、あんまり雷火《らいか》がたくさん燃えておったから、ようすを見に来たのかもしれん）

首都の空を砕《くだ》き、〈蜘蛛《くも》〉たちを撃《う》ったいかずちが、遠くに棲《す》むあの獣《けもの》の興味を引いたのかもしれなかった。

クンが灯子の手を引っぱった。逃《に》げろとさけんだ明楽の声が、頭蓋《ずがい》の中にこだましている。

あんなに神々《こうごう》しいものを見たことがないと、灯子は思った。

落獣《らくじゅう》がわずかに体勢を変えた。金色の爪《つめ》を備えた前脚《まえあし》が、こちらへむけられる。

光が押《お》しよせた。

まぶしさによって、空間から一切の音が消え去るほどの。

灯子は、煌四の手がにぎる雷瓶《らいびん》を見た。同族から収穫《しゅうかく》された火をめざして、落獣《らくじゅう》が空を駆《か》けくだってくる。目をつぶすほどのまぶしさを、異常をきたした灯子の目はうけとめきれなかった。

だから見えた。

このまま雷瓶《らいびん》のもとへいかずちが落ちれば、煌四と年老いた神族もいっしょに撃《う》たれる。それはだめだ。

落獣《らくじゅう》のひたむきな動き。なんと堂々としているのだろう。〈蜘蛛《くも》〉に狂《くる》わされたのではない獣《けもの》の前に立つのは、そうだ、はじめてだ。手にした金色の三日月にこそ火狩《ひか》りの本体があり、灯子の萎《な》えた腕《うで》は、狩人《かりゅうど》の月が弧《こ》をえがくのを手伝うだけだった。

黒い獣《けもの》の首へ、収穫《しゅうかく》の鎌《かま》をふりあげた。

その軌跡《きせき》は寒々しい夢の中で〈揺《ゆ》る火《ほ》〉と見た三日月であり、黒い森で狩人《かりゅうど》たちが幾度《いくど》も見せた一閃《いっせん》であり、かき乱された雲間にいまのぞく痩《や》せ細った月とそっくりだった。

重く生々しい手ごたえが、骨にまで伝わった。

あふれていた輝《かがや》きを、灯子のふるった鎌《かま》が消してしまう。すべてが暗くゆがんで見える視界に、金の三日月があざやかに弧《こ》をえがき――

どさりと、黒い獣《けもの》が落ちた。

二　火柱

黄金の鎌《かま》に狩《か》られて、黒い獣《けもの》が地に落ちる。

獣《けもの》の落下する振動《しんどう》が、そばにいる煌四《こうし》の骨の髄《ずい》を貫《つらぬ》いた。木片《もくへん》に貫《つらぬ》かれた脚《あし》にもそれは響《ひび》いたが、煌四の意識にその瞬間《しゅんかん》、一切の痛みはとどかなかった。

鎌《かま》を持つ者の影《かげ》は小さかった。

一つに結《ゆ》わえた髪《かみ》が、おののくようにその背で揺《ゆ》れる。

絶命している落獣《らくじゅう》のまわりに、浩々《こうこう》と輝《かがや》く雷火《らいか》がひろがってゆく。炎魔《えんま》と同じく黒い毛皮。太く力強い四肢《しし》、顔のまわりにうねるたてがみ。口からは、体躯《たいく》にあわないほど大きな牙《きば》がのぞいている。目を閉じて墜落《ついらく》した獣《けもの》は、たしかに中央書庫の第三階層、明楽《あきら》の兄の残した手綴《てと》じ本にあった図版そのままのすがたをしていた。

その、絵からぬけ出してきたかのような獣《けもの》を見おろして、ひっ、とひきつけるように一つ、灯《とう》子《こ》が息を吸う。痙攣《けいれん》のやどる手のにぎりしめる鎌《かま》の刃先《はさき》から、澄《す》んだ黄金のしずくがこぼれる。

「……灯子」

狩《か》れるはずがない。あの閃光《せんこう》の中で、明楽でさえ、体を動かすのがまにあっていない。いくら鎌《かま》を持っていようと、狩《か》りの技術を身につけていない子どもに、かぎられた者にしか狩《か》ることのできない落獣《らくじゅう》をしとめることなど、不可能なはずだ。

しかし煌四の足もとには、神族とならんで、空にいた黒い獣《けもの》がたおれふしている。猛々《たけだけ》しくうねる黒い毛並みに、手をふれればまだはっきりと体温が残っているはずだった。三日月の形をした爪《つめ》が、脚《あし》の先にならんでいるのが見えた。

「灯子、はなれろ！」

明楽にどなられて、灯子がびくりと顔をはねあげる。落獣《らくじゅう》を狩《か》った鎌《かま》が、むき出しのひざのすぐそばで揺《ゆ》れた。

のどを裂《さ》いた傷口から、さやさやと輝《かがや》く液体があふれて、地面へひろがる。雷火《らいか》には、ふれるものを溶《と》かす性質がある。

灯子が息を呑《の》み、ひざを浮《う》かせるが、前にのめって転倒《てんとう》しかける。駆《か》けくだる落獣《らくじゅう》をしとめた衝撃《しょうげき》が、まだ体を支配しているのだ。かなたが駆《か》けつけて、うしろから灯子の衣服をくわえて引っぱった。灯子は自分で体を操《あやつ》る力をなくしているらしく、煌四のそばへたおれこむようにしりもちをついた。

瞳《ひとみ》が炉六《ろろく》のすがたを探した。もう死んだ火狩《ひか》りにたすけを求めようとした自分に気がついて、心臓が大きくはねた。肺が紙くずのように縮まる。立ちあがらなければ。〈揺《ゆ》る火《ほ》〉を連れてゆこうとする神族が起きあがる前に――動かせない脚《あし》と、そこから生じる痛みが邪魔《じゃま》だ。逃《に》げられるはずなのに、〈揺《ゆ》る火《ほ》〉は動かずに、つぎに起こることを待ちかまえている。波打つ髪《かみ》に白い細布が垂れて、そのすがたは、あとわずか完成していない人形のようだ。

工場地帯の犬たちが、崖《がけ》の下で新たに吠《ほ》えはじめた。先ほど空気をふるわせた長く声を引く遠《とお》吠《ぼ》えではなく、それぞれに興奮した声で吠《ほ》えたてている。

しわがれたうめき声が地を這《は》った。頭部への打撃《だげき》で昏倒《こんとう》していた神族が、烏帽子《えぼし》のずれた頭をふるって起きあがろうとする。この神族を雷撃《らいげき》に巻きこもうとしたが、失敗した。

「……人間ごときが」

年老いた神族の顔から、穏和《おんわ》な雰囲気《ふんいき》は完全に消えていた。しおれた皮膚《ひふ》をゆがめてまず目に入った煌四をにらみ、木片《もくへん》に貫《つらぬ》かれた脚《あし》に手を伸《の》ばそうとする。

その手に、上から飛んできた白い紙がするすると巻きついた。姿勢をかしがせながら、少年神が、崩《くず》れ残った塀《へい》の上から飛びおりてきた。

「無駄《むだ》なあがきはやめろ。人間を〈揺《ゆ》るる火《ほ》〉の依巫《よりまし》に仕立てたことで、千年彗星《せんねんすいせい》をつぎの姫神《ひめかみ》にしようという目論見《もくろみ》は遠のいたぞ」

わずかに息を荒《あら》げて壊《こわ》れた庭に立ちあがる少年神へ、老いた神族は深い敵意のこもった視線をむけている。両の手に巻きついた紙が、ぎりぎりと音を立てた。血が皮膚《ひふ》の外へ流れないよう、骨を痛めつけることで相手を戒《いまし》めているのか。そこまで穢《けが》れの回避《かいひ》を徹底《てってい》するのかと、煌四の背すじに怖気《おぞけ》が走った。

油百七《ゆおしち》と使用人は、全身に血の鎧《よろい》をまとい、自分たちの血液を武器にして神族と戦った。天候や地面を自在に操《あやつ》る異能を持ちながら、たかが血液で、まともな武器も持たない人間に対抗《たいこう》する力すら失う——神族の体からも、人間と同じ血が流れるのに。

木片《もくへん》に貫《つらぬ》かれた脚《あし》から、痛みが脈に乗って頭へ、心臓へめぐる。

神族は、なにをおそれているのだろう？

「身代わりにされたこいつも、あわれなことだ。最後の最後で、自分の属する氏族よりも人間を選んだ」

ひばりの目が、油百七に背中をひと突《つ》きにされた少女すがたの神族を見やる。少年神よりも、死んでいる者のすがたはずっと幼かった。

「あの人間は、姫神《ひめかみ》と〈揺《ゆ》る火《ほ》〉を葬《ほうむ》ることで神族の統治をくつがえしたかったようだが、はたされなかったな。自分のしとめたのが姫神《ひめかみ》の影《かげ》だとも知らないまま、死んでいった」

にごりのない声で、ひばりが告げる。

影《かげ》。身代わり。それでは、炉六からうけとった願《ねが》い文《ぶみ》を土の中へ沈《しず》めたあの少女は……

「自分の身代わりを立てて、隠《かく》れているのか？　手揺姫《たゆらひめ》は」

明楽が低くつぶやいた。小さな声だが、それは神族たちの耳にも聞こえたはずだった。だが、この場に二人いる神族たちは、どちらも明楽の声にこたえない。

煌四は呆然《ぼうぜん》と庭のありさまを見つめている〈揺《ゆ》る火《ほ》〉の、青ざめた顔を見あげた。クンがうなだれる緋名子《ひなこ》の体を支えようとしている。

（このままじゃ、まにあわない――）

〈揺《ゆ》る火《ほ》〉が、また暴走する。

煌四は、木片《もくへん》の刺《さ》さった脚《あし》を動かそうと、意を決して奥歯《おくば》を噛《か》みしめた。とたんに走る激痛で、頭蓋《ずがい》がはじけ飛びそうだ。気づいた明楽がそばへ来て、ひざまずいた。すばやくマントがわりの布を肩《かた》からはぎとり、止血に備える。煌四が動かそうとする脚《あし》を明楽が腰《こし》ごと下から支え、一気に押《お》しあげた。

吐《は》き気《け》といっしょにわめき声がのどをつきあげる。体の中へは到底《とうてい》許容できない衝撃《しょうげき》がはじけ、どうすることもできなかった。飛ぶかもしれないと思っていた意識は煌四のもとにとどまり、のたうつ自分を制御《せいぎょ》できないことに焦《あせ》っている。一秒でも早くこの痛みをどこかへ捨てたかったが、それは叶《かな》わない。

明楽が傷口をきつく縛《しば》りつける。そのときにも煌四の口は悲鳴をもらした。無様だと思った。このくらいのことで、片脚《かたあし》をけがした程度で。一人の神族も止められなかった。炉六が死んでしまったのに。いまそこに、死んでいるのに。

「お兄さん……」

心細げな声が降ってきた。さかさまになった灯子の顔がある。顔がこわばり、汚《よご》れた頬《ほお》には泣いたあとがすじを作っていた。煌四の頭を固定するように両手で支えようとするが、痙攣《けいれん》が大きくなり、懸命《けんめい》におさえようとしている灯子の恐怖《きょうふ》が、すべてこちらへ降りかかってきた。

動揺《どうよう》が、煌四にも伝染《でんせん》する。

「……こんな」

息を吸おうとしたが、先に声がもれた。かなたが、煌四の耳や頭に鼻先でふれる。

島から密航してきた火狩《ひか》りは、こんなところで死んでしまった。気が変わったと、この先の世界を見てみたいと言っていたのに。

冗談《じょうだん》のようだった。こんなふうにおわるために、首都へ来たのではないはずだ。あとふた月もすれば調査船が首都へもどってくる。人と荷をおろし、整備されて、またつぎの春には島へむけて旅立つのだ。魚を獲《と》って暮らすのが生業《なりわい》だというのなら、船の帰還《きかん》とつぎの出航を待たなくては島へもどれない。こんなところで死んでしまっては、二度と故郷へ帰れない。——

歯を食いしばろうとするが、ふるえて歯の根があわなかった。灯子の背中から、犬たちの首すじのあたりから、やり場のない感情が薄《うす》く薄《うす》く漂《ただよ》っている。それを煌四には、どうすることもできない。

「止血ぐらいしか、いまはできない。ここで動かないで……」

言いさす声を自ら消して、明楽が顔をあげる。

訪れた気配に全員が緊張《きんちょう》するのが、ひどい混乱の中にある煌四にも感じられた。ひらりと白い細布が揺《ゆ》れるのが、視界のはしに映った。綺羅の目が、緋名子でも灯子でも犬たちでもなく、ひたとなにかをとらえている。

崖《がけ》のはてへむけて、〈揺《ゆ》るる火《ほ》〉のさして大きくない声が、それでもはっきりと響《ひび》いた。

「――火が来る」

その声が空気に溶《と》けるのと同時に、〈揺《ゆ》る火《ほ》〉を中心にして、とほうもない力がここへ発生するのが感じられた。

空気が変わる。

崩《くず》れた塀《へい》のむこう、旧道の側にゆらりと立つ影《かげ》があった。

炎魔《えんま》の毛皮に黒い面。――〈蜘蛛《くも》〉だ。

緋名子のそばにいるクンが、のどの奥《おく》にさけび声をくぐもらせた。

翅《はね》を持つ虫たちをその身のまわりに引き連れて、〈蜘蛛《くも》〉は不自然に肩《かた》を左右へかしがせながら、歩いてくる。その動きは、水氏族に体を作り変えられ、ゆらゆらと歩いてゆく新人類たちに似ていた。傷をおっているのか。

すぐさま、しのびをはなつため前へ出たひばりの背に、〈揺《ゆ》る火《ほ》〉が呼びかけた。

「ひばり、近づいてはだめ。死んでしまう」

ひばりがその声にふりむいたのと同時に、〈蜘蛛《くも》〉の周囲が明るくなった。小さな光が、きらきらとともる。――〈揺《ゆ》る火《ほ》〉の髪《かみ》、細布を結《ゆ》わえた綺羅の長い髪《かみ》が、波打ってはためいた。

宙を舞《ま》う虫たちは狂《くる》ったようにさまよい飛んでは、まだ動きながら地に落ちてゆく。その翅《はね》が、体が明るく発光していた。――火だった。火が、羽虫たちの体を燃やし、その翅《はね》に乗って空中に飛散している。

死ぬのだ。

予感も覚悟《かくご》もなく、死がつきつけられた。

「父ちゃん、虫が」

あっけにとられたように目を見開いて〈蜘蛛《くも》〉を見あげ、たしかにクンはそう言った。

「虫が、かわいそうだよ」

〈蜘蛛《くも》〉の腹は大きく裂《さ》け、虫たちはその裂傷《れっしょう》の中から飛び出していた。汗《あせ》かよだれか、黒い面の下から液体がしたたり、腹の裂け目《さめ》にひしめく虫たちが〈蜘蛛《くも》〉の体を操《あやつ》っているかのようだ。

「おのれ、穢《けが》れたあぶれ者めが」

土氏族の神族が、草履《ぞうり》で土を蹴《け》り、前へ出る。地面をうねりあがらせ、〈蜘蛛《くも》〉を呑《の》みこもうとする。

「だめ。近づかないで」

綺羅の声が、神族を止めようとする。虫たちの翅《はね》があかあかと燃えあがり、直後にそれは神族の体から発火を引き出した。立ったまま身の内から燃えあがり、年老いた神族は腕《うで》を伸《の》ばして

〈蜘蛛《くも》〉に組みかかる。あるいは、すがりつく。

目をつむることも、指一本動かすことさえできない。そんなことは無駄《むだ》なのだ。無駄《むだ》であるのに、心臓だけはおそれを刻みつづけ、つきつけられた死が訪れないまま、数秒がすぎた。

「………」

揺《ゆ》らめく銀の髪《かみ》のまぼろしが、空気を凍《こお》らせていた。

こちらに背をむけて、綺羅が立ちふさがっている。

ほっそりとした背中のむこう。墓場の色の立ちすがたのむこうに、赤く光る柱がそそり立っている。

光と力がはげしくうねり、ひたむきに天をめざして踊《おど》り狂《くる》う。神族がその頂点に据《す》えた力。旧世界を繁栄《はんえい》させ、滅《ほろ》ぼした炎《ほのお》が、高らかな柱となっていま眼前にある。

その柱の中心で、地の底から引きずり出されるようなうめき声があがった。年老いた神族が、全身を硬直《こうちょく》させて天をあおいでいる。その体が、炎上《えんじょう》していた。燃えあがる体の上を、虫たちが飛びまわる。一匹《ぴき》たりとも、炎《ほのお》の柱からさまよい出るものはなかった。

〈蜘蛛《くも》〉が燃える神族の足もとで、寿命《じゅみょう》を使いはたした一匹《ぴき》の虫のようにうずくまっている。

この距離《きょり》なら、全員が発火を起こしているはずだ。それなのに、人にも神にもひとしくうけつがれているはずの人体発火病原体は、炎《ほのお》に反応しなかった。

〈揺《ゆ》るる火《ほ》〉がまっすぐに炎上《えんじょう》する柱を見つめ、綺羅のゆるく波打った髪《かみ》がざわざわと宙に浮《う》きあがっている。紅葉色《もみじいろ》の帯の結び目が、この世とは遠いどこかから飛んできた鳥の翼《つばさ》のようだった。

「あ——姉上」

ひばりが慄然《りつぜん》とした顔を、〈揺《ゆ》るる火《ほ》〉にむける。出現しかけていたしのびは、そのすがたをすべて消していた。

「わたしの力を、この子にゆだねているの」

綺羅の声で、千年彗星《せんねんすいせい》が告げた。平坦《へいたん》な物言いが、綺羅の深みのある声と噛《か》みあっていない。

「この子が考えた。わたしの核《かく》にある力を使って、火の燃焼できる空間を限定している。核《かく》にこめられた力を、かなり消耗《しょうもう》する。だから長くはもたないけれど、あの火もそんなに長時間は燃えつづけない。じかに接触《せっしょく》しないかぎり、ここにいる者たちには、人体発火は起こらない」

「でも……」

そうつぶやいたのは、だれだったのだろう。灯子の声にも、明楽の声にも思えた。あるいはひばりか、自分の声であるのかもしれなかった。だれのものであるにせよ、なにかを問おうとした声は無意味に消え入った。

神族ののどからこみあげるうめき声はくぐもったただの音になり、それはやがて完全な沈黙《ちんもく》になってゆく。神族はめらめらと全身から赤い光を揺《ゆ》らめかせて、先にたおれた〈蜘蛛《くも》〉の体を踏《ふ》みつけにした。天へむかって立つ火柱の中で、もう虫たちは翅《はね》を燃やしつくしてすべて落ち、濃《こ》い影《かげ》になった神族の体から発生する光が、華《はな》やかな朱《しゅ》や金にひらめくばかりだった。

「……同じね。世界が一度滅《ほろ》びたときと、同じ。わたしは怖《こわ》くて逃《に》げ出したのに。新しい破滅《はめつ》をいま見ている。これは罰《ばつ》なの。あの星の全土をおおう絶望から逃《に》げたことへの、罰《ばつ》なの？」

肩《かた》の上に、細布を結《ゆ》わえた髪《かみ》がおどる。それは、だれかが計算しつくしたかのように複雑で、流麗《りゅうれい》な動きだった。煌四の傷口を押《お》さえている明楽の手に、きつく力がこもった。

くしゃっ、とどこかから音がして、火だるまになった神族は、その場へ崩《くず》れた。揺《ゆ》らめく火が、まだ夜を照らしている。しかしその熱気もにおいも、〈揺《ゆ》る火《ほ》〉の力にはばまれてこちらへは伝わってこなかった。

「綺羅……」

呼びかけたところできっと意味などないのに、煌四の口から、かわいた声がもれた。

炎《ほのお》の勢いが衰《おとろ》え、完全に消えるまでに、どれほど時間がたっただろう。ずっと背をむけて立っていた〈揺《ゆ》る火《ほ》〉が、その場へひざをついた。肩《かた》を長い髪《かみ》がすべり、うなだれた首に巻かれた包帯に、血がにじんでいるのが見えた。

ひくっと、灯子が息を呑《の》む。緊張《きんちょう》しきった体がふるえて、呼吸は不自然に浅かった。光の柱が消えたあとに、ぬめりをまとった空気が残り、息がつまった。

「〈揺《ゆ》る火《ほ》〉――なんという無茶なことを」

座《すわ》りこんでゆっくりと顔を中空へむける〈揺《ゆ》る火《ほ》〉に、ひばりが駆《か》けよる。そばへ寄りながら、少年神は一瞬《いっしゅん》、肩《かた》をこわばらせて手を伸《の》ばすことをためらった。包帯ににじむ、血のせいだ。しかしためらいをふり切るように頭をふるい、その肩《かた》におずおずと指先でふれた。肩《かた》に手をそえられても、〈揺《ゆ》る火《ほ》〉は鼻をわずかに上へむけたまま、反応しなかった。

「これで……いまこの場に、〈揺《ゆ》る火《ほ》〉の邪魔《じゃま》をする者はなくなりました。手揺姫《たゆらひめ》さまのもとまで、お連れいたします」

少年神がゆらりと、こちらへ顔をむけた。その顔が青白い。

涼《すず》やかな声音《こわね》の余韻《よいん》とともに、全身を裂《さ》くようだった痛みが煌四から消え去った。かわりに、血管へ冷水を流しこまれるような感覚が、呼吸をこわばらせる。

突然《とつぜん》の異変に、体も意識もついていかなかった。血を止めるために、巻きつけた布の上から手を押《お》しあてていた明楽が、少年神をにらみながら力をゆるめる。それで煌四は、木片《もくへん》の貫通《かんつう》したあとがすでに消えているのだとさとった。ひばりの異能が、傷を消したのだ。依巫《よりまし》にはその力を作用させられないのか、〈揺《ゆ》るる火《ほ》〉の血はそのままになっていた。

ほうけたように上をむいている〈揺《ゆ》るる火《ほ》〉からはなれ、小鳥のような声をしたひばりが、すっくりと立ちあがった。

「身《み》の程《ほど》知らずな者たちも死んだ。あっけないものだな」

少年神の横顔が、もろともに黒くなって絶命している神族と〈蜘蛛《くも》〉に、ほんの一時むけられる。死んでいる者たちからあっさりと視線をそらし、ひばりはこちらを見おろした。白木の下駄《げた》が、瓦礫《がれき》の混ざりこんだ土の上へ踏《ふ》み出される。

煌四は地面に転がって背を折りまげた姿勢のまま、白々とした水干《すいかん》をまとった少年神の顔を見あげた。きれいに整った顔の切れ長の目が、蔑《さげす》みをこめてまだ生きている者たちを見おろしている。痛みを発散させていた傷のあった部分に、いまはひややかな違和感《いわかん》だけがあった。

「……姫神《ひめかみ》は、生きてるんだな？」

火狩《ひか》りはうなだれながら、ひばりにむかって問うた。明楽の全身の傷もまた、消されてはいない。ひばりは無言のままだったが、明楽は頓着《とんちゃく》しなかった。

「願《ねが》い文《ぶみ》は――あたしの仲間が持っていった願《ねが》い文《ぶみ》は、とどいたのか」

ひばりが、酷薄《こくはく》な笑い声をもらした。

「とどいたところで、お読みになったかは知らない。お読みになっていたとしても、依巫《よりまし》に入れられた〈揺《ゆ》る火《ほ》〉を、手揺姫《たゆらひめ》さまだけで好きに動かすことはできない」

そうか、とだけ、明楽は低くつぶやいた。

「明楽さん」

灯子がたよりなく呼びかける。てまりが駆《か》けてきて、明楽の足もとへ背中をまるめてうずくまった。ひばりにむかって、力いっぱいに威嚇《いかく》する。

「やはり、お前なのか」

灯子がぽっかりと目を見開いて、間近に訪れた少年神をふりあおいでいる。灯子を見おろす少年神に、かなたが警戒《けいかい》してうなる。

と、ひどく寒そうな顔をしていた灯子が、なにかに導かれるように視線を転じた。口を薄《うす》く開け、なにもない中空を見つめて体から力をぬく。ようすがおかしかった。正気をたもてなくなったのかと、煌四はひやりとした。

「……童《わらし》さま？」

か細い声で、灯子はたしかにそうささやいた。

その肩《かた》に、なにか小さなものがいる。地下通路で見た、あのまっ白な小人が乗っている。……いつのまに現れたのか、灯子になついた小鳥のように、姫神《ひめかみ》の分身だという小さな子どもがすがたを現していた。明楽がその出現に、目をみはっている。

人間たちと同じようにおどろきを顔に表していたひばりは、やがて切れ長の目に無理やり虚勢《きょせい》をとりもどし、灯子の肩《かた》に現れた姫神《ひめかみ》の分身をいたわしげに見おろした。そして、なにかを決心したように口もとを引きしめた。

「お前が、手揺姫《たゆらひめ》さまに外の世界をお伝えする役目を課されたのだ」

おびえた顔で少年神を見あげる灯子のそばへ、煌四はやっと起きあがった。気がつけば自分の体も灯子と同じにふるえている。全身に力をこめて、それをおさえこもうとした。クンがしがみつくように支えている緋名子が、顔をあげようと歯を食いしばっている。

ひばりはおののいて息をひそめている灯子を見すえ、低く言いはなった。

「ついてこい。手揺姫《たゆらひめ》さまが、呼んでおられる」

その声が言葉の形をなして空気に消える直前、明楽が立ちあがって一気に少年神との間合いをつめていた。動きが速かったのは、明楽が武器をとらなかったせいだ。ひばりが袂《たもと》から紙人形をぬき出すひますらなかった。

汚《よご》れ一つない水干《すいかん》の胸《むな》ぐらをつかみ、明楽はためらいなく、自分のひたいを相手の同じ箇所《かしょ》へ打ちこんだ。ご、といやな音がする。

「甘《あま》えるな、この洟《はな》ったれ！」

頭突《ずつ》きを食らわせたまま相手をはなさずに、明楽がさけぶ。

ただ目をみはっているひばりに、さらに明楽は自分のひたいを押《お》しつけた。

「人間はお前たちの道具じゃないんだ！　姫神《ひめかみ》がかわいそうなら、お前が自分でなんとかしろ。姫神《ひめかみ》に依存《いぞん》する神族の統治体制を変えてみせろ。それができないなら、統治者の仕事を人間によこせ！　人間を、この子たちを都合のいいように利用して、それでめでたく救われるような姫神《ひめかみ》さまなら、はなっからいらないんだよ！」

とっさのことに声も出さず、身じろぎさえできずにいたひばりは、やがて、嫌悪《けんお》もあらわに顔をゆがめた。明楽の手首をつかんでふりはらおうとするが、その力は弱すぎて、激昂《げっこう》した火狩《ひか》りの手を動かすことはできなかった。明楽の手についている煌四の血が、白い水干《すいかん》を汚《よご》した。

「だ――黙《だま》れ、人間が……」

少年神の声が、はっきりと動揺《どうよう》している。怒《いか》りをこめて明楽をにらむ、その瞳《ひとみ》さえおののいて揺《ゆ》らいでいた。〈揺《ゆ》るる火《ほ》〉は地面にひざをついて、あらぬ方《かた》をむいている。

「姫神《ひめかみ》さまの」

ひばりのわななく声をさえぎったのは、灯子だった。汚《よご》れた手で自分の袴《はかま》をもどかしげににぎり、まっすぐに少年神に顔をむけている。

「姫神《ひめかみ》さまと、〈揺《ゆ》るる火《ほ》〉のことをたすけたら、おわりますか？　もう、だれも死なんで、すむんですか……？」

「こいつの言うことなんか聞くな」

明楽が、灯子へ低く言いはなつ。祈《いの》るようにひざまずいて首をさしのべる灯子のあごが、ふるえている。その肩《かた》に、この場で起きた殺戮《さつりく》も混乱も鎮《しず》めるように、清らかにまっ白い姫神《ひめかみ》の分身が乗っている。いかずちに破壊《はかい》され、ひび割れた神宮のかわりに、その小さな子どもは冴《さ》え冴《ざ》えとした光を身の内から発していた。

「だって――明楽さん、もう、こんなこと」

灯子の声が、死んでいる炉六に、焼け死んで黒くなっている〈蜘蛛《くも》〉と神族に、門の外に打ち崩《くず》れている水氏族の神族に降りかかる。思うように動けない緋名子にも、目の前で燃えた〈蜘《く》蛛《も》〉を見つめるクンにも、傷まみれで呼吸をわななかせている明楽にも、犬たちにも、落獣《らくじゅう》にも。

腹から息を押《お》し出し、煌四は身をよじって立ちあがる。クヌギはまだ動けるのか。あの木々人《きぎびと》に、緋名子やクン、灯子を逃《に》がしてもらうことはできるだろうか。せめてこの場から、遠ざけることは。

血のにおいが空気にこびりついている。それがだれの血であるのか、もはや混然としてわからない。灯子の鎌に斬《き》られた落獣《らくじゅう》の毛皮ばかりが、はっきりと黒い色をたもっていた。

気をぬくとかすみそうになる目をあげる。むこうにたおれている火狩《ひか》りを、いま一度たしかめた。体の形を損《そこ》なってはいないのに、炉六は決して動かなかった。もうその手が鎌《かま》をとることも、舌を鳴らす合図でみぞれを呼ぶこともない。みぞれはじっとそのかたわらに座《すわ》って、顔を主《あるじ》のほうへむけたまま、うなだれている。爪《つめ》の先で炉六の腕《うで》をかいてみるが、反応しない主《あるじ》に困惑《こんわく》したようすで、すぐに引っこめる。

明楽がつき飛ばすように、ひばりを解放した。少年神はうしろへよろめきながらも、明楽をにらみつづけている。明楽がわしづかみにしていた水干《すいかん》の身ごろがしわになり、血の汚《よご》れが得体の知れない模様をえがいていた。

虚《うつ》ろなおもざしで、〈揺《ゆ》る火《ほ》〉が血なまぐさい空気を呼吸している。

「あなたは、わたしを狩《か》る？」

綺羅の顔で火狩《ひか》りを見つめて、〈揺《ゆ》る火《ほ》〉が問うた。首と手首、足首に巻きつけられた包帯のすべてに、血がにじんでいた。火柱を閉じこめるために力を使ったせいなのだろうか。明楽は目じりを引きつらせ、厳しい顔をしてくちびるを噛《か》みしめている。赤い髪《かみ》が、横をむいた首の動きにあわせてなびいた。

「……いまは無理。その子の体から出てくれなければ、狩《か》ることはできない」

死者たちのにおいが、頭の中を暗くさせる。この場でのうのうと呼吸をすることすら、はばかられた。それでも自分の体は、まだ生きてここにあった。

明楽の言葉を反芻《はんすう》するように幾度《いくど》かまばたきをして、やがて〈揺《ゆ》る火《ほ》〉はうなずいた。

「自分では、ここから出られない。ごめんなさい」

これだけの死をまのあたりにしたというのに、〈揺《ゆ》る火《ほ》〉の声音《こわね》は変わらなかった。かつて、もっと多くの死を見たためだというのだろうか。それは、くらべることのできるものなのか。

――と、その頭が、突然《とつぜん》はげしく左右へふられた。呼吸を荒《あら》げて、依巫《よりまし》が立ちあがる。乱れた髪《かみ》が目や頬《ほお》にかかっている。目を見開き、くちびるをゆがめて明楽にむきなおる。一瞬《いっしゅん》前とは打って変わって、はげしい感情があらわになっていた。

「これを……これを狩《か》ったら、もうこんなことは起こらないんでしょう?」

呼吸を乱して、依巫《よりまし》が自分ののどを指さした。包帯ににじむ血は止まらず、白かった布はほとんどまっ赤に染まっていた。

「いましかできない。狩《か》って。火狩《ひか》りの鎌《かま》を使って」

必死の響《ひび》きをこめた声に、明楽が目をみはっている。綺羅だ。いま、火狩《ひか》りにむかって訴《うった》えているのは、〈揺《ゆ》る火《ほ》〉ではなく綺羅だと、煌四はたしかに感じた。

「姉上、おやめください」

ひばりの低い声に、灯子の短い悲鳴がかさなった。いつのまにはなったのか、しのびが背後から灯子をかかえあげ、一足飛びに階《きざはし》の上へ連れ去った。灯子の体が一瞬《いっしゅん》で移動し、身代わりの少女がいた御座《ぎょざ》の上へ投げおろされる。かなたがすぐさまそのあとを追った。

「なんのまねだ！」

吠《ほ》えかかる明楽に、少年神はきつく眉《まゆ》をつりあげた。

「火狩《ひか》り、わめいていないで自分の犬でも守れ」

ひばりは〈揺《ゆ》る火《ほ》〉へ近づこうとしたが、その足は、踏《ふ》み出す前に止まった。綺羅が、少年神をにらんでいる。敵意によって顔色を暗くし、赤くぬれた布の巻きつく手を、わななかせながら持ちあげた。

「……これが、怖《こわ》いんでしょう？　人間の血が。わたしは、愚《おろ》かだった。神族が統治しているこの国は、世界が滅《ほろ》びても生きのびた、よい場所なのだと信じてきた……でも、ちがったの。わたしのまわりに、この国で安心して生きている人なんて、ほんとうは一人もいなかった」

怒《いか》りと混乱がその顔面に貼《は》りついている。神族に利用され、目の前で両親を失ったのだ。綺羅が自分の足で立っていられるのが不思議ですらあった。ここで起きたできごとは、うけとめきれる大きさをとうに超《こ》えてしまっているはずだ。

綺羅は髪《かみ》をひるがえして、ひとかたまりになった焼死体のわきをぬけ、灯子がしのびに押《お》さえこまれている御座《ぎょざ》のもとまで駆《か》けのぼった。そこに落ちている、炉六の鎌《かま》をとってふりむく。長く垂れた包帯が動きにあわせてなびく。綺羅にむかって、みぞれがかすかにうなる。

「……早く！」

階《きざはし》を駆《か》けおり、土が無秩序《むちつじょ》に隆起《りゅうき》してかたまった庭をつっきって、綺羅は明楽の前へ鎌《かま》の柄《つか》をさし出す。明楽が、気のふれた炎魔《えんま》を前にしたかのように、綺羅を見つめる。けれどもその手は、鎌《かま》の柄《つか》をとろうとはしなかった。明楽のかたわらで背中をまるくしたてまりが、綺羅にむかって小さな牙《きば》を見せ、威嚇《いかく》した。

顔をゆがめ、綺羅がうつむく。何者かによって細布を結《ゆ》わえつけられた髪《かみ》が、その横顔をおおい隠《かく》した。

「お願いです。ここに……ここに、とても大きな火があるの。この火の使い方が、なぜかわかるの。わたしの中に、もう一人の……この火の持ち主がいるから。この子は自由になりたがっているけれど、だれもがそれを望まない。なにを選んだら、二度と破滅《はめつ》が訪れずにすむのか、この子にもわからないの……それなのに、こんなに大きな火がある。このままだと、わたしはこの火で、もう、全部おしまいにしてしまうかもしれない。こんなことを思うのはまちがっているのに、止め方がわからない。思ってしまう……」

血のすじのついた手が、ぴたりとあわさった黒い衿《えり》をつかんだ。

「みんな——みんな、消えてしまえばいい」

声音《こわね》からふるえが消え、綺羅の顔は、とほうに暮れて泣いていた。幼子のように眉《まゆ》を寄せて泣いているその目にはしかし、恨《うら》みが渦巻《うずま》いていた。ゆるやかに波打つ髪《かみ》すら、ふくむ影《かげ》を濃《こ》くしている。

「綺羅お姉ちゃん……?」

か細い声がする。クンに体を支えられている緋名子が、首を伸《の》べて綺羅を見あげた。まだ高い熱のためにおぼつかない声音《こわね》をして、それでも綺羅を呼んだ。

ほんの一瞬《いっしゅん》、おそれをなしたように、綺羅が呼吸を止めた。

それと同時だった。地面が、はねあがるように揺《ゆ》れた。

体勢をたもてず、体が投げ出される。

いかずちに撃《う》たれたのだと思った。製鉄工場の機械が、また作動したのだと。

——だが、この揺《ゆ》れはちがう。

起きたのが地揺《じゆ》れだと気づいたときには、轟音《ごうおん》が聴力《ちょうりょく》をかき消していた。

神宮をかかえる崖《がけ》が、また地崩《じくず》れを起こそうとしている。

かなたが吠《ほ》える。背後からしのびに押さえこまれ、灯子は動けずにいる。その場に這《は》いつくばっているのがやっとだ。

ひび割れて隆起《りゅうき》する地面の下から、だれかの手がつき出されるのが見えた。枯《か》れ枝《えだ》じみたその手が、綺羅の足首をつかむ。それは〈蜘蛛《くも》〉の火に焼かれて死んだはずの、朽葉色《くちばいろ》の直衣《のうし》の神族の手にそっくりだった。

足をつかまれ、綺羅が、手にしていた鎌《かま》をとり落とした。内側からの力で崩《くず》れてゆく地面に、金色の三日月が落ち、呑《の》みこまれてゆく。

だれがどこにいるのか、自分が立っているのかすら、あっというまにわからなくなる。乱れきった視界に、長い髪《かみ》がひらめくのが映った。綺羅の、依巫《よりまし》のすがたが、土の中へ引きずりこまれ、鎌《かま》と同様に呑《の》みこまれた。

神宮の瓦礫《がれき》もろともに、土が波のように大きくうねり、崖《がけ》の上の空間にいる煌四たちの視界をおおい――そして巨大《きょだい》な獣《けもの》のおとがいのように、まっ暗に閉じあわさった。

三　地中の宮

灯子《とうこ》はしのびに担《かつ》ぎあげられて、気がつくとしとやかな畳《たたみ》の上にいたのだった。香《こう》のにおいが染《し》みこまされていたが、それよりも強く、緊張《きんちょう》しただれかの汗《あせ》のにおいが残っていた。飴色《あめいろ》のつやのやどる畳《たたみ》は、ずいぶん古いもののようだった。その上に、色のついたガラス玉がいくつか転がっていた。子どもが遊んでいたのだろう。いや、あの赤い着物を着せられて死んでいた少女が、なにかにおびえながら、じっとここで、ガラス玉をにぎりしめて息をひそめていたのだろう。

けれどもそれは、灯子の憶測《おくそく》にすぎないのだった。

わからないままに揺《ゆ》れが起きた。大きく地面が揺《ゆ》れて、裂《さ》けた。明楽《あきら》たちがいる庭の土が割れた。自分だけがここにいるのはまちがいだと感じ、灯子は揺《ゆ》れて砕《くだ》ける土の上へ駆《か》けおりようとし、なおも下からつきあげる衝撃《しょうげき》に完全に足をすくわれて、同時に視界がまっ暗になった。

静かだ。

どれほど時間がすぎただろう。

あまりに静かで、灯子は、もうまぶたを開けないでいいような気がした。こんなに暗くて静かなのだから、人間はおとなしく戸を閉めて、眠《ねむ》っていなくてはならない。朝の気配が空気に混じりはじめたら、そうしたらまた起きて、布団《ふとん》をあげて、ばあちゃんの体をさすって、畑へ出なくては。けれど、それはまだしばらく先だ。……眠《ねむ》っていようとする灯子のそでを、つかむ者がある。つかむのではなく、咬《か》んでいる。かなただ。灯子を追って、板の間まであがってきたのだ。

（いかんよ、土間におらんと。おばさんと燐《りん》に怒《おこ》られてしまう……）

黒ずんだ床《ゆか》と古い鍋釜《なべかま》と、草と土と水と。なつかしいかおりをふくんだ夢想は、けれどもすぐさま、寒々とした暗闇《くらやみ》に消えていった。

「………」

ちがう。ここは村ではない。家の中でもない。なにが起きたのか、その記憶《きおく》すらどこかへ押《お》しやられて、たどることができなかった。

ひょっとしたら間近で炎《ほのお》の柱が立ったとき、あのときに、やはり自分も人体発火を起こして死んだのではないだろうか。ぼんやりしているせいで、自分が死んだということに、いまごろになって気づきつつあるのではないか。

それでも、ひえかたまった疲《つか》れだけは、変わらず体の芯《しん》にぶらさがっていた。肺が勝手に、空気を求めた。息を吸おうとした灯子の口に、ざらりとつめたいものが入っていた。土だ。吐《は》き出そうとするが、しびれが全身に貼《は》りついて、力をこめることができなかった。自分の体の重みすら、支えることができなくなってしまった気がする。

（……かなた？）

犬の体温がそばにある。その体から発せられている張りつめた気配に、灯子はやっと目を開けた。しかし、開けたはずの目に、わずかの光もみとめることができない。

かなたのすがたが見えなかった。

混乱が灯子を呑《の》みこむ。息を吸いすぎて、口に入っていた土と砂埃《すなぼこり》をいっしょにとりこんでしまう。肺がめくれあがるように反応し、気がつくと灯子はひざを折って背中をまるめ、はげしくえずいていた。よだれといっしょに涙《なみだ》が出る。舌がこわばるほどのどがかわいていたのに、まだこんなに体から水分が出ることが、どこか信じられなかった。

ここはどこなのだろう。たしかに、さっきまで崖《がけ》の上の、神宮のある空間にいた。そのはずだった。突然《とつぜん》、はげしい地揺《じゆ》れが起きたところまではおぼえている。灯子はしのびに捕《と》らえられて、汗《あせ》のにおいのする畳《たたみ》の上へ連れてこられ、その場所も大きく揺《ゆ》れて――

いっしょにいた者たちは、どうなったのだろう？　緋名子《ひなこ》は、熱を出して動けなくなっていた。明楽たちも、犬たちも、どこかに生き埋《う》めになっているのではないか。あるいは、崖《がけ》から投げ出されてはいないか。

頭上から、だれかの声がする。その澄《す》んだ声が、ますます灯子を焦《あせ》らせる。

「おい」

かなたが声のするほうに顔をむけた。犬が灯子をうしろにかばって立っているのが、音の響《ひび》きから感じとれる。

「犬をどかせろ。邪魔《じゃま》だ」

呼びかける居丈高《いたけだか》な声に、ありかを忘れていた灯子の心臓がはねあがった。身じろぎをした拍《ひょう》子《し》に、ひざ頭《がしら》にかたいものがふれる。――鎌《かま》だ。手探《てさぐ》りでその柄《つか》をにぎりしめ、灯子は息を吸いながら、口の中の土をごくんと飲みくだした。蛙《かえる》のようにのどを動かしながら、荒布《あらぬの》の巻かれた鎌《かま》の柄《つか》を、指を巻きつけるようににぎりしめた。

重い鎌《かま》を引っぱった。土をかぶっていたらしい刃《やいば》があらわになると同時に、まっ暗闇《くらやみ》だった視界に、おぼろな陰影《いんえい》がもたらされた。三日月鎌《みかづきがま》が、淡《あわ》い金色に光っている。落獣《らくじゅう》の首からあふれた澄《す》んだ黄金の体液が、まだ刃《やいば》に残っていたのだ。鎌《かま》の弧《こ》に沿って、それはほんとうの月のようにさやかに輝《かがや》いている。

「……まるで、できたばかりの鎌《かま》だな。常花姫《とこはなひめ》さまが鍛《きた》えられたばかりの」

声の調子を沈《しず》めて言い、暗い空間から憮然《ぶぜん》とこちらを見おろす者がある——みづらの髪《かみ》の少年神、ひばりだった。

とっさに灯子は、かなたの背中へ手を伸《の》ばしてうしろへさがらせようとした。少年神にどけろと言われたからではない。この神族に、かなたを傷つけさせてはならないからだ。明楽や煌四《こうし》たちのすがたを探そうと、周囲へ視線をめぐらせる。……が、灯子はすぐに、自分とかなた以外の者がいっしょにいないことをさとった。

立ちあがると、着物や髪《かみ》に入りこんでいた砂がぼろぼろとこぼれる。

体中がきしんで痛むが、しびれが感覚をぼやけさせて、さほどひどくは感じないですんだ。足も、手も、どうにか動く。幼いころに坑道《こうどう》の崩落《ほうらく》に巻きこまれた火穂《かほ》は、脚《あし》の骨を折ったと言っていたのに。

「……なんですか？　ここは」

暗い室内に、そこは見えた。たしかに高い天井《てんじょう》があり、壁《かべ》に声がはねかえってくる。しかしその空間に、枝を伸《の》べる木々があった。真水や泥水《どろみず》のにおいもする。湿《しめ》った土のにおいや、黒い森のそれとはちがう、甘《あま》やかな朽葉《くちば》のにおいが。

杖《つえ》にすがるように、鎌《かま》の柄《つか》をきつくにぎった。

めまいをおぼえながら、灯子は高い天井《てんじょう》に枝を伸《の》べる木々をふりあおいだ。鎌《かま》に残る雷火《らいか》の明かりだけではない、どこかに光源があるのか、枝葉の形を見わけることができる。ブナや竹、山桜、楠《くすのき》や杉《すぎ》。どれも細い。ススキや葦《あし》もあるが、室内に風はそよとも吹《ふ》かず、みな微動《びどう》だにしない。

まるで、木々人《きぎびと》たちの地下居住区だ。閉ざされた空間に、庭を作ろうとしたかのような。

ひばりが小さく鼻を鳴らす。少年神は寝台《しんだい》らしき金属製の台のへりにひざを折って乗り、灯子とかなたを見おろしていたのだった。なにかをかかえている。丁寧《ていねい》に折りたたまれた、それはしとやかな布地らしかった。

右手ににぎった鎌《かま》が、体をかしがせるほど重い。刃《やいば》にかすかに残る雷火《らいか》が、さやかに発光している。たしかに灯子はこの鎌《かま》をふるって、駆《か》けくだる落獣《らくじゅう》を狩《か》ったのだ。

「直接連れてゆきたかったが、お前もぼくもこのなりでは、手揺姫《たゆらひめ》さまの御前《ごぜん》へ出るわけにいかない。身なりを改《あらた》めるために一旦《いったん》ここへ連れてきたが、その犬が近づかせようとしない」

邪魔《じゃま》だ、ともう一度吐《は》き捨てて、ひばりは不機嫌《ふきげん》さをあらわにした。が、その声にも表情にも、力がこもっていないように思える。少年神もあの惨状《さんじょう》から逃げのびて、疲《つか》れはてているのだろうか。神族でも、疲《つか》れたり空腹をおぼえるということがあるのだろうか。

少年神のかかえている布地が、着物と帯であることに灯子は気がついた。薄暗《うすぐら》いせいで色味の見わけはつかないが、つやがあり、村で生きる者の花嫁装束《はなよめしょうぞく》よりもはるかに上等なものであるのがわかる。

灯子は少年神の背後に視線をやり、さらにその後方へ目をこらした。

「……あ」

恐怖《きょうふ》から声がもれるが、それは決して言葉の形になろうとしない。

ひばりが下駄《げた》をはいたままで乗っているのは、たしかに寝台《しんだい》だ。同じものが等間隔《とうかんかく》に、ずらりとならんでいる。その上から、木々や草は生えていた。あるいは清水《しみず》や土や泥《どろ》がいだかれていた。寝台《しんだい》の上にあおむけに寝《ね》そべった、人の形をしたものの体に、それらはやどっているのだった。

苦い汗《あせ》が、ひたいやわきに噴《ふ》いた。

簡素な寝台《しんだい》の上に寝《ね》そべる者たちは、一様に顔に布をかぶっている。その、おそらく腹のあたりから、植物たちが生え出ているらしいのだ。またはびっしりと鉱石が埋《う》まっている体もある。シダの類《たぐ》いが首をもたげ、深い清水《しみず》が満ち、あるいは腹部に肥沃《ひよく》な土がのぞいているものもある。

体にまとった――あるいはかぶせられているのかもしれない――着物に織りこまれた金糸銀糸が、ささやかに光って見える。

目がおかしいのだ。薄暗《うすぐら》い場所で、錯覚《さっかく》を起こし、まぼろしを見ているのにちがいない――そう思って何度もまばたきをしても、このありえない光景は消えようとしなかった。

「土氏族の者が前庭に地崩《じくず》れを起こした。その犬をたよっても、お前の力では外へ出られないぞ。言うとおりにしろ」

恐慌《きょうこう》をきたしかけている灯子に、ひばりが淡々《たんたん》と告げる。明楽も煌四も、クンも緋名子も、ここにはいない。灯子だけを建物の中へ運んだしのびに命じて、ここへ連れてこさせたのだろうか？けれど、なぜよりによって灯子なのだろう。

肩《かた》に乗っていた童《わらし》さまのすがたをたしかめようとするが、まっ白な子どもはすでにいなくなっていた。

「ほ、ほかの人は――明楽さんや、お兄さんたちは？」

その問いにはこたえず、ひばりは寝台《しんだい》のへりへ立ちあがる。その寝台《しんだい》にも、腹をさらした者が乗っているのだ。そのへその下あたりから、くたくたとアケビのつるを伸《の》ばして。

人の形をしたものを載《の》せた寝台《しんだい》は、何台あるだろう。数えようとするまでもなく、ひろい室内の暗がりに呑《の》まれるまで際限なくならぶその膨大《ぼうだい》さに、背すじが凍《こお》りついてゆく。

「生きとりなさる……」

声が自然とこぼれていた。かなたの首すじにしがみついて、灯子は犬の体温をたしかめた。そうしないと、正気がくじけてしまいそうだった。横たわる者たちのはだしの足の裏の皮膚《ひふ》には張りがあり、ゆったりと体の横に置かれた手はまろやかで、ふれれば体温すらやどっていそうだ。

かなたが首を一つふるい、ぱたりと耳を鳴らす。

ひばりは横顔を部屋のむこうへむけている。その輪郭《りんかく》が、ぼうと光っている……光源があるのは、少年神のむこうだ。灯子は光のあるほうへ、なんとか目をこらそうとする。

出口はどこだろう。明楽たちはどこだろう。〈揺《ゆ》る火《ほ》〉は、綺羅《きら》はどうなっただろう。

わらじの下に、土の感触《かんしょく》がある。部屋の床《ゆか》は土でできているのだ。その土から、湿《しめ》り気《け》をふくんだにおいがする。空からもたらされた滋養《じよう》のにおいだ。工場地帯を一晩中打ちすえた雨が、深く染《し》みこんでいる。ここは、神宮の中なのだろうか。

「こっちへ来い」

そう言うなり、寝台《しんだい》の上から飛びおりて、ひばりは歩きだした。ひばりが移動したことで、そのむこうにある光るものが見える。一本の柱のようだ。天井《てんじょう》を支える太い柱が、ぼうと発光している。それが木でできているのか、石なのか金属なのか、灯子には見わけがつかなかった。

(出口……ここから出んと。みんなのこと、探しに行かんと)

しかし灯子の目には、光る柱のむこうがどうなっているのか、見透《みす》かすことができなかった。

「夢を見ている」

夢、とこの場の光景からかけはなれた言葉を、思わず灯子は鸚鵡《おうむ》がえしにつぶやいた。寝台《しんだい》の下から、何本もの管が伸《の》びている。管は床《ゆか》を木の根のようにくねりながら、部屋の中央、光る柱のほうへ集まっているようだ。

「腹を裂《さ》いて自然物を身の内にやどし、木や水や石になった夢を、この者たちは見つづけている。かつての、黒い森におおわれる前の、この星の一部となっている夢を」

話す声は澄《す》みきって、この暗い場所によどんでいる空気をまるで乱すことがない。灯子はかなたの毛並みに手をそえたまま、貧弱《ひんじゃく》な木々が枝葉を伸《の》べる頭上をあおいだ。木々人《きぎびと》たちの居住区にいた小鳥のすがたはない。動きまわるものは、この部屋にはなにもなかった。

ひばりがふりかえってこちらをむく。白い着物は血や泥《どろ》で汚《よご》れているが、それでも少年神のたたずまいは、漉《す》いたばかりの紙のようだった。

「ここにいるのは腰抜《こしぬ》けどもだ。旧世界の滅亡《めつぼう》を食い止められず、世界を復興させることも叶《かな》わず、多くの神族はかつての世界をなつかしんで、その夢を見つづけることを選んだ。老いることもなく、死ぬこともなく、かつて美しいすがたをしていたこの星の一部となっている夢の中で眠《ねむ》りつづける――ここにいる者たちが安穏《あんのん》と夢を見ているあいだ、ほかの神族は異能を行使していまの国土を治めている。覚醒《かくせい》している対価としてぼくたちは宗家《そうけ》から力をわけあたえられ、手揺《たゆら》姫《ひめ》さまは神族の力を束ねる、この世の柱となっておられる」

このような場所で見る夢が、はたして安らかなのだろうか。しかし、灯子の耳や鼻は、深々としたなつかしさを感じずにはいられなかった。黒い森に生えているのではない、緑の木々。澄《す》んだ水と、朽葉《くちば》の清らかなにおい。……みな、村にあったものだ。

ひばりの足は、光る柱のほうへむかってゆく。灯子の足は、自然とそれについてゆく。相手の動きが感知できなくなることが怖《こわ》かった。かたわらにいるかなたが、鼻や頭で何度も灯子の手にふれてきた。灯子の正気がさまよい出さないよう、そうやって自分の居場所をくりかえし教える。

「〈揺《ゆ》る火《ほ》〉が予想以上に不安定だった。そのために手揺姫《たゆらひめ》さまが、お前を呼んでおられる」

柱はまるで、巨大《きょだい》な雷瓶《らいびん》だった。頭をくらくらさせながら、灯子は柱を見あげた。錆《さび》か苔《こけ》か、鈍色《にびいろ》の付着物におおわれた柱はガラスでできており、その中に光る液体が入っている。炎魔《えんま》の火だろうか。付着物におおい隠《かく》されている光に、灯子はぼやける目をこらした。炎魔《えんま》の火にしては、色が白すぎる。とろりとした黄金ではなく、それはつめたい銀の光だ。

柱の周辺で床《ゆか》はゆるやかにくぼみ、水がたまっている。室内であるのにどこから湧《わ》いてくるのか、清らかに澄《す》んだ水だった。その水が銀色の光をあやしげに照りかえす。

「ここで身をすすいで着物をかえろ」

ひばりが、柱のまわりの水をさししめし、わきにかかえていた着物をこちらへつき出すが、灯子は返事をすることも、動くこともできなかった。かなたが少年神へ警告するように、ごく小さな声をもらした。

ちゃぽんと、上からなにかが落ちてきて、柱の中を泳いだ。きかない目を懸命《けんめい》にこらす。

小さな魚のすがたが見えたように思った。銀色の魚がひれを揺《ゆ》すって、鱗《うろこ》と同じ色をした液体の中へ溶《と》けて消えた。

（……魚？）

地下通路の、魚だ――このままたどれば神宮へ着くのだと少年神に案内された、地下通路の下層。そこを流れる小川を遡上《そじょう》していた、銀の鱗《うろこ》の魚だった。

銀の液体をたくわえた柱、その下の水のたまりの底を通って、放射状に管が床《ゆか》を這《は》っている。

まるで複雑な木の根のように、それは夢を見ているのだという者たちの横たわる寝台《しんだい》の下へと伸《の》びている。

「姫神《ひめかみ》さまはその務めに就《つ》いて以来、外の世界をご覧になったことがない。見てみたいと、知りたいのだと言っておられた。外の世界を知らずに、〈揺《ゆ》る火《ほ》〉をなぐさめる言葉をかけることはできないからと。そのためにお前を連れてきた」

かなたが灯子へ体温をわけあたえるように、足に体をふれあわせてくる。

「そんな……勝手なこと。よくも、そんな」

一旦《いったん》声を出すと、頭蓋《ずがい》の中で炸裂《さくれつ》するような頭痛がした。さっき起こったできごとが、でためによみがえる。炎《ほのお》の柱。その中で燃えている体。死にゆく者のしわぶく声。

「勝手なことばっかり、言いくさって……姫神《ひめかみ》さまに外の世界を見せたいんなら、いまここで、わたしのことを殺しゃあええんじゃ。こ、殺して、そいで、死体を引きずって行きゃあええ。そうしたら、外でなにが起こっとるか、ようわかりなさるでしょう」

翅《はね》の燃える虫たち。落獣《らくじゅう》。明楽に鎌《かま》をつき出す綺羅。明楽が、狩《か》ってくれと懇願《こんがん》する〈揺《ゆ》る火《ほ》〉を狩《か》らなかった。クンが父ちゃんと呼んだ〈蜘蛛《くも》〉はとうに死んでいて、浅黒い肌《はだ》をした火《ひ》狩《か》りも、もう動かなくなっていた。……

ひばりの目が、いまいましげに灯子を見おろしている。先ほどまでとは明らかにちがう、鋭利《えいり》な気配が、肩《かた》のあたりから発せられていた。

言いつのるうち、手のふるえはおさえようのないほどひどくなっていた。あごからぱたぱたとしずくが落ちた。恐怖《きょうふ》のために、知らないまに灯子は泣いているのだった。歯を食いしばろうとするが、あごにまでふるえがやどってうまくいかない。

口ごたえする灯子を、少年神は許さないだろう。制御《せいぎょ》がきかないほどがたがたとふるえながら、灯子は鎌《かま》の柄《つか》をにぎりなおした。せめてかなたに、ここをはなれて煌四や緋名子を探しに行けと伝えなければ——

（おばさん、ごめんなさい。火穂、ごめん。約束したのに。もう、帰られん）

前へ出ようとするかなたを、すねでうしろへ押《お》しやる。ひばりの細い眉《まゆ》が、きつく曇《くも》った。

「……黙《だま》って従《したが》え。常花姫《とこはなひめ》の鍛《きた》えた鎌《かま》を、お前のような下賤《げせん》の者が勝手に使うな」

鋭《するど》くしゃくりあげる音がのどからもれて、灯子は自分でそれにびくりとおどろいた。

「か、紙」

こちらをにらみつける少年神の目に、暗い色がやどる。灯子は砕《くだ》けそうなひざを叱咤《しった》し、両手で鎌《かま》をにぎりしめる。

「そっちこそ——だいじにだいじにこさえた紙を、ひ、人殺しに、使うなっ！」

鎌《かま》を持つ者が、また死んだ。みぞれの主《あるじ》。あの人も、かなたの主《あるじ》と同じに、狩り犬《かいぬ》の目の前で死んだのだろうか。煌四や緋名子もそれを見ていたのだろうか。明楽は？　クンは。みんな生きているのか。あの地揺《じゆ》れのさなかに、よりにもよっていちばん役に立たない自分をここへ連れてきた少年神に、灯子は猛然《もうぜん》と腹が立った。

この少年神が使う紙は、村中で楮《こうぞ》の株を世話して、紙漉《かみす》き衆《しゅう》が真冬の川水にさらし、手をあかぎれだらけにして作るのだ。無垢紙《むくし》でなくとも、同じように丹精《たんせい》こめて作るのには変わりない。それを、この神族は、人の血がつくそばから地面に落ちるにまかせて捨てていった。

ほっそりとした手が、袂《たもと》へさし入れられる。

「もう一度言うぞ、黙《だま》って従《したが》え。これ以上口ごたえすると犬を屠《ほふ》る」

少年神が、白い紙を袂《たもと》からすらりとぬく。灯子は目の中でかすみそうになるそのすがたを必死に見すえたまま、形見の鎌《かま》をみじめに打ちふるわせてさけんだ。

「かなた、逃《に》げて！」

しかし、大きく吠《ほ》えた犬は灯子の命じたとおりにしてくれなかった。そばをはなれず、ひばりに対して牙《きば》をむく。白けきったようすで鼻を鳴らし、少年神が指先で四角い紙から形を作りあげようとした。

その手がぴたりと止まり、殺意のこもっていた顔が硬直《こうちょく》した。

ひばりは突然《とつぜん》眉間《みけん》をこわばらせ、手にした紙をにぎりつぶしてしまう。なにが起きたのかわからず、灯子はかなたのとなりで身をこわばらせた。

一瞬《いっしゅん》硬直《こうちょく》した全身に力をこめ、閉じこめることのできないうめき声をもらしながら、ひばりが背後をふりむいた。光る柱を背にした少年神のうしろから、一匹《ぴき》の蛾《が》が飛んだ。

「おのれ、〈蜘蛛《くも》〉が——！」

毒の針を持つから、林に入るときにふれないよう注意する虫だ。遣《つか》い虫《むし》の毒は、並の虫のものよりずっと強いのだと、クンが言っていた。ひばりの持っていた着物と帯が重たげな音を立てて落ちると同時に、少年神のすがたは空気に溶《と》けこんで消えた。

はたはたと、蛾《が》が飛んでゆく。光をはなつ柱に寄ってゆくことをせず、灯子の後方、神族たちの体から生えた木々や石がならぶ暗がりへむかってゆく。

かなたが虫の行方《ゆくえ》を鼻先で追って、口のまわりを舌で湿《しめ》した。鎌《かま》の重みに引きずられるように、灯子はその場にへたりこむ。一度腰《こし》を落としてしまうと、足に力を入れるすべがもうわからなかった。

ガラスで作られた柱の中へ、また新たな銀の魚がこぼれるように泳いできて、その身を液体の中へ溶《と》かした。

だれかに呼ばれた気がして、ふりかえった。耳鳴りがする。視線をめぐらせたとたん、目と耳の感覚が噛《か》みあわなくなり、体がぐずぐずと泥《どろ》になって崩《くず》れる心地がした。

視界がかすかに明るさをました。

「――灯子」

自分の名を呼ぶ声が響《ひび》き、同時にかなたが大きく尾《お》をふった。

「あ……」

顔をあげた。寝台《しんだい》のならぶ部屋のむこうから、すがたを現したのは煌四だった。煌四の肩《かた》から、背中におわれている緋名子も顔をのぞかせている。煌四のかかげる雷瓶《らいびん》の明かりが、木《こ》の間《ま》からさす月明かりのようにやわらかく視界を照らした。

まぼろしだろうか。夢を見ているのか。しかしかなたが、たしかに二人へ尾《お》をふっている。

「よかった、いた……」

心なしかひそめた声には、安堵《あんど》と緊張《きんちょう》が入りまじっている。煌四は緋名子を背におったままひざをかがめ、かなたの頭をなでまわす。かなたの尾《お》がうれしそうに揺《ゆ》れ動くのを見て、灯子は鎌《かま》の柄《つか》から指を引きはがし、そでで自分の顔をぬぐった。

「けがしてないか？　クンが遣《つか》い虫《むし》を飛ばしてくれて、こっちにいるはずだって」

背におおわれた緋名子の頭に、ふかふかと毛におおわれた翅《はね》の蛾《が》がとまっている。あの虫の目を通して、クンがこちらを見ているのだ。

「……ここは」

煌四が視線をめぐらせ、部屋の中の現実ばなれした光景と、柱の中へ落ちてくる銀の魚を見つめる。はじめはおののいていた煌四の気配が、だんだんと鋭《するど》く深くなっていった。腹に木や石をやどして横たわる、おびただしい神族のすがたに、怖気《おぞけ》をもよおしている。それが徐々に疑問に変質し、必死になにかを考えているのが、息をつめて目をこらすようすからうかがわれた。

灯子はしびれてひえきったひざに力をこめて、立ちあがった。煌四と緋名子と、そのむこうにいるはずの者たちの気配に追いすがるようにして立った。

「お兄さん、緋名子、大丈夫《だいじょうぶ》だったん？　け、けがは？　……クンは、どこにおるんですか？　明楽さんは」

煌四のあごや頬《ほお》に、黒々としたあざができていた。灯子の声に引きもどされるように、煌四はこちらへ視線をさげた。

「みんな無事だ。灯子こそ、大丈夫《だいじょうぶ》だったか？　どうやってここへ来たんだ」

「あ、あの、神族のお兄さんが。さっきまで、そこへおりなさったん。汚《よご》れたなりじゃあ、姫神《ひめかみ》さまのとこへ行かれんから、て……クンの遣《つか》い虫《むし》に刺《さ》されて、どこかへ、消えなさった」

煌四の気配がこわばった。その背中から緋名子がずり落ちるように床《ゆか》へおりると、おぼつかない足どりでこちらへ歩みよった。危なっかしくふらつく体を、灯子はあわてて支えようとする。

「緋名子……？」

緋名子のようすがおかしい。神族に体を作り変えられて、人間ばなれした力がやどっていたはずなのに。緋名子は熱を持っている体の重みをこちらへあずけながら、ぎゅうと灯子の肩《かた》を抱《だ》いた。

「灯子ちゃん」

小さな頭にとまった蛾《が》の翅《はね》が、まるで緋名子を温めようとしているかのようだ。

煌四は、すこし苦しげにうなずいた。

「熱があるから待ってろって言ったんだけど、灯子とかなたを探しに行くんだって、聞かなくて」

緋名子が手を伸《の》ばしてかなたをなでる。かなたは緋名子に体をすりよせながら尾《お》をふって、空気をかすかにそよがせた。ひたと体を寄せてくる緋名子の背中をさするうちに、全身にこびりついていたおそろしさがわずかに引いていった。

「明楽さんたちは、ここはべつの部屋にいる。ここは、神宮の地下らしい。上の建物じゃなく、神宮の本体は岩山の中にあったんだ」

なぜ、そんなことまで知っているのだろう。灯子の疑問を表情から読みとったのか、煌四はそのまま先をつづけた。

「瑠璃茉莉《るりまつり》という名前の神族が、地崩《じくず》れが起きたときにたすけてくれたらしい。キリが、いっしょにいるんだ」

え、と灯子は声をもらす。生《い》き木《ぎ》のそばでヤナギは死んでおり、クヌギは崖《がけ》に貼《は》りつくようにして〈蜘蛛《くも》〉たちを土に埋《う》めていた。キリのすがたは崖下《がけした》にはなかった。ヤナギが長い首を寄りそわせていた生《い》き木《ぎ》の先端《せんたん》が、だれかの手によって切りとられていた。あれは、神族のしわざだったのだろうか。

「そ、その神族さんて、顔に、刺青《いれずみ》のある、女の人ですか？　青い色の花の……」

灯子の言葉に、煌四の眉《まゆ》が持ちあがった。

「知ってるのか？」

うなずいた拍子《ひょうし》に、流れなくていい涙《なみだ》が流れた。体のふるえが、痙攣《けいれん》なのか恐怖《きょうふ》によるものなのか区別がつかない。

「お兄さん、脚《あし》は？　もう、痛いことないですか」

返事がなかった。煌四はただならぬありさまの室内へ、もう一度目をこらしている。

部屋の中央の柱。巨大《きょだい》な雷瓶《らいびん》のように、中に光る液体を秘《ひ》めたそれを、煌四がじっと凝視《ぎょうし》している。

「――火だ」

小さくこぼす声が、灯子の耳をざわつかせた。火。たしかに色こそちがうが、あの銀の液体は炎魔《えんま》の体液や、あるいは雷火《らいか》とよく似ている。獣《けもの》たちから得られる火のほかに、灯子は発光する液体というものを知らない。

ちゃぷんと、銀の魚がまた新たにこぼれてくる。天井《てんじょう》のむこうがどうなっているのかはわからないが、上から魚が落ちてくるということは、この上に、小川の流れる通路があるのだろうか？　または、魚たちが泳ぎのぼっていった流れの先が。

「地下の川の……魚じゃなかったのか、あれは」

煌四がつぶやいた。声が完全に、ひとりごとの響《ひび》きになっている。

こんな異様な場所にじっと立っている自分たちが、しだいに人間からこぼれてゆく気持ちがした。おそろしいものを見すぎて、心が変容してしまった――すこし前の灯子なら、腰《こし》をぬかしながら、一刻も早くこの場から逃《に》げようとしていただろう。頭の芯《しん》のたいせつななにかがひしゃげて、ちゃんと恐怖《きょうふ》を感じられなくなっている。

「お兄ちゃん」

緋名子が、そっと煌四を呼んだ。頭の上の蛾《が》が、はたと翅《はね》を動かす。それで煌四はわれにかえり、ふたたび灯子に顔をむけた。

「とにかく、ここを出よう」

妹をふたたびおぶいながら、煌四がやっとの思いで言葉を口にしているのが灯子の胸へ伝わってきた。口の中に土がまだ残っており、頬《ほお》の内側でざらついている。灯子のふるえるひざをはげますように、かなたが威勢《いせい》よく鼻を鳴らす。

「……行こう。明楽さんたちと合流しよう」

煌四が告げる。自分自身に言い聞かせるような口調だった。重い足どりできびすをかえす煌四の背中についてゆきながら、灯子は少年神が夢を見ているのだと言った神族たちの体から生じている石や水や植物たちを、もう一度だけふりかえった。

金属製の扉《とびら》をくぐって、灯子たちが出てきたのは坑道《こうどう》のような通路だった。補強するための柱

や梁《はり》はなく、いつ崩《くず》れるかわかったものではない。それでもほかに、選びとることのできる道はなさそうだった。坑道《こうどう》というよりも、洞穴《ほらあな》と呼ぶほうがふさわしいかもしれない。それはまっすぐに前後へつづき、どちらもまっ暗闇《くらやみ》に呑《の》みこまれていた。

「こっちだ。ほかの神族は、近くにはいないみたいだ」

煌四が言い、雷瓶《らいびん》を灯子にさし出した。緋名子をおぶっているので、片手で照明がわりの雷瓶《らいびん》を持っているのがむずかしいのだ。黙《だま》ってうけとり、小さな瓶《びん》の中にある液体のほのかな温かみを感じて、灯子は一瞬《いっしゅん》、慄然《りつぜん》とした。

この液体を身の内に持つ獣《けもの》を、たしかに自分は狩《か》った。いや、貴重な雷火《らいか》を垂れ流れるままにしてしまったから、ただ落獣《らくじゅう》を殺《あや》めただけなのだ、きっと。同じ色をした液体が、鎌《かま》の刃《は》にまだこびりついて弱く光っている。

「お兄さん、願《ねが》い文《ぶみ》は……？」

先に立って歩きだす煌四のうしろを、灯子は雷瓶《らいびん》を持つ手をできるかぎり前へかかげてついていった。

「神宮の入り口に、姫神の身代わりがいたんだ。その子に、炉六《ろろく》がわたした」

煌四の行く手を照らそうとするのだが、雷瓶《らいびん》の明かりに対して坑道《こうどう》の暗さは圧倒的《あっとうてき》で、くわえて灯子の手が細かにふるえるせいで、まともに照らすことができなかった。

「身代わり?」

前へ進みながら、灯子と煌四は起きたできごとをたがいにたしかめあうように、ぽつりぽつりと言葉を交《か》わした。煌四はなにかを深く考えこんでいるようすで、言葉のとちゅうで何度も口を閉ざし、灯子の声を聞き逃《のが》した。

足を引きずるようにしか歩けなかった。これでは、火穂がくれたわらじが、またすぐにだめになってしまう。となりを歩くかなたが耳を立て、前だけをむいているのをたしかめても、灯子は背中に貼《は》りつくひややかさをはらい落とすことができなかった。

「お兄さん、綺羅お姉さんのこと、クンの遣《つか》い虫《むし》でなら、探せるのとちがいますか」

しかし、煌四は首を縦にはふらなかった。

「地崩《じくず》れが起きたとき、だれかの手が綺羅の足を捕《つか》まえるのが見えた。神族は氏族を服の色でわけているみたいだから、あれはたぶん、土氏族だった。綺羅は、神宮の地下にいるはずなんだ。クンが探してくれたけど、虫が入れない部屋があるんだという。……姫神《ひめかみ》のいる場所なんじゃないかと思う。綺羅も、そこにいるのかもしれない」

煌四の声は重いのに、さらさらと砂のようにこぼれて周囲の暗さに消え入ってしまう。

「綺羅をたすけようとしたけど、できなかった。綺羅の両親が、二人とも崖《がけ》から落ちたんだ。……綺羅も、全部見ていた。中に入ってるという〈揺《ゆ》る火《ほ》〉も」

暗闇《くらやみ》がますます濃《こ》くなり、重くのしかかってきた気がした。ほんとうなのか。綺羅の母親――クンがはなった虫に顔を刺《さ》され、神宮の方角へ駆《か》け去って、そのまま灯子たちは見失ってしまった人が。

火の柱。生きながら燃えた虫。そして、先ほどの部屋に横たわっていた、腹をさらした体たち。

（これじゃ、〈揺《ゆ》る火《ほ》〉ががまんできんかった、昔の世界が死ぬときとおんなじじゃ。もうこの世界はだめじゃと、おわらしてやろうと、〈揺《ゆ》る火《ほ》〉が選んでも、こんなじゃあ、仕方がない……）

地下通路に火をつけようとしていた親子も、工場地帯へ駆《か》けつけたという乗員たちも……町のはずれの避難所《ひなんじょ》から、灯子を逃《に》がしてくれた子どもたちも。こちらを指さして罵声《ばせい》を浴びせた子どもも。

工場地帯にいて、かなたの遠吠《とおぼ》えに応じた犬たちも。

とたんに呼吸が引きつった。もう無駄《むだ》に使える体力がないのに、灯子は泣いた。泣いては消耗《しょうもう》すると、明楽に叱《しか》られたのに。

「……灯子ちゃん」

煌四におせおわれて、手足の力をぬいている緋名子が、心配そうに顔をふりむけた。

いやだった。消されても仕方のない世界なのかもしれない。いま〈揺《ゆ》るる火《ほ》〉が焼かなくとも、いずれ人間も神族も自滅《じめつ》するほかないのかもしれない……それでも、そのとき死んでゆく者たちを、死んでも仕方がないのだと思いながら死なせるのは、どうしてもいやだった。

〈揺《ゆ》るる火《ほ》〉に、それを伝えなくてはならないと思った。無垢紙《むくし》に書いた文字でなくとも、〈揺《ゆ》るる火《ほ》〉に言葉はとどく。とどけられるはずだ。

庭の土の上に死んでいた少女は、姫神《ひめかみ》の身代わりなのだという。それならば、本物の姫神《ひめかみ》、手《た》揺姫《ゆらひめ》は、どこかべつの場所にいるのだ。〈揺《ゆ》るる火《ほ》〉も、きっとそこにいる。クンの遣《つか》い虫《むし》が入りこめなかったという場所、姫神《ひめかみ》のそばに。

つぎの足を踏《ふ》み出すたびに、灯子はかなたの体温をたしかめて気力を呼び起こさなくてはならなかった。かなたの足音が、灯子に、言わなくてはならなかった言葉を思い出させる。

「お兄さん」

かたわらを、かなたがたゆみなく歩く。このような場所にいてさえ、灰色の狩《か》り犬《いぬ》は空気へ体温をはなち、灯子の足に力をそそいだ。

「ありがとう。約束、守ってくれなさって。生きとってくれなさって、ありがとう」

返事はなかったが、煌四の耳に自分の言葉がとどいたのはわかった。それで充分《じゅうぶん》だった。


暗くせまい坑道《こうどう》を、どれほど歩いただろうか。何度も分岐《ぶんき》する特徴《とくちょう》のない道を、煌四が先頭に立って歩いてゆく。工場地帯の地下通路とちがって、表示も目じるしもない。どこにも照明の一つとして設置されてはおらず、行く手はどこまでも闇《やみ》に塗《ぬ》りこめられたままだった。

歩いてゆく距離《きょり》を思うと、煌四が妹をせおって灯子を探しに来てくれたことが、申しわけなかった。遣《つか》い虫《むし》だけを灯子のもとへ行かせて、導かせることもできただろうに。

かなたが口蓋《こうがい》にひかえめな声をふくめ、わずかに足を速めた。

「あそこだ」

煌四が顔をあげた。すこし息があがっている。いくら緋名子が痩《や》せて小柄《こがら》だとはいえ、ずっと背におっていて、体に負担がかかっているのだ。

通路のわきに、金属製の扉《とびら》があった。いかにも重たげな扉《とびら》の表面は、土埃《つちぼこり》をかぶってざらついているが、古びているようすはなかった。

片手で緋名子を支えて、煌四が扉《とびら》を開けた。中から、苦いにおいがもれる。——木々人《きぎびと》の体《たい》臭《しゅう》だ。緊張《きんちょう》のために、いつのまにか胸からこぼれそうなほど暴れていた心臓が、もぞりともとの位置へもどる。

扉《とびら》の内側から手が伸《の》びてきて、ぐいと灯子を捕《と》らえた。

「灯子！」

声の主にむかって、かなたが尾《お》をふる。灯子の腕《うで》は強引《ごういん》に引っぱられ、坑道《こうどう》から部屋の中へ連れこまれた。よろける灯子をまっすぐ立たせようとする手と、こちらを見ているとび色の目。明楽が、転倒《てんとう》しかかった体を抱《だ》きとめた。

「どこにいたんだ、ばか」

背中に髪《かみ》が揺《ゆ》れている。毅然《きぜん》とした目が、灯子を射すくめていた。明楽のまなざしと気配が、灯子にあふれるほどそそぎこまれた。

「明楽さん――」

明楽が灯子をひしと抱《だ》きよせた。血のにおいのする腕《うで》に力をこめるので、灯子は口をきくことができなかった。心臓が大きくうねる感覚に、目をつむった。かなたと明楽から伝わってくる温かさが、しびれてひえきった体にたしかに伝わってくる。

「灯子だけいなくて、ひょっとしたらもうだめかと思った。よかった、無事でいて」

明楽の声が響《ひび》くたび、胸の底が細かにふるえた。めぐることをおそれていたようだった血液が、体内をくまなく駆《か》けまわる。

「手は？　関節を壊《こわ》してないか？　落獣《らくじゅう》をしとめるなんて、あんたみたいなチビにできることじゃないのに」

灯子の手から、明楽が鎌《かま》をとりあげた。きつく柄《つか》に巻きついていたはずの指が、あっさりとほぐれる。とたんに体が浮遊《ふゆう》しだすようで、灯子は自分がなんと重いものを持ちつづけていたのかと、とほうに暮れた。

明楽は三日月鎌《みかづきがま》の刃《やいば》についた落獣《らくじゅう》の血を、懐《ふところ》に押《お》しこんでいたぼろ布でぬぐいとった。肩《かた》にはおっていた布の残りだろう。明楽がすばやく床《ゆか》へ捨てると、雷火《らいか》をふきとった布はぼろぼろと崩《くず》れた。

「明楽さん、あの」

言おうとする言葉が、うまくとらえられない。

あのような死をまのあたりにして、どうして明楽はまっすぐに顔をあげていられるのだろうか。

……ほんのすこし時間をさかのぼれば、灯子はただ不思議に思うだけだった。けれどもいまは、明楽のしなやかに伸《の》ばした背すじから、つねにそうしていないと崩《くず》れ去ってしまう、そんな張りつめた不安が感じられた。

「あたしが行くって言うのに、緋名子が、自分が迎《むか》えに行くと言ってゆずらないんだ。かなたと灯子をたすけるって。兄貴をたすけてくれたから、灯子のことを家族みたいに思ってるんだな」

こまったような笑《え》みを浮《う》かべて、明楽が灯子と緋名子の頭を順になでる。その手がつめたかった。部屋の中央に置かれた金属製の台へ、明楽は形見の鎌《かま》を丁重《ていちょう》に置く。

灯子の背後から、ひばりを襲《おそ》った蛾《が》が翅《はね》をひろげて飛んでいった。緋名子の頭に乗っていた、クンの遣《つか》い虫《むし》だ。はたはたと空気をかいてゆく虫を、石の色をした指が迷わずつかみとる。薄《うす》ぼんやりとした室内の照明に、若い緑の色の目が浮《う》かびあがった。左の腕《うで》から伸《の》びる幾本《いくほん》もの木の枝。

キリだった。

「生きてたんだ」

キリは落ちつきはらった声でそう言って灯子に視線をむけながら、蛾《が》を口に運んで咀嚼《そしゃく》する。動作にあわせて、腕《うで》に生えた木の枝が重たげに揺《ゆ》れる。その手に血のついた布を持っており、キリがここで明楽の手当てをしていたのだとわかった。

キリの足もとにいたてまりが、体を回転させてやかましく吠《ほ》えたてる。

灯子が身をかがめててまりをなでるのを見守り、緋名子をひざに抱《だ》きかかえる恰好《かっこう》で、煌四が座《すわ》りこんだ。熱のある体をまるめて、緋名子は安心できる場所へ帰ってきたかのように深く息をついた。

「言っただろ、灯子は強いんだって」

キリにむかって明楽がいつもの笑《え》みを浮《う》かべようとするが、その顔貌《がんぼう》はさすがにやつれ、表情は苦しげだった。

みぞれという名の犬が部屋の奥《おく》に座《すわ》っている。

この部屋の中には横たわる体を載《の》せた寝台《しんだい》も、銀の光る液体がたまった柱もない。そのかわりにべつのものがぎっしりと壁《かべ》ぎわを埋《う》めつくしていて、灯子の全身があわ立った。

炎魔《えんま》がいる。

鹿《しか》や狐《きつね》、猪《いのしし》、兎《うさぎ》。猿《さる》や狸《たぬき》や猫《ねこ》、カワウソ、コウモリ。幾種類《いくしゅるい》かの鳥までいる。どれも一様につやのない黒い被毛《ひもう》に身をくるんでいるが、獣《けもの》たちは一匹《ぴき》たりとも動かない。一匹《ぴき》ごとに、それぞれの体よりもひとまわり大きな瓶《びん》に閉じこめられているのだ。瓶《びん》の中はなにかの液体で満たされており、炎魔《えんま》たちはその中へ浮《う》かんでいるのだった。しんとひえた炎魔《えんま》たちの死骸《しがい》――燃え立つ火の柱とは真逆のものたちが、灯子たちをとりかこんでいた。

火狩《ひか》りがしとめた獣《けもの》たちなのだろうか。……だがそれにしては、どれもこれも幼い。脚《あし》は細く顔も未熟で、蹄《ひづめ》は飴色《あめいろ》に透《す》きとおっている。親の胎《はら》の中から這《は》い出たばかりのすがたに見えた。煌四が自分の着ていた上着を緋名子の肩《かた》にかぶせる。緋名子は目をつむって、眠《ねむ》ってしまったようだ。

「これは……なんですか?」

瓶《びん》に封《ふう》じられた炎魔《えんま》の子たち。灯子のささやき声が、つめたいすきま風のように、ここにいる者たちのあいだをさまよった。

キリが腰《こし》に手をあて、ふてぶてしく鼻を鳴らした。そうして左の手で、くしゃっと長い髪《かみ》をかきあげる。

「こんなとこに、隠《かく》してたんだよ。ここにあるのは、過去に神族が火を植えつけたときに、失敗した実験台たちだ」

灯子の脳裏《のうり》に、するすると言葉がよみがえってきた。――〝返納の儀《ぎ》〟。人々から火を遠ざけておくため、かつて神族が、野の獣《けもの》たちに火を植えつけたと、地下居住区でヤナギが語って聞かせた。……崖下《がけした》で、長い首を地に投げ出して死んでいたヤナギが。

「神族に体を作り変えられたあたしたちみたいな人間と同じに、獣《けもの》たちも作り変えられたんだ。

神族は神宮の地下で、獣《けもの》たちに火を担《にな》わせるための実験をおこなってた――もうその必要はなくなって、ここの死骸《しがい》たちは倉庫ごと隠匿《いんとく》されているらしい」

みしみしと、地中に息づく微小《びしょう》な生物たちの気配が感じられた。ここはたしかに、土に近しい場所だ。

「神宮の中にいた神族は、雷《かみなり》に撃《う》たれてほとんど死んだだろうな。だけど上はほとんどお飾《かざ》りで、神宮の本体はこっち……地中にあるみたいだ。〈揺《ゆ》る火《ほ》〉も、地中のどこかにいるんだろう」

キリはそう言いながら、きつい視線を煌四にむけた。

「あたしをここへ連れてきたのも、神族だ。枯《か》れかかっていた生《い》き木《ぎ》の枝を切って、新しい生《い》き木《ぎ》として蘇生《そせい》させた。よくおぼえてはいないけど、神宮の地下で体を治された。せっかく切った腕《うで》の枝まで、ご丁寧《ていねい》にもとどおりだ。シュユを木々人《きぎびと》にした神族。瑠璃茉莉って名前の」

生《い》き木《ぎ》を守るように、長い首を寄りそわせて死んでいたヤナギのすがたがよみがえる。そのそばに、形見の三日月鎌《みかづきがま》が落ちていたのだ。

「……クヌギさんは？　あの場所に、ずっと立っとった」

たずねたとたん、ぞくりと鋭《するど》い感覚が、腹をつきあげた。〈蜘蛛《くも》〉は虫に火をつけ、崖《がけ》の上へ現れた。崖下《がけした》にいたのでは、クヌギは発火をまぬがれなかったのではないか。

「知るか」

あまりにもそっけなく、キリがこたえた。が、眉間《みけん》には深いしわが刻まれている。

「まだ崖下《がけした》にいるんだろう。命じられたとおり、〈蜘蛛《くも》〉の墓を作りつづけてるのかな……ヤナギのことも、いっしょくたに埋《う》めているかもしれない。けど、生き木《いぎ》があんな状態だったから、いまごろはどうなっているか、わからない」

灰色がかった照明のもとでも、翡翠色《ひすいいろ》の目はあざやかだった。

明楽が木々人《きぎびと》の言葉を継《つ》いだ。

「地崩《じくず》れが起きたとき、黒い森に現れた木の神族が、あたしたちをここへ連れてきたんだよ。キリといっしょに。生き木《いぎ》を切りとってキリを神宮へ連れてきたのと同じやつだ。……滅《ほろ》びるものなら滅《ほろ》びればいいと言ってたけど、キリのけがを治して、あたしたちをここへ逃《に》がした。なにをしようとしているんだか、わからない」

みぞれが、床《ゆか》に座《すわ》った煌四のかたわらに移動した。決して体がふれない位置に座《すわ》って、細身の狩《か》り犬《いぬ》は、目を細めてうなだれている。片目の下に、赤い傷口があった。青みがかった灰色の毛並みから、困惑《こんわく》と喪失感《そうしつかん》が漂《ただよ》ってくる。かなたと同じに、この犬も自分の火狩《ひか》りを亡《な》くしたのだ。

あのとき、かなたは鎌《かま》をくわえて灯子のもとまで運んできた。このみぞれには、主《あるじ》の形見はなに

あわててかぶりをふった。

「お前はけがしてないか？　こっちに来て見せろ」

キリが灯子にむけて言った。灯子は、自分を見つけてくれた〈蜘蛛《くも》〉の子のすがたを探し、あわててかぶりをふった。

「クンは、どこですか？」

明楽が、肩《かた》をすくめる。動作は軽《かろ》やかなのに、表情は重苦しかった。

「出てこないんだ。けがないか見せろって言うのに、手を出すと泣いて怒《おこ》る。てまりが近づいてもだめ。……無理もないんだ、あんなものを見せてしまったから」

あんなもの。〈蜘蛛《くも》〉たちの累々《るいるい》たる死体と、自分の父親の死。死にながら動いて、虫を使って火をはなとうとしたすがた。天を焼く火柱。……幼いクンがうけ入れられる範囲《はんい》を、完全に超《こ》えてしまっていただろう。

明楽の視線の先を追う。炎魔《えんま》の瓶《びん》がひしめく棚《たな》の、その下段。灯子が目をこらしても、黒い獣《けもの》たちが浮《う》かぶ瓶《びん》の生み出すゆがみに視線をさらわれて、どこにクンがいるのかを探《さぐ》ることができない。

「……クン？」

それでも声をかけると、コトッと物音がした。黒い毛皮の生き物がまるごとおさまった大きな瓶《びん》のならぶ、そのうしろからだ。

灯子は床《ゆか》を這《は》って、動くことのない炎魔《えんま》の幼体たちのすきまへ、こわごわ頭をさし入れた。瓶《びん》のおさまっている棚《たな》の板に背中を押《お》しあて、うずくまっているクンがいた。灯子がのぞきこんでも身じろぎしないのをたしかめて、さらに奥《おく》へ這《は》いこんだ。

クンの背中に手をふれようとして、灯子は、思わずびくりと肩《かた》を揺《ゆ》らし、そばにある瓶《びん》にぶつかった。クンがじっと見おろしているものがある。ひざをまげた足のあいだに置いた、それは表面をびっしりと生きた虫におおわれた、なにかのかたまりだった。

「置いていかない」

灯子のほうをふりむかないまま、クンが小さくつぶやいた。声がますます幼い。

「これ、父ちゃんの。虫たちに持ってこさせたの。だけど、全部は持ってこれなかった」

布にくるんで腹に抱《だ》いた虫の瓶《びん》を手で押《お》さえながら、クンは静かに言った。

てらりとつやのある黒い甲虫《こうちゅう》たちにおおわれたそれは、よくよく見れば、顔の形をしていた。〈蜘蛛《くも》〉の面だ。曇天《どんてん》まで焦《こ》がしそうな勢いだったあの火柱の中で、焼け残ったのだろうか。

自分を捨ててゆき、死んでいった親の形見だ。明楽からさえ隠《かく》れて、クンは親の顔をおおっていた面を見つめつづけている。

「クン……」

虫たちが群がって表面に貼《は》りつく面に対する恐怖感《きょうふかん》は、しだいに薄《うす》れていった。小さな背中で、クンは親たち、仲間だった者たちの死を、すべて引きうけようとしている。

灯子にかけられる言葉はなかった。じっとそこに座《すわ》るクンのそばに、黙《だま》って四つん這《ば》いになっていた。

と、クンの横顔のむこうに、もう一つの横顔が見えたように思った。クンとよく似た、まるみのある横顔だ。……だが、それはクンよりもひとまわり小さかった。むこうの瓶《びん》に、クンの顔が映っているのだろうか。ぼやける目をもどかしく感じながら、灯子はじっとその顔を見つめた。

「あっ」

やがてそれがクンの鏡像ではないと気づき、小さく声をもらした。

炎魔《えんま》の子どもたちが入っているのと同じ形の瓶《びん》が、同じように置かれている。クンはその中にいる者の形をなぞるようにしてうずくまっていた。

（……人……？）

灯子はクンへ声をかけず、あとじさって棚《たな》から出た。

「どうした？」

キリが、いぶかしげに眉《まゆ》を寄せている。

「こ、これ、この炎魔《えんま》の瓶《びん》、どかせませんか。奥《おく》に、人が入っとるん」

「は？　人？」

キリが目つきを険しくするうしろで、煌四が立ちあがった。緋名子を床《ゆか》に寝《ね》かせ、黙《だま》って手前の瓶《びん》に手を伸《の》ばす。炎魔《えんま》の子どもとそれをひたす液体が満ちて重いはずの瓶《びん》を、黙々《もくもく》と床《ゆか》へ移動させてゆく。見守る犬たちの体臭《たいしゅう》が、灯子に呼吸をつづけさせる。

奥《おく》の瓶《びん》がのぞけるようになったときには、クンはわきへ移動して、体を縮めていた。

煌四が静かに息を呑《の》み、うしろからのぞきこんだ明楽が声をもらした。

「子どもだ。……どういうこと？　人間にも、火を植えつけようとしてたのか？」

明楽が煌四にかわって、その瓶《びん》を引きずり出した。焦《あせ》るためか、液体にひたされた中身がくらりと揺《ゆ》れた。瓶《びん》の中の人の形をしたものは、まぶたを閉じ、小さな耳をすましているかのようだ。頭髪《とうはつ》もまつ毛も、まだ生えていない。

小さな、おそらくまだ胎《はら》から生まれる前の赤《あか》ん坊《ぼう》が腹に手足を折りこみ、背中をまるめて瓶《びん》の中の液体にひたっていた。

瓶《びん》につめられた炎魔《えんま》の子たちが、おのおの形のちがった耳で、瓶《びん》の外で息をする者たちの声を聞いている。

キリが薄気味《うすきみ》悪そうに歯をむき、棚《たな》の奥《おく》にうずくまるクンのつむじに視線をむけながら、髪《かみ》をかきあげた。

「木々人《きぎびと》の失敗作じゃないの？」

「……ちがう」

つぶやいたのは、煌四だ。

「木々人《きぎびと》じゃない。石が埋《う》まってる」

嬰児《えいじ》のへそのあたりに、穴が開いているのだった。その穴の中に、すべらかな黒い石が、まるで泡立《あわだ》つようにいくつものぞいている。

先ほどの部屋にならんでいた者たちの腹と、それは同じだった。

「──神族だ」

煌四が言った。

「神族？」

キリが目をむいた。

「ばかも休み休み言えよ、モグラ。神族の赤《あか》ん坊《ぼう》が、なんだってこんな、炎魔《えんま》の試作品といっしょくたに押《お》しこめられてるっていうんだ」

「さっき、灯子を探しに行って、見たんです。……こんなふうに、腹部にいろんなものをやどした神族たちが、動かないで横たわっていた。風氏族のひばりが、そこにいる者たちは夢を見ているんだと言ったらしい。神族の大部分は、過去の、滅亡前《めつぼうまえ》の世界の一部になった夢を見ながら眠《ねむ》りつづけているのだと。その部屋の中央に、炎魔《えんま》や落獣《らくじゅう》のものとはちがう、銀色の火がたくわえられていた。神族は、なにかとても大きなことを隠《かく》している。それは、血を異常に避《さ》けようとすることと関係があるのかもしれない……」

炎魔《えんま》の幼体たちの閉じたまぶたや、まろやかな鼻先や飴色《あめいろ》の蹄《ひづめ》。これだけ幼い獣《けもの》たちは、自分がだれによってどこへ連れてこられたのか、どこへ逃《に》げるべきなのかもわからなかっただろう。この獣《けもの》たちもまた、旧世界の滅亡《めつぼう》を生きぬいたものたちの新たな子どもであったはずなのだ。

明楽が部屋のあちこちへ視線を走らせる。その顔が、どんどん険しくなっていった。足を踏《ふ》み出すと、棚《たな》から炎魔《えんま》の子が入った瓶《びん》をぬき出し、その奥《おく》から選びとったものを前へ引きずる。同じ状態で嬰児《えいじ》の入った瓶《びん》が、いくつも出てきた。へその部分に埋《う》めこまれたものだけが、それぞれにちがう。

五つの瓶《びん》を引きずり出して、明楽はわずかに息を荒《あら》げながら、腰《こし》を起こした。

「なんだ、これ……」

てまりが明楽のふれていた瓶《びん》に近よってにおいを嗅《か》ぎ、あわてて主《あるじ》の足もとへ身をひるがえす。

煌四がひざを折って瓶《びん》に顔を近づけているのを、灯子は座《すわ》りこんでかなたの温かい被毛《ひもう》に体を押《お》しあてながら、見ているばかりだった。先ほどの部屋にいた神族たちの腹には、さまざまな自然物が埋《う》めこまれていた。あの木々や土や水が、過去のこの星の一部となった夢を見させるのだろうか？　だとしたら、この瓶《びん》に入れられた嬰児《えいじ》たちは、生まれて目を開ける前から、眠《ねむ》りを植えつけられようとしたことになる。暗闇《くらやみ》でも働く子になるようにと、親から目をつぶされた赤《あか》ん坊《ぼう》と同じに、一度も外の光を見ることもなしに。

「……ばあちゃんみたいじゃ」

思わずもれた言葉に、煌四が目をみはってこちらをむいた。なにかにおどろいた表情のまま口を開きかけ、自分のあごに手をあてて瓶《びん》の中の未生《みしょう》の子どもをのぞきこむ。床《ゆか》に寝《ね》せられた緋名子が、ふうと息を吐《は》くので、灯子はそばへ行ってその背中をさすった。かなたが緋名子のとなりへ移動し、小さな体のかたわらに腹ばいになる。

「人間」

だしぬけにひと言そう言って、煌四は立ちあがった。

「人間だったんじゃないか。神族というのは、人間を作り変えることで生まれた、人為的《じんいてき》な存在なんじゃないか——木々人《きぎびと》や、水氏族に薬を投与《とうよ》された者たちと同じで」

灯子は視線をおろして、緋名子が眠《ねむ》っているのをたしかめた。煌四の言葉を聞いていないのを。キリがあきれかえった顔で、煌四と明楽を見くらべる。

「いきなり、なに？」

煌四は明楽が引きずり出した嬰児《えいじ》たちのあいだへせわしく視線を行き来させながら、自分の後頭部に手をそえる。キリの声も聞こえていないようすだ。

「これだけ過去の技術が失われた世界で、神族たちは、人の体を作り変えることも、天候を操《あやつ》るのと同じように、異能を使ってやっているはずだ。なのに緋名子は、注射を打たれてこうなった。血を異常にきらうのに、わざわざ皮膚《ひふ》に針を刺《さ》す方法で。みぞれの傷も……神族は、刃物《はもの》を使ったんだ。神族たちは人間とまるきりちがう存在だというわけではは、きっとないんだ」

床《ゆか》に言葉を書きつけてゆくかのように、うつむいたまま煌四はしゃべりつづけた。灯子の耳は、そのほとんどをとりこぼし、ただ痛いほどのおどろきだけが腹の中へたまっていった。

「だから、人間の体に対して使われたはずの人体発火病原体に、神族も侵《おか》された。ほんとうに人間とはちがう、別格の存在なら、最初から病原体の感染《かんせん》を回避《かいひ》できたんじゃないのか。神族は旧世界で、なんらかの技術を使って自分たちの体を作り変えた、新人類の一種なんじゃないか」

自分の言葉と同時に湧《わ》く疑念にせき立てられるように、煌四は嬰児《えいじ》の入った瓶《びん》の前をせわしく歩いた。

「だから人間を統治することに固執《こしつ》する……人間なしには、神の体を維持《いじ》できないから。異能を使う者たちも、夢を見つづけている者たちも」

「神族を維持《いじ》するために、なんで人間が必要になるわけ？　人間は神族にとって、お荷物なだけだろ」

キリが問うと、煌四はもどかしげに自分の髪《かみ》を引っつかんだ。

「わからない、でも……あの柱の中の銀の液体。発光する液体は、炎魔《えんま》や落獣《らくじゅう》から採れる火だけのはずだ。あれがもしも火だとするなら、あそこにいる者たちの生命維持《いじ》に使われているのかもしれない……そしてあの銀色の火の中へ溶《と》けていく魚の形をしたものを、ぼくと灯子は地下通路で見たんだ。工場地帯から、神宮のほうへ流れをさかのぼって泳いでいくのを。あの魚たちは、工場地帯からもたらされているんだと思う」

そのときコトンと瓶《びん》のふれあう音がして、棚《たな》の奥《おく》へ隠《かく》れていたクンが、黒い面を腹にしっかり抱《だ》いたまま、そっと這《は》い出してきた。完全には出てこずに、炎魔《えんま》の入った瓶《びん》の陰《かげ》から顔と体を半分だけのぞかせる。

「……父ちゃんが言ってたよ。神族はほんとのすがたじゃないんだ、って。自分たちが本物じゃないのに、神さまのふりして、人間を思いどおりにしてるのはおかしいんだ、って」

クンの腕《うで》は、父親の形見をひしと抱《だ》きしめている。だが、その声に動揺《どうよう》や嘆《なげ》きの響《ひび》きはなかった。いつもどおりの、クンの声だった。

クンはそれだけ言うと、黒い面を抱《だ》いて瓶《びん》のあいだに座《すわ》りこみ、虚《うつ》ろな顔をして黙《だま》りこんだ。

（そうじゃ、クンの父さんが、言うとった。神族が神さまじゃと名のるのも、まちごうとると）

おぞましい光景を胸の奥《おく》へ沈《しず》めるように、灯子は寝入《ねい》っている緋名子の背中を、ふるえる手で静かになでてつづけた。

うめきながら、明楽が自分の頭をかきむしった。

「ああ、しちめんどくさい。とにかく、神族の正体がなんにしろ、このままじゃだめなんだ」

強い口調でそう言って、明楽はふいに悲しげなおもざしになり、瓶《びん》の中の者たちを――人型のものも獣《けもの》もひとしく、見つめていった。

「なんだか、あわれだな。生まれる前からこんな細工をして、失敗すればつめたい瓶《びん》に入れられて。成功すればただ寝《ね》ているだけだっていうのか。……神族たちは、よっぽど死が怖《こわ》いのかな」

明楽が赤い髪《かみ》を揺《ゆ》らしてうつむく。

「あの瑠璃茉莉ってやつがあたしたちをここへ連れてきたのは、神族の秘密を暴《あば》かせたかったからなんだろうか」

「ちがう。お前がおもしろいからだろう」

そう言ってキリがくちびるをまげると、頬《ほお》の刺青《いれずみ》もつられてゆがんだ。

「あの神族は、自分たちのやってきたことに、嫌気《いやけ》がさしたのかもな。いまさら遅《おそ》いけど。見てみたいんじゃないのか、ほんとうのことを知った人間が、なにをするか」

瓶詰《びんづ》めの炎魔《えんま》にかこまれたこんな場所で、このような状況《じょうきょう》にもかかわらず、二人のやりとりはどこか気安くさえ響《ひび》いた。

「行かないと。神族は〈揺《ゆ》る火《ほ》〉をこれ以上、外へ出したくないはずだ。クンの遣《つか》い虫《むし》でも探すことができなかった。〈揺《ゆ》る火《ほ》〉は、姫神《ひめかみ》の近くにいるはずです」

みぞれと緋名子をかわるがわる見やって、煌四が言った。うつむき気味の顔は青ざめて、そのおもざしがひどく幼く見えた。

ここに、もしかなたの主《あるじ》が、煌四たちの父親である火狩《ひか》りがいたら——煌四はあんなに打ちひしがれた顔をしてはいなかったにちがいない。そう思うと、灯子はおさえようのない焦《あせ》りに駆《か》られた。

「兄さんすがたの神族が、姫神《ひめかみ》さまに、外の世界のことを見せてやりたいんじゃと、言うとった……姫神《ひめかみ》さまは、〈揺《ゆ》るる火《ほ》〉をなぐさめたいのに、外の世界でなにが起きとるのか、ほんとうには知らんから、って」

気がせいて、うまく舌がまわらない。赤い髪《かみ》が、うなずくしぐさによって揺《ゆ》れた。

「そうか。それで灯子を連れていこうとしたのか。……よくも、そんなことのために」

てまりが明楽を気づかって、足もとからじっと顔を見あげている。白い尾《お》をゆらゆらとふるたび、床《ゆか》に積もっている埃《ほこり》が、てまりの尾《お》を汚《よご》した。明楽は自分の狩《か》り犬《いぬ》を見おろし、腰《こし》をかがめるとその顔を両手でつつんでなでまわした。ぐぅぐぅとのどを鳴らすてまりのまるい頭を、ぽんとたたく。

「――あたしが、行ってくる」

明楽の声が強く響《ひび》いた。とび色の目が、底の読みとれない静けさをたたえて灯子を見つめる。そのたたずまいは、迷うことを知らない狩《か》り犬《いぬ》のようだ。

「え……」

灯子は思わず身をすくめた。ここへ、とり残される。明楽はかならず、だれもついてくるなと言うだろう。ついていったところで、なににもならないのはもうよくわかっている。緋名子も、クンも動けない。ここに残って、傷をおった者たちを守るだれかが必要だった。

明楽は、灯子の考えを見透《みす》かして、深く一度だけうなずいた。

「じっとしてなさい。ありがとう。チビなのに灯子ががんばるから、あたしもここまで来られた」

灯子は、視線を下へむけた。泥《どろ》と土で汚《よご》れはてた左右のつま先が、いかにもたよりなくならんでいた。

煌四がなにかを言いかけた。だがそれを、明楽の視線がくじく。

「あたしが、こいつらを見てるから」

キリが、明楽に顔をむける。明楽は灯子の頭よりずっと高いところで、キリにむかってうなずいた。

「お願いする。外へ出る道はわかる？」

「ああ。土の中のほうが、方角がわかりやすい」

木々人《きぎびと》の返事に、明楽はふたたびうなずいた。晴れやかなほどの笑《え》みが、いま一度その顔に表れた。そうして、てまりを懐《ふところ》へ抱《だ》きあげた。一度だけてまりは、みぞれを見おろして細く鳴いたが、あとはフンと鼻を鳴らし、自分の体をぴたりと明楽にくっつけた。

みぞれが、かなたが、明楽の動きを目で追う。二匹《ひき》の犬たちは決して、その場から動こうとはしなかった。

金属の扉《とびら》を開け、あとはだれにも声をかけずに、明楽は暗闇《くらやみ》の中へ行ってしまった。


だれも動かないまま、時間がすぎた。明楽の出ていったあとのこの空間は、まるごと墓の中であるかに感じられた。いま外は夜なのだろうか、それとも朝になっているのか、あるいは幾日《いくにち》かがすぎているのだろうか。土の下にいては、時間の移ろいがまったくわからない。

キリが体を動かすと、腕《うで》に青々と茂《しげ》った枝葉が、葉擦《はず》れの音をさせた。瓶《びん》につめられ、棚《たな》にならんだ炎魔《えんま》たちにも、その音がそそぐ。

「さあ、こっちも動くか」

いやにきっぱりと、そう告げる。

キリはそうして、意識のない緋名子のひたいに手をふれた。同時に、幾重《いくえ》にもならんだ瓶《びん》のあいだに座《すわ》りこんだクンに視線をやる。

「チビたちは、あたしが見ててやる。お前たちも行け。姫神《ひめかみ》や依巫《よりまし》の娘《むすめ》に、用があるんだろ」

ぞんざいな声が、灯子と煌四にむけられた。明楽からここに残る者たちを託《たく》された木々人《きぎびと》は、翡翠色《ひすいいろ》の目を灯子と煌四、犬たちに投げかける。

「で、でも……」

あわてる灯子をしりめに、キリは立ちあがって真正面から煌四をにらみつけた。

「モグラ、お前、いつまでうじうじしてる。頭の使い方がまちがってるんだよ、お前は」

灰色の指が、煌四のひたいをぴたりとさした。キリにつめよられて、煌四は大きく目をみはっている。キリはその間近で、舌打ちをもらした。

「ここまで来て、あとはあいつにまかせるのか。あの強情《ごうじょう》っぱりは、自分は死んでもいいって思ってるんだよ。〈揺《ゆ》る火《ほ》〉と同じだ」

キリの腕《うで》から伸《の》びた枝葉が、木々人《きぎびと》の苦い体臭《たいしゅう》の中に青いにおいを混じらせる。

「あたしをたすけた瑠璃茉莉っていう神族が、言っていた。首都から逃《に》げて、森で火狩《ひか》りに拾われて、そして自分を拾った火狩《ひか》りに、あいつは殺されかけたんだという。そのときに、あいつを殺そうとする火狩《ひか》りを炎魔《えんま》が襲《おそ》った」

キリの紡《つむ》ぐ言葉が、木の根のように頭蓋《ずがい》の内側へねじれこんでくる。黒い森で、木の神族――瑠璃茉莉という名の神族の操《あやつ》る、森の木々や枝葉がしゃべったことがよみがえる。

「あいつがはじめて狩《か》った炎魔《えんま》は、自分の命を救った獣《けもの》だったんだそうだ。木の氏族は、木々人《きぎびと》よりもずっと広範囲《こうはんい》に、過去までさかのぼって樹木の記憶《きおく》をたどれる。……あたしにそれを教えたのは、なんかの気まぐれなんだろうけど」

声が低くなり、灯子は、キリが口にした言葉とはべつのなにかを隠《かく》したように思えた。

「考えろよ。あの骸骨《がいこつ》みたいなおっさんも言ってただろ」

キリにふたたびにらみすえられ、煌四がくちびるを噛《か》みしめた。と、そばにいたみぞれが立ちあがり、明楽が出ていった扉《とびら》に駆《か》けよった。すきまに鼻をつき入れるようににおいを探《さぐ》り、前脚《まえあし》で扉《とびら》を引っかきはじめた。それでは開かないことはわかるはずなのに、しつこく前脚《まえあし》を動かしつづける。

まるで、自分の飼い主を追いたがっているような必死さだった。いたたまれなくなったのか、煌四がそばへ行ってみぞれをなだめようとする。が、いくらなでても、犬は同じ動作を黙々《もくもく》とくりかえした。

「足手まといには、もう、なりようがないだろう。あいつだって、姫神《ひめかみ》の前じゃあお前らと同じガキみたいなもんだ。あいつが首尾《しゅび》よくやったとしても、しくじったとしても——星を焼くにしろ、やめておくにしろ、〈揺《ゆ》るる火《ほ》〉なんかに、なにもゆだねられないだろ。あんな、都合よく神族や人間に利用されてばかりの子どもに」

キリが、眠《ねむ》っている緋名子のかたわらへひざをつき、前髪《まえがみ》をなでつけながら言った。緋名子の顔はまだ赤いが、呼吸は穏《おだ》やかだ。

「いまじゃないと、もう二度と伝えられない。あたしや隔離地区《かくりちく》にいた仲間たちは、人間だったころの身内にも、体を作り変えた張本人にも、なにも伝えることができなかった。伝えるには、遅《おそ》すぎた。お前たちは、急げばまにあうんだ」

キリがくやしさを噛《か》みつぶすようにそう言いおえたとき、煌四は犬をおとなしくさせるのをあきらめて、床《ゆか》に寝《ね》ている緋名子のそばへひざまずいた。

「……見たいと言っていたんだ。この先の世界が、生きるに値《あたい》するのか。……見せたかった。それがあるのをつきとめて、みぞれの主《あるじ》に見せたかった」

隠《かく》しから火穂の守《も》り石《いし》、水晶《すいしょう》の首飾《くびかざ》りをとり出すと、それを緋名子の首にかけた。

「緋名子、ここで待ってろ。……帰ろうな。全部おわったら、町に帰ろう」

緋名子の胸に、透《す》きとおった石が透明《とうめい》な影《かげ》を落とした。緋名子は眠《ねむ》っていて目を開けず、煌四の声がとどいてるのかはたしかめようがなかった。

灯子はおずおずと部屋の中央に足を進め、机の上に置かれた鎌《かま》に手を伸《の》ばした。もう使ってはならないと、明楽に言われた狩《か》りの道具。灯子が持っていたところで意味はなく、そしてこれは本来、火狩《ひか》りの家族である煌四たちにかえすべきものだ。

それでも手が伸《の》び、灯子はあらがいがたい力を感じながら柄《つか》をにぎった。

「お兄さん、行こう」

みぞれが、ますますはげしく扉《とびら》をかく。煌四は犬の細いあごの下へ手をやり、かかえあげるように顔をあげさせて背中をなでた。狩《か》り犬《いぬ》は、それでもいらだったようすで脚《あし》を踏《ふ》み鳴らした。ずしりと重たい鎌《かま》が、灯子のしびれる体に、まだこの世にいるのだと思い知らせる。かなたの尾《お》が、なにかに導かれてふわりと立った。

これを持っていって、どうするつもりなのか、なにを狩《か》るつもりでいるのか——自問しかけて、やめた。狩《か》りのためではない、身を守るためだ。灯子は自分にそう言い聞かせた。

姫神《ひめかみ》の居場所までの距離《きょり》がどれほどであるにせよ、明楽の足ならば、すでにかなり先へ行っているだろう。いまから灯子たちが同じ道をたどりはじめても、派手《はで》に動きさえしなければ、きっと気づかれることはない。

灯子たちはそうして、炎魔《えんま》の子でいっぱいの部屋を出た。

扉《とびら》をくぐると、土のにおいがもどった。暗闇《くらやみ》にむかって、かなたが鼻をうごめかす。先ほどの道をたどってゆく。先ほどと同じに雷瓶《らいびん》を照明のかわりにした。ほかに明かりはなく、前方がどうなっているのかは、進んでも進んでも見えてこなかった。

犬たちに先導され、ほぼ先の見えない暗い坑道《こうどう》を、用心しながら歩いてゆく。決して早くは進めなかった。

手揺姫《たゆらひめ》なら。神族たちの力をまとめ、〈揺《ゆ》る火《ほ》〉のために無垢紙《むくし》に祝詞《のりと》を書きつづけているという手揺姫《たゆらひめ》なら、いま、この星のためにふさわしい言葉を知っているのではないかと思った。

かなたはしきりに足もとのにおいを探《さぐ》っている。明楽のにおいが、この先へつづいているのにちがいない。あるいは、てまりのにおいが。

照明を手にした煌四の顔をあおぎ見ようとするが、その表情は暗さにかすれて読みとれなかった。無言で前をむいているばかりだ。

こんなときに、煌四は緋名子ではなく灯子のそばにいる。自分たちの親をみすみす死なせた灯子を、兄妹《きょうだい》はなぜ一度も責めないのだろう。

土からはやはり、雨のにおいがする。工場地帯を打ちつづけた豪雨《ごうう》が、神宮の地下だというこの場所にも染《し》みこんで、せつないようなにおいを漂《ただよ》わせている。

行く手も足もとも、壁《かべ》や天井《てんじょう》も暗すぎて見えない地中の洞穴《ほらあな》。見知らぬ場所を歩いているはずなのに、灯子は生まれる前から知っていたなつかしい場所へ帰ってゆくような、不思議な心地がした。

いまにも先に駆《か》けだしそうな緊張《きんちょう》が、みぞれの体にみなぎっていた。みぞれが先走りそうになるたび、かなたが顔を近づけてそれを止めた。気位の高そうなみぞれは、そばへ寄るかなたから、ふいと顔をそむける。

とちゅうから煌四が、灯子の二の腕《うで》をにぎって体を支えた。自分ではどうにか歩いているつもりだが、灯子の体は相当にふらついているらしい。

「ここから、土じゃなくなってる」

ごく小さな声で、煌四がつぶやいた。わらじ越《ご》しに感じる足もとがかたくなる。だが、舗装《ほそう》されているにしては、不規則なおうとつだらけだった。とにかく道は一本しかなく、灯子たちは先へ進むほかなかった。

と、視界が、気づかないうちにぼやりと明るくなっていることに、灯子はかなりたってから気がついた。瓶《びん》に封《ふう》じられた炎魔《えんま》の幼体たちのいた部屋の、かすれかかった色の照明よりも暗いが、それでも透《す》きとおったささやかな光源がどこかにある。

――足もとだ。はっとして、灯子と煌四は立ち止まった。足の下に、動くものがある。光るなにかが、通路を行く灯子たちを追いこしてゆく。小さなその影《かげ》は、ひらひらと尾《お》ひれをふるわせて泳いでゆくのだった。

煌四が、床《ゆか》からわずかに足をあげた。灯子の目にはぼんやりと輪郭《りんかく》のかすんで見えるそれは、あの銀の魚だった。地下通路の小川をさかのぼり、大勢の神族たちが横たわって腹をさらしている部屋の、柱の中の液体に溶《と》けていった魚――魚のすがたをした、光。

ごつごつとした岩かと思っていた足場は、複雑にからみあって石化した植物のつるだ。その下には水が満ちていて、発光する小さな魚たちが、灯子たちのむかおうとするのと同じ方向へ、泳いでゆくのだった。

光る身を水中にすべらせ、どこかへ還《かえ》ってゆくかのように。

まっ暗なせまい道のむこう。この奥《おく》に、姫神《ひめかみ》の住まう地中の宮がある。

通路の先が、ほんのりと、より明るく見えはじめた。光る魚たちが集まってゆくせいなのかもしれない。かなたが耳を立てて神経をすます。みぞれも同じく耳をそばだて、細長い脚《あし》にしなやかに力をこめた。

行く手に、通路のおわりが見えている。

行き止まりには小さな扉《とびら》がある。両開きの、子どもでないと背をかがめずにはくぐれないほどのささやかな木戸だ。表面が苔《こけ》むし、甘《あま》やかな冷気がそこから漂《ただよ》ってくる。それが通路のはてで、ほかに行く道はなかった。

手をふれると、木戸はほんのわずかの力で開いた。きしむことはなく、ただ、ことことと遠慮《えんりょ》がちな音が、歩いてきた通路のうしろへこだました。

まぶしい、白い部屋が、その先にあった。灯子も、それに煌四も、暗さに慣れた目を思わずそらした。しかし、感覚を閉ざしていられたのは一瞬《いっしゅん》だけだ。

木戸を開けたと同時に、ざ、と暴風に似た音がし、緊迫《きんぱく》した声が耳にとどいた。

かなたが、ふたたび吠《ほ》える。犬たちはためらうことなく駆《か》けだし、古びた木戸をくぐった。

四　灯《とも》し火

白い光が、灯子《とうこ》たちを迎《むか》え入れた。

白い部屋。ふんだんな照明をかかえた空間が、地中の闇《やみ》からも地上のできごとからもとり残されてそこにあった。

手ざわりさえ感じられそうな光が、木戸の敷居《しきい》からこちらへは一切もれることなく、隠《かく》された空間の内側だけにやどっている。

甘《あま》やかに湿《しめ》った土のにおいが、灯子のつむじのあたりにぷつぷつとなつかしい感覚を呼びさました。木戸をくぐるとき、見えない膜《まく》をくぐるのを感じた。紙漉《かみす》き小屋へ立ち入るときと同じ、特別な空間へ結界をまたいで入ってゆく、あの感覚だった。

ひらりと、空中を舞《ま》うものがある。

深々と、肺にみずみずしい空気が満ちた。体のしびれも腹にわだかまる疲《つか》れも、灯子は瞬時《しゅんじ》に忘れ去っていた。かなたのうしろすがたが、室内の白さにかすみかける。その行く手から、転がるようにこちらへ来る生き物があった。ギャンギャンと高い鳴き声をあげながら走ってくる、それはてまりだった。ころころと走る犬の動きが、不自然にかたむいている。

首に巻きつけられていた、願《ねが》い文《ぶみ》の入った布がない。全身をふるわせながら、てまりが白い部屋の中をふりかえった。あ、と、灯子ののどから声がもれる。

「その汚《よご》れたなりのままで来たのか」

澄《す》んだ声は、少年神のものだった。白い背景に溶《と》けこむように、水干《すいかん》をまとった体が、なかばうずくまっている。手ににぎっている汚《よご》れた布が、いやにめだった。てまりが身につけていた願《ねが》い文《ぶみ》を、布ごとその手の中ににぎりこんでいる。ひややかな笑《え》みを浮《う》かべた顔は、冷《ひ》や汗《あせ》を浮《う》かべてゆがんでいた。クンの遣《つか》い虫《むし》からうけた毒も、まだ消え去ってはいないはずだ。

ひばりのすがたをみとめても、なぜか先ほど、眠《ねむ》る者たちのいる部屋で対峙《たいじ》したときのような恐怖《きょうふ》は湧《わ》かなかった。手が感じる鎌《かま》の重みが、薄《うす》れてゆく。この空間はおかしい。体の芯《しん》を微細《びさい》なあぶくが駆《か》けのぼってゆくような感覚に、灯子は慄然《りつぜん》とした。

少年神の上——思いがけず高い天井《てんじょう》から、雨のように幾条《いくじょう》もの糸が垂れ、その先に金の星をかたどった照明が、さまざまな高さで吊《つ》るされている。天井《てんじょう》の暗がりに、照明を操《あやつ》る装置があるらしく、星々はしごくゆっくりと動いていた。おのおのの軌道《きどう》をえがき、天井《てんじょう》の下の空間をめぐっている。

ひらひらと舞《ま》い落ちるのは、この場にいる者たちのはげしい動作によって宙に浮《う》きあがった白い紙だ。

白い紙のむこうに、火柱をうんと小さくこごらせたような影《かげ》が、いくつも見え隠《かく》れする。──壁《かべ》のぐるりにならぶ、それは神々だった。床《ゆか》から腰《こし》ほどの高さをとって、縦長のくぼみが、壁《かべ》に等間隔《とうかんかく》にならんでいる。そのくぼみの中に、蘇芳色《すおういろ》や柘榴色《ざくろいろ》、緋色《ひいろ》の装束《しょうぞく》をまとった神族たちが立っていた。

吸いこんだ息が、肺の底でひしゃげる。

身動きをせず、像のように配置された神々。男も女も、ひたいから垂れた幾条《いくじょう》もの細い玉飾《たまかざ》りで顔を隠《かく》し、壁《かべ》に張りわたされた鎖《くさり》によって閉じこめられていた。まるで生《い》け贄《にえ》、あるいは罪人のたたずまいをして、神々が立っている。

神々のその足もとへ、宙を舞《ま》っていた紙が降りつむ。床《ゆか》を純白の紙が幾層《いくそう》にも折りかさなって埋《う》めつくしている。さながら、夜のあいだに世界を一変させる雪のようだ。息を呑《の》むような純白を、灯子はよく知っていた。冴《さ》えわたった真水と翡翠《ひすい》の木洩《こも》れ日と、なによりあかぎれだらけのごつごつとした手がありありとよみがえる。部屋の床《ゆか》をおおう大量の紙は、すべて無垢紙《むくし》だ。

ごぽ、とくぐもった水音が、部屋の中央から聞こえる。白い紙が雪のように降りつもっている床《ゆか》の中心に、唐突《とうとつ》に池がまなこを開いている。小さな、円形の池——池というより、水槽《すいそう》と呼ぶべきなのかもしれない。青みを帯びた水が、ぼやりと銀色に発光していた。洞穴《ほらあな》の下を、灯子たちを追いこして泳いでいった魚たちの光と同じ色だった。あの部屋にあった柱の中の光る液体と同じ色。

「——明楽《あきら》さん！」

さけんだのは煌四《こうし》で、声をあげるなり灯子のわきを走りぬけていった。床《ゆか》いちめんの紙、その上に、明楽がひざをついて荒《あら》い息をしている。片腕《かたうで》を腹にかかえこんでかばいながら、険しい顔をあげた。その口がなにかを言いかけたときには、ためらわずに紙の上を踏《ふ》んで駆《か》けつけた煌四が、明楽の背中をかかえてかばい、目の前に立つ者をにらんでいた。

ひざまずいた明楽の正面に、いま一人の神族が立っている。しとやかな緑の地に、青い小花模様のかさね。頬《ほお》におどる同じ花の刺青《いれずみ》。黒い森で出会った、木の氏族の一人——キリをたすけ、明楽たちを地崩《じくず》れからかばったという瑠璃茉莉《るりまつり》だ。

「そう怖《こわ》がるな。とって食いはせん。——そこにいるのは、宗家《そうけ》の者たちだ。もっとも強大であった異能を封《ふう》じるために、自分たちをその手でここへつなぎとめた」

灯子に視線をよこして、瑠璃茉莉がくちびるに笑《え》みを浮《う》かべた。

「その異能が火であるために、ほかの者たちのように眠《ねむ》って夢を見ることもできない。腹に火をやどしたとたんに、人体発火が起こってしまうからな。そのかわり、このように自らを戒《いまし》めながらも、宗家《そうけ》はその威光《いこう》を失うことがない」

灯子の腹の中で、ぞろりと虫がうごめいた気がした。――火を操《あやつ》る異能を持った神族宗家《そうけ》は、いまの世を統《す》べる神族の最高位にありながら、人体発火病原体のために火を操《あやつ》る力を行使できなくなったという。ここに立ちならんでいる神々が、宗家《そうけ》の者たち。立ちすがたで安置された死体のような、この神々が。

顔を隠《かく》され鎖《くさり》につながれた神族たちは、灯子たちがここへ入りこんでも、だれ一人身じろぎしない。

神族たちの敵対者である明楽をかばおうとする煌四を、瑠璃茉莉はくっきりとした頰笑《ほおえ》みを口もとに浮《う》かべ、両の手で着物の生地を支えあげたまま、なにもせずに見おろしている。

「灯子……」

短く声を発したのは明楽だ。まっ暗な坑道《こうどう》から、白い光の満ちる室内へ入りこんで、ずれを起こしていた感覚が、ひざのすりむけるような唐突《とうとつ》な痛みといっしょにもどってきた。灯子はてまりを抱《だ》きあげようとして、床《ゆか》に積もる無垢紙《むくし》に目がくらみ、犬をすくいそこねる。中途半端にかがんだ姿勢から起きあがるその勢いで、前へ足を踏《ふ》み出した。——やわらかい感触《かんしょく》を、わらじの底が踏《ふ》んだ。土だ。無垢紙《むくし》の下には、踏《ふ》みかためられていない土が隠《かく》れている。

「ついてくるなって言ったのに……あんたたちも火穂《かほ》も、人の言うこと聞かないやつばっかり」

悪態をつく明楽の顔に、脂汗《あぶらあせ》が浮《う》いている。押《お》さえている左腕《ひだりうで》に、細長い紙が幾重《いくえ》にも巻きついていた。てまりが身をひるがえして紙の上を這《は》うように駆《か》けてゆき、尾《お》をまるめて明楽のひざにすりよった。

「これでそろったか。千年彗星《せんねんすいせい》の、依巫《よりまし》からの解きほぐしはまだか？」

紅を引いたくちびるに微笑《びしょう》を住まわせて、木の神族が鷹揚《おうよう》にたずねた。灯子たちがこの空間へ入ってきたことにも、眉《まゆ》一つ動かさないでいる。対するひばりは、嫌悪感《けんおかん》もあらわに眉《まゆ》をきつく寄せた。少年神の顔もまた、しびれたように青ざめている。

「くそ……お前の手引きか。よりにもよって、こんなところまで人間の侵入《しんにゅう》を許すとは」

白銀の水干《すいかん》が赤い。明楽が血のついた手でわしづかみにした胸《むな》ぐらの部分ではなく、右のそでが、新しい血で染まりつつある。明楽のそばに、散り敷《し》いた紙に埋《う》もれて血のついた短刀が落ちている。明楽と少年神が、この場で斬《き》り結んだのだ。

自分の体から流れる血をおぞましそうに押《お》さえているひばりに、木の神族は飄々《ひょうひょう》とした笑《え》みをむけるばかりだった。

「かまわんだろう。お前こそ、そこの子ども二人をなにかに使うつもりだったのではないのか？」

ひばりが、ぎりっと歯噛《はが》みした。

「……その火狩《ひか》りが邪魔《じゃま》だと言うんだ。そいつは、〈揺《ゆ》る火《ほ》〉を狩《か》ろうとしている火狩《ひか》りだぞ」

灯子はわらじで紙を踏《ふ》むことへのためらいを引きずったまま、明楽のもとまで走った。自分の体がかしいでいるのがわかった。まっすぐに走れない。顔を隠《かく》した宗家《そうけ》の神族たちは、わずかの身じろぎもしない。生きているのか、死んでいるのかもここからではわからない。それなのに、壁《かべ》のぐるりからそそがれる視線を、たしかに体が感じとるのだった。

「あ、明楽さん、その腕《うで》……」

「折れた。でも問題ない」

短く言う明楽の左の腕《うで》から、細長い紙がすべり落ちた。ひばりが異能で操《あやつ》った紙だ。くるくると蛇《へび》のように落ちて、床《ゆか》いっぱいの紙の中へまぎれこんだ。

明楽はうつむいて、一度きつく目を閉じた。

「まったく、こんな……こんなとこまでついてきて。灯子も煌四も、死んだらただじゃおかないからな」

厳しくにらみつける明楽の腕《うで》を、煌四がまっすぐに支えた。落ちていた短刀の鞘《さや》をあてがい、破れかかった明楽の狩衣《かりぎぬ》のそでをでかたく縛《しば》る。怒《いか》りを吐《は》くようにうめき声をもらす明楽を、てまりが細く鳴きながら見あげていた。

「明楽さんこそ、死んだら許さない。灯子に、昔の自分と同じ思いをさせるつもりですか」

その低い声に明楽が顔をゆがめるので、灯子は息が苦しくなった。ちがう、とかぶりをふろうとするが、なにがちがうのかわからなかった。

床《ゆか》いちめんの無垢紙《むくし》。その表面には、薄青《うすあお》い墨《すみ》で、文字が書きつけられている。かなたが低くうなると、部屋の反対側から、同じく威嚇《いかく》をこめた獣《けもの》の声がかえってきた。

とたんに空気が変わる。

赤を基調にした装束《しょうぞく》の神族がおさまったくぼみの下。白い色をした壁《かべ》になかば溶《と》けこんで、大犬がこちらを見ていた。発光する目、毛並みのあいだから見え隠《かく》れする金色の火——木々人《きぎびと》とともに地下居住区にいた大犬だった。炎魔《えんま》になりそこねたのだという白い毛並みの犬は、床《ゆか》に身をふせ、こちらへ顔をむけていた。

エンという名だった。手揺姫《たゆらひめ》の飼い犬だったのだと、キリが言っていた。そして〈揺《ゆ》るる火《ほ》〉も、同じことを少年神にむかって話していた。……その犬がいま、ゆっくりと大きな体を起こし、前脚《まえあし》をわななかせながら牙《きば》をむき出しにする。

てまりが体中の毛をふくらませて、ふるえあがりながらも毒づいた。かなたがうなりかえし、みぞれは敵対者に目をむけたまま、そっと四肢《しし》に力をこめる。

犬たちのはなつ殺気が、暗い天井《てんじょう》まで満ち満ちた。

「このような者たちを、踏《ふ》み入れさせていい場所ではない」

ひばりがにらみつけるそのまなざしを、瑠璃茉莉は笑《え》みを崩《くず》すことなくうけ流した。

「かまうまい。見てみたかったのだろう、お前の〝姉上〟たちは。いまの世界を見、そこに生きる者たちを見たうえで千年彗星《せんねんすいせい》に決めさせたいと、姫神《ひめかみ》は言っているのではないのか。いまここに、あのぽんこつな星に逆らえる立場の者は、一人としていないのだ。宗家《そうけ》の者たちもな」

犬たちのあいだに生じている緊迫《きんぱく》した空気など意にも介《かい》さず、着物につややかな髪《かみ》をすべらせて、瑠璃茉莉が肩《かた》をすくめた。

「かなた……」

灯子は、いまは犬たちの耳にもとどかないであろう小さな声でささやいた。どの犬も、動くなと念じた。炎魔《えんま》になりかかったというエンは、ふつうの獣《けもの》とも炎魔《えんま》ともちがう気配をはなってい る。戦えば、ただではすまないだろう。

床《ゆか》に積もる紙のたくさんの文字へ目をこらしても、ここからではぼやけた線の集まりとしか見えず、中身を読みとることはできなかった。無垢紙《むくし》はこの国の守《も》り神《かみ》が、姫神《ひめかみ》がこの世をことほぐための文字を書く紙だ。そうならばこの床《ゆか》いちめんの紙に書かれた文字は、手揺姫《たゆらひめ》の手によるものなのだろうか。……

ごぽ、とまた音がする。水の中から。

「……ここが、姫神《ひめかみ》の居場所なのか？」

煌四が、ひばりに低く問うた。いまいましげに傷口を押《お》さえ、ひばりが歯をむいて息をつめる。呼吸を再開したとき、白い着物にじわじわとひろがっていた血の染《し》みは止まった。異能で、自分の傷を治したのだ。

まっすぐに立ちあがった少年神は、決してこちらを見ようとしなかった。

「〈揺《ゆ》る火《ほ》〉は、依巫《よりまし》の娘《むすめ》に同調しすぎている。入れ物になった人間の自暴自棄《じぼうじき》によって、千《せん》年彗星《ねんすいせい》の火を使われてしまうところだ。まったく、浅ましい」

感情のこもらないひばりの声に、灯子の胸がひえた。〈揺《ゆ》る火《ほ》〉や姫神《ひめかみ》のことは心からの慈《いつく》しみをこめて呼ぶ少年神の声に、綺羅《きら》へのはっきりとした蔑《さげす》みがこめられている。

天井《てんじょう》の照明がきらきらと動く。星々が円をえがいてまわっている。

「綺羅は、どうなるんだ？」

煌四の声音《こわね》に絶望が混じっているのを、灯子の耳は聞きわけた。中へ入れられた〈揺《ゆ》る火《ほ》〉を、神族ならばとり出せるのだろうか。しかしそのあと綺羅がもとにもどるのか、それすら灯子たちにはわからない。

「さあな。あの人間は、依巫《よりまし》としてまともに用をなさなかった。土氏族が生かしておくかはわからない。土中に埋《う》めておくのかもしれないいな」

ひばりの返事はそっけなかった。着物を汚《よご》した自分の血液に吐《は》き気《け》を催《もよお》しているのが、その笑《え》みのゆがみから伝わってきた。

依巫《よりまし》から解放された綺羅は、〈揺《ゆ》る火《ほ》〉のそばにいる——そのはずだ。煌四が眉《まゆ》をきつく寄せたが、すでに疲《つか》れはてたその表情はあまり変わらなかった。

足もとにうずくまったてまりが、背をまるめてうなっている。部屋のむこう側の大犬エンは、無垢紙《むくし》の上に腹をふせて被毛《ひもう》をふくらませ、いつ牙《きば》をむいたとしてもおかしくはなかった。灯子は無意識に、両の手を鎌《かま》の柄《つか》にそえていた。

（だって、あんなことをされて、綺羅お姉さんが平気なはずがないのに）

依巫《よりまし》としてさらった綺羅を、神族たちはこのあとどうするつもりだろうか。

「エン、動くな。血の穢《けが》れは、手揺姫《たゆらひめ》さまのお体に障《さわ》る」

ひばりが犬に顔をむけないまま、そう命じた。その声がうずくまる火狩《ひか》りの、赤い髪《かみ》を揺《ゆ》らがせる。

明楽が怒号《どごう》を吐《は》き捨て、立ちあがって鎌《かま》をぬいた。

「お前の血も同じだろうが！　いい加減にしろ、そいつは手揺姫《たゆらひめ》の犬なんだろ。自分の主人を守ろうとして血が流れても、それも穢《けが》れか。お前たちは、どこまで生きている者をばかにするんだっ！」

明楽がかざす金色の三日月に、戒《いまし》められた神々の視線が集まる――たしかに錯覚《さっかく》ではないその感覚に、腹の底がぞっとふるえた。

どんなふうだろう、と灯子は恐怖《きょうふ》でしびれる頭のすみで思った。〈揺《ゆ》る火《ほ》〉の火が星を焼くときというのは。空へとどく柱となったあの〈蜘蛛《くも》〉の火よりも、もっとまぶしいのだろうか。黒い月に見おろされた夢で見た、地平を焼いてゆく火よりも、熱はすさまじいのだろうか。

ちりん、とかすかな音がした。炎《ほのお》の色の装束《しょうぞく》をまとった神族たちの顔を隠《かく》している玉飾《たまかざ》り。そのどれかが揺《ゆ》すれた音だ。合図をするかのような。

エンのあと脚《あし》が床《ゆか》を蹴《け》った。飛んでくる。そう思ったときにはすでに眼前にせまっている。牙《きば》を奥《おく》まで見せて開いた口が明楽の頭をとらえかけた。身を回転させて危《あや》うくしのいだ明楽の肩《かた》を、大犬のあと脚《あし》の爪《つめ》がかすめた。

てまりが吠《ほ》え猛《たけ》り、かなたとみぞれが動いていた。みぞれがひと息に跳躍《ちょうやく》してエンののどへ食らいついた。鼻へ咬《か》みかかったかなたを、エンが荒々《あらあら》しく頭部をふるって吹《ふ》き飛ばす。みぞれは牙《きば》をはなさないまま、ひとまわり以上体格差のある相手にしがみついている。

無垢紙《むくし》がちぎれて舞《ま》う。星の形の照明に照らされて、それは天気雨に散る花びらのようだ。

エンが勢いよく身を起こしてあと脚立《あしだ》ちになり、みぞれの体を宙に持ちあげた。

明楽がエンのうしろ脚《あし》の腱《けん》へ、片手で鎌《かま》をはらった。悲鳴をあげて、大犬がその場へ体を崩《くず》す。

みぞれは牙《きば》を引きぬいて、すばやく後退した。

その戦いが起こるあいだに、灯子はやっとのことで壁《かべ》ぎわまで吹《ふ》き飛ばされたかなたのそばへたどり着いた。

「かなた……！」

けがはない。灰色の体毛をふるって、かなたは自分で立ちあがった。目も鼻も耳も、エンとほかの犬たちにそそがれている。

灯子は鎌《かま》をにぎっていないほうの手で、すがるように守《まも》り袋《ぶくろ》をつかんだ。二つの石が、布越《ぬのご》しに手の中でこすれあう。〈常花姫《とこはなひめ》〉と彫《ほ》られた形見の守《も》り石《いし》と、ばあちゃんが村を出る灯子ににぎらせた、ざらついた表面の守《も》り石《いし》と。

犬たちの動きと明楽の呼吸の音が、まだ空気をかき乱していた。それにもかかわらず、無垢紙《むくし》は入り陽《いひ》をうけた雪の色をやどしてほのかに光っている。

ごぽ、ごぽと、水槽《すいそう》から音がする。

混乱する視界に、瑠璃茉莉のくっきりと笑う赤いくちびるが見えた。犬たちが猛々《たけだけ》しく争うのを、あの神族はすっきりと背を伸《の》ばして立ったまま、笑《え》みも崩《くず》さずに見やっている。

煌四が、さっきたしかに物音を立てた宗家《そうけ》の神族たちに、視線をめぐらせた。灯子はひくっと息をつめ、ますますきつく守《まも》り袋《ぶくろ》を胸に押《お》しあてる。――エンに動けと命じたのは、壁《かべ》に自らを戒《いまし》めているという宗家《そうけ》の神族たちのだれかだ。

「人間がいないと、神族は存続できないんだ。ちがうか?」

壁《かべ》にならぶ者たちへ視線をむけて、煌四が声を張りあげた。

その言葉に、少年神がかすかに身をこわばらせた。明楽がエンに蹴《け》られた肩《かた》を押《お》さえながら、怪訝《けげん》そうな視線でふりかえる。

「廃棄物《はいきぶつ》を垂れ流したままの工場も、森で隔絶《かくぜつ》された村も、わざと人間を無力化させようとしているとしか思えない。人間が神族に歯向かうことがないよう、連携《れんけい》させず、力をたくわえさせず、ただおとなしく工場を稼働《かどう》させつづける。それによって、神族は存在していられる。——人間と変わらないはずの存在が、神のふりをしていられる」

そでで口もとを隠《かく》しながら、瑠璃茉莉が笑った。ころころと楽しそうに響《ひび》く声が、像のようにたたずむ赤い装束《しょうぞく》の神族たちのあいだに吸いとられてゆく。

「そのとおりだ。ああ、おかしい。人間たちがいつまでも気づくまいと侮《あなど》っていたのだから、まったく滑稽《こっけい》だ」

青い水から、気泡《きほう》が立てつづけに吐《は》き出される。銀の魚たちの立てる泡《あわ》ではない。

「なあ、火狩《ひか》り。お前が炎魔《えんま》を狩《か》るため使うその鎌《かま》は、手揺姫《たゆらひめ》の姉神、常花姫《とこはなひめ》が命と引きかえに鍛《きた》えた。その道具がなくては、人間は炎魔《えんま》から火を得ることができない。人間を生かすため。国土に秩序《ちつじょ》を持たせるため。……一度崩壊《ほうかい》した世界で、神族はたしかにそれができる存在だった。人間たちにまさる寿命《じゅみょう》と、自然物と呼応する異能を持つ集団——中には、しのびの統括《とうかつ》のように、人工物を操《あやつ》る異端者《いたんしゃ》も混じっているが」

皮肉をこめた流し目に、ひばりが殺気さえふくんだ視線をかえす。

「自分たちの持てる力を使えば、死にゆく者たちを救える。そんな志を持つ者も、中にはあったのだ。常花姫《とこはなひめ》のように」

ごぽ、ごぽ、とくりかえされる水の音が、床に積もった紙と紙の無数のすきまに、かすかなこだまを染《し》みこませる。犬たちの殺気立った気配にも、この空間の微小な物音がかき消されることはなかった。

「だが、状況《じょうきょう》は悪くなる一方だ。火を操《あやつ》り、各氏族をまとめる宗家《そうけ》は力を行使できなくなり、つぎの姫神《ひめかみ》が生まれない。旧世界の崩壊《ほうかい》による混乱を乗りこえ、神族は人間を治める地位に就《つ》いた。しかし姫神《ひめかみ》の座を継《つ》ぐ者は生まれず、〈蜘蛛《くも》〉は宗家《そうけ》と決裂《けつれつ》した。思いえがいていた統治が立ちゆかなくなり、神族の多くは逃避《とうひ》に走った。あれを見たのだろう？　高尚《こうしょう》な存在になったふりをして、高いびきをかいている者たちを」

細長い指が、水の中を泳ぐ魚をさししめす。あの魚たちがこぼれこんで光る液体になり、ずらりとならんで眠《ねむ》る神族たちをぼうと照らしていた。

だれからの返答も待たずに、瑠璃茉莉はつづけた。

「手揺姫《たゆらひめ》の寿命《じゅみょう》は、本来もっと早くにつきていた。首都の工場地帯はその寿命《じゅみょう》を引きのばすための、大がかりな装置だ」

煌四の感情が、灯子の耳に皮膚《ひふ》に、ひりひりと伝わる。おそれや落胆《らくたん》や、もどかしさや怒《いか》りが。足もとのなめらかな紙がすべって、かなたの体勢が崩《くず》れた。

「……工場地帯が、姫神《ひめかみ》を生かすための装置？」

煌四の思いつめた声が、神族にむかって問いかけた。明楽の気配が鋭利《えいり》になり、瑠璃茉莉があきれたように短く笑う。

しとやかな笑い声の残響《ざんきょう》といっしょに、室内の空気が、大きくうねった。エンがはげしくあがいて紙を蹴散《けち》らし、ふたたび明楽におどりかかろうとする。土中に埋葬《まいそう》されてひさしい怒《いか》りを自らののどへ引きずり出すように、大犬は吠《ほ》えた。被毛《ひもう》のあいだからのぞく金の火が逆立つ。

明楽が獣《けもの》を迎《むか》えうつ姿勢をとる。しかし全身を負傷し、いまは片腕《かたうで》が折れているのだ。戦えるわけがない。

自分の手には鎌《かま》があるのだ――さっきは、落獣《らくじゅう》を狩《か》ることさえできた。しとめることはできなくとも、盾《たて》になることくらいはできる。灯子は炎魔《えんま》になりそこねた大犬にむかって走った。灯子を軽々と追いこしてかなたが駆《か》けてゆく。

「そのとおりだ。工場地帯は、炎魔《えんま》の火の浄化《じょうか》装置」

煌四が明楽とエンのあいだに割って入ろうとする。それより速くみぞれがふたたび飛びかかる。エンは進行をはばまれて着地し、頭をふるった。牙《きば》がみぞれの横腹を捕《と》らえたが、エンが咬《か》んだのは体毛だけのようだった。はらい落とされたみぞれが紙を巻きあげながら、横ざまに床《ゆか》へ落ちる。それと同時に、かなたが背後からエンを襲《おそ》った。のどをねらうかなたから、エンは斬《き》られたうしろ脚《あし》を折りまげたまま逃《のが》れようとする。

一旦《いったん》引いては、また牙《きば》を武器に立ちむかってゆく。犬たちはすさまじい速さで、猛々《たけだけ》しい舞《ま》いを舞《ま》っているかのようだった。たよりない二本足の人間たちの割りこむすきを、犬たちは決して作らなかった。

「野の獣《けもの》の穢《けが》れを、姫神《ひめかみ》の体はうけつけない。炎魔《えんま》の火を工場で燃料として使ったあとに、微《び》量《りょう》の純化された火が残る。炎魔《えんま》の火から獣《けもの》の穢《けが》れをすすぎ落とし、地底を通して姫神《ひめかみ》のもとへ集める。その浄化《じょうか》された火によって、姫神《ひめかみ》は寿命《じゅみょう》を超過《ちょうか》して生きつづけている。首都がここへ築かれたときから。――われわれは、根腐《ねぐさ》れを起こしているのだろうな。〈蜘蛛《くも》〉につぶされたほうが、まだよい幕引きであったかもしれない」

ギャン、と悲鳴をあげて突然《とつぜん》身をふせたのは、エンだった。だれが命じたのか、大犬は耳をたおしてその場にふせる。

風はない。しかし圧倒的《あっとうてき》な力が、たしかに生身の体を貫《つらぬ》いていった。

天井《てんじょう》でゆっくりと動く星の照明が、ちりちりとささやく。

それと同調するように、数珠《じゅず》つなぎになった飾《かざ》りが、交差しながら神々を戒《いまし》めている鎖《くさり》が、音を立てた。

〝われわれは選ばれた血を持つ一族だ〟

深いところから声がする。だれの口が動いているのか、視線をめぐらすことができない。これは耳がとらえている音なのか。それとも身の内に隠《かく》れた、べつの器官が聞きとっている言葉なのかもしれなかった。

〝人の子よりも、星にことほがれた者〟

ひばりの顔が緊張《きんちょう》している。神族宗家《そうけ》の者たちの、耳に響《ひび》くのではない声音《こわね》に、しのびを操《あやつ》る異能を持った少年神がたしかにおののいている。

〝われわれが、人の子と国土を生かしつづけている〟

声が、足の裏から骨を伝いのぼり、同時に頭蓋《ずがい》の真上から降ってくる。

〝姫神《ひめかみ》は柱。われわれの力を結《ゆ》わえ、正しくめぐらせるための〟

〝柱となる姫神《ひめかみ》は宗家《そうけ》からのみ生まれる。われらは返納の儀《ぎ》とともに、自らをここへ葬《ほうむ》った〟

〝われらが自らをここへ戒《いまし》めたがゆえに、新たな姫神《ひめかみ》が生まれることはなくなった〟

〝たった一人の姫神《ひめかみ》を生かすため、これまでよりも多くの力が必要となった。その力は、人の子からもたらされる〟

「……そんなことのために」

口をきいたのは煌四だ。ひばりですら色を失って口を真一文字に結んでいるのに、手をにぎりしめ、壁《かべ》のくぼみの神族たちにむかって顔をあげている。その体を立たせているもの、言葉をたぐらせているものは、煌四がキリのもとへ残してきた緋名子《ひなこ》であり、生まれ育った首都そのものであるはずだった。

犬たちが舞《ま》いあがらせたちぎれた紙が、まだひらひらと降ってくる。

「工場毒は……なぜ工場毒はあのままなんだ。廃棄物《はいきぶつ》に侵《おか》されてやがて死ぬような場所で、人間は、神族のために働いているっていうのか」

壁《かべ》に戒《いまし》められた宗家《そうけ》の者たちの体は動いていない。それでも、指一本動かさなくとも、神々から発せられる気配は、灯子たちの存在そのものをたやすくひしいでしまいそうだった。

〝いまを耐《た》えることによって、人の子も栄える〟

「うそだ！　神族は、自分たちが特別な存在だとうそぶくだけの臆病者《おくびょうもの》だ。自分たちが現実を見ないでいるためだけに、人間を無駄死《むだじ》にさせている」

灯子はたまらずまぶたを閉じた。神族宗家《そうけ》の者たちの気配が皮膚《ひふ》を溶《と》かして、穴を開けてゆくようだ。かつて火を操《あやつ》り、火を失った神々が、その存在の気配だけでこの場にいる者たちを威圧《いあつ》している。明楽でさえ口をつぐみ、自分の狩《か》り犬《いぬ》をなだめるのに精いっぱいのようすだった。

〝獣《けもの》の穢《けが》れをそそぎ落とし、姫神《ひめかみ》に清い力をあたえつづけるため〟

〝首都は、工場はそのための機構だ〟

〝それはやがて、人の子にも新しい世をもたらすだろう〟

〝神族は千年彗星《せんねんすいせい》を迎《むか》え、さらに強大な存在へ自らを高める〟

〝かつて手揺姫《たゆらひめ》の似すがたとして生まれた千年彗星《せんねんすいせい》こそが、この世界に兆《きざ》す希望だ〟

「――勝手なことを言うな」

煌四の声が、まともに耳へとどかなかった。煌四の恐怖《きょうふ》をしのいでいるのは、ただの怒《いか》りではないと、灯子は思った。耳の奥《おく》がざわめいて、ひばりに連れられて踏《ふ》みこんだ部屋の、あの光景がよみがえる。光る液体を秘《ひ》めた柱、寝台《しんだい》の上の眠《ねむ》りつづける者たち、その腹部にやどる、土や水や植物――

（あんなとこで寝《ね》ておって、いい夢を見るんじゃろうか。こんなふうになる前の世界は、そんなに、ええ場所だったんじゃろうか）

人と同じ形をした神族たちが、同じ姿勢をして寝台《しんだい》にならぶさまは、まるで墓に入れられるのを待つ死者たちのようだった。あのようなすがたでいることを選ぶほかに、道はなかったのか。工場地帯の地下の川を遡上《そじょう》していった銀の魚が、あの柱の中へ落ちて泳ぎ、溶《と》けていった。床《ゆか》を這《は》い、柱と寝台《しんだい》をつなぐ幾条《いくじょう》もの管。……

水の音が、灯子をふりむかせる。

「都合のいい夢を見ているだけの者たちに、どれだけの人間が苦しんで、殺されてきたと思ってるんだ……現実から逃《に》げることとしか考えない連中に、これ以上好きにさせておけない」

いまにも溶《と》けて消えそうな煌四の声は、きっとここにいる神族たちだけにむけられているのではない。その言葉の射程はもっと遠い。

「〈揺《ゆ》る火《ほ》〉は、地上に残った神族たちの言いなりになる気はないみたいだ。ぼくたちも。……人間も、これ以上こんなあつかいをうけることはがまんできない。人間は、神族が思うほど些末《さまつ》な存在じゃない」

煌四が自分の言おうとする言葉への覚悟《かくご》を決めるため、静かに息を吸った。

「火狩《ひか》りの鎌《かま》をふるうのも、神族への火の供給源をにぎっているのも人間だ」

宗家《そうけ》の神族たちが沈黙《ちんもく》する。空気を圧迫《あっぱく》していた気配が、ふと薄《うす》れた。

くつくつと、そでで口もとを隠《かく》して瑠璃茉莉が笑った。

「下手におどしなどかけるものではない。宗家《そうけ》の者たちは自分では身動きがとれないが、異能を失ったわけではない。その気になればわたしやひばりを操《あやつ》り人形にも仕立てられようし、命じればすぐ動く炎魔《えんま》になりそこなった犬がいるのだぞ」

小さな舌打ちの音が、空気をはじいた。自らを奮い立たせるように、ひばりは眼光をますますつめたくする。

「まったくもって、くだらない。お前たち人間は無論、神族すらどうでもいい。――ぼくはずっと、世界のために犠牲《ぎせい》になりつづけてきた姉上たちを、お救いしたかった。人間の作った紙を操《あやつ》る異能も、そのために役立てることができるならいくらでも使った。……だが、所詮《しょせん》はぼくもまた神族の一人にすぎないのだ。宗家《そうけ》の者たちの言葉のとおり、人間を働かせ、結界をたもち各氏族の力の均衡《きんこう》を維持《いじ》する姫神《ひめかみ》をたよることでしか、われわれは神の顔をしていられない」

ひばりの投げやりな声が、無垢紙《むくし》の上に降りかかり、しとやかな紙に吸いとられてゆく。

宗家《そうけ》の神々がふたたび沈黙《ちんもく》しても、空気の中に見えない流れが残っている。目にも耳にも肌《はだ》にも感じることのできない、大きな力のうねりが消えずに動きつづけている。

「神族はもともと、人間と変わらない存在だった、そういうことなんだろう？」

煌四が問うと、ひばりの足もとで、空気がうねって白い紙がざわめいた。

「炎魔《えんま》に火を託《たく》したように、木々人《きぎびと》の体を作り変えたように——旧世界で、神族はそのころの技術を使って自分たちの体を作り変えた人間だ。長い寿命《じゅみょう》と異能を持つ、新人類だ」

煌四の発した言葉が、壁《かべ》や天井《てんじょう》へ吸いこまれていった。瓶《びん》に入れられた炎魔《えんま》の幼体たちといっしょにひっそりとならんでいた、人の胎児《たいじ》と同じ形のもの。ひばりは表情をこわばらせて返事をしない。その沈黙《ちんもく》が、こたえだった。

ゆっくりと灯子の足は中央の水のもとへ吸いよせられていったが、それに気づく者はない。灯子が水槽《すいそう》のへりまで進み出て、そのそばへひざをついても、止める者はいなかった。手をついた水槽《すいそう》のふちは、よくかためられた土だった。無垢紙《むくし》の下へ手をすべりこませると、ひんやりとした大地の感触《かんしょく》が灯子をうけとめた。

ここは、部屋というよりも、墓の中に近いのかもしれない。五つの石を組んで上に載《の》せる村の墓地のようなものではなく、昔語りに聞いた、古い神々や王たちの墓——とほうもない大きさの、大地の胎《はら》の中。神々を生き埋《う》めにして抱《だ》きこんだ墳墓《ふんぼ》だ。

吐《は》き出される気泡《きほう》が先ほどより細かくなり、ぷくぷくと水面で消えるそれは、胎児《たいじ》のまぶたのようだった。部屋中に積もっている無垢紙《むくし》、手揺姫《たゆらひめ》が〈揺《ゆ》るる火《ほ》〉に読ませるための祝詞《のりと》を綴《つづ》っているという紙には、なんと書かれているのだろう。この中に、炉六《ろろく》が姫神の身代わりへ託《たく》した願《ねが》い文《ぶみ》もあるのだろうか？

（そこに……おりなさるんですか？）

銀の魚たちが泳いでいる。ひれをふるって泳ぎながら、その体が青くにごった水に溶《と》けて消えてゆく。つぎからつぎへ、それははかない蛍火《ほたるび》のように舞《ま》っては消えた。

地底のせせらぎを遡上《そじょう》していた魚たちが、その身も骨も透明《とうめい》にして、光になって消滅《しょうめつ》する。その澄《す》んだ光を、水の中で呼吸している何者かがいる。

最後の一粒《つぶ》が消えて、あぶくがやんだ。

水の底から、なにかが浮上《ふじょう》してくる。魚たちとはちがう、おぼろな影《かげ》が。藻屑《もくず》のようなすじが水面に揺《ゆ》れ動く。

ゆらりと水中から現れたものを、なんと認識していいのか、思考も感覚もまるで追いつかなかった。

それはまったく、生きているものには見えなかった。たしかに円形の水槽《すいそう》から浮上《ふじょう》し、ふるえながら動いて、周囲に耳をすましているように見える。見えるが……

痩《や》せこけた腕《うで》は、透《す》きとおっていた。目鼻のある頭部、それにつながる首と肩《かた》、腕《うで》。たしかに、人の形をしている。が、それは神族にも、ましてや人間にも見えない。わずかばかりの腐肉《ふにく》をまとった、透明《とうめい》な骸骨《がいこつ》。そんな現実味のない印象だけを、それはまとっている。

姉上、とひばりが小さくささやくのが聞こえた。

姉？　――これが。まっ白な部屋の床《ゆか》にぽかりと開いたまぶたを切り落とした瞳《ひとみ》のような、青い水の中心にすがたを現したもの。人の形をきわどくたもっている、この動くものが。

この国の――生き残ったこの世界の、中心部。ここに、その場所にいる者。

折りかさなる無垢紙《むくし》が、ふわりと軽く舞《ま》いあがった。天井《てんじょう》から吊《つ》るされた星々の照明が、ふるえてちりちりと音を立てた。

現れた姫神《ひめかみ》のすがたに、空間全体がおののいている。

――手揺姫《たゆらひめ》さまは、よくお務めらるることぞ。あのお体で。……

そう言ったのは、いったいだれだったろう。大勢の神族たちが顔をふせ、座してならんでいた。青々とつやのある畳《たたみ》の上に、ささやき声が地を這《は》う風のように行き交《か》う……そうだ、あれは、ひばりが見せたまぼろしの光景だった。

「手揺姫《たゆらひめ》さま」

ひばりも瑠璃茉莉も同時にひざを折り、その場にぬかずく。壁《かべ》のくぼみに戒《いまし》められている宗家《そうけ》の神族たちの、身じろぎをしない体すら、耳にはとらえられないほどの深いきしみをあげたのが感じられた。

とろとろとした肉をまといつかせた透明《とうめい》な骨に、青い水の底から泳ぎのぼった銀の魚たちが群がる。銀色に発光する魚たちは、光る水流となって混じりあい、透《す》きとおった骨に吸いこまれてゆく。

「これが……?」

立ったまま姫神《ひめかみ》を、そう呼ばれるものを見おろして、明楽が愕然《がくぜん》とつぶやいた。てまりが、はげしい警戒の声を響《ひび》かせる。

煌四も水中から現れたものを凝視《ぎょうし》したまま、言葉を失っている。

ぬらぬらと、色のぬけ落ちた長い髪《かみ》が、藻屑《もくず》のように後頭部を、背中をおおっている。これが、この国の、いまの世界の守《も》り神《かみ》、手揺姫《たゆらひめ》。——眼球も頬《ほお》もくちびるも失い、すっかり色のなくなった骨だけで動いている、この水中の者が。

深々とひれふしていたひばりが、一切の無駄《むだ》をはぶいた動作で、すばやく立ちあがる。

「そうだ。この国の姫神《ひめかみ》。われわれ神族の力を結《ゆ》わえ、国土に安寧《あんねい》をもたらす唯一《ゆいいつ》の存在——常《とこ》花姫《はなひめ》の姉妹神であり、〈揺《ゆ》るる火《ほ》〉の双子《ふたご》の姉であられる」

ひばりの言う言葉が、頭に入ってくる前に消えてしまう。

あと脚《あし》をかばって立つエンが、片方が欠けた耳を立て、長い毛におおわれた尾《お》をぱたりとふった。

(手揺姫《たゆらひめ》さまの犬なんじゃ。キリが言うとった。エンは、この姫《ひめ》さまの)

エンはすがたを現した自分の主《あるじ》を前にして、うれしさをあらわにした。被毛《ひもう》のあちこちから火をのぞかせ、眼窩《がんか》には浩々《こうこう》とした光をやどしながら、もとのすがたを失った犬は、それでも舌をのぞかせて口角をあげ、はたはたと尾《お》をふるう。

しかしこれは、生きているものと呼べるのだろうか。

銀の魚たちが光の粒《つぶ》になって、透明《とうめい》な体に吸いこまれて消えてゆく。木に滋養《じよう》を行きわたらせる雨水のように。けれどもあれは、火なのだという。工場の稼働《かどう》によって生み出された、浄化《じょうか》された炎魔《えんま》の火。

「どうして」

その先の言葉をついえさせる煌四のかたわらで、みぞれが青い水の中の者へ鋭《するど》い目をむけている。

どうして、こんな存在が、世界を支える守り神《もかみ》とされているのか。透《す》きとおった骨ととろけた肉から形をなす体は、〈揺《ゆ》る火《ほ》〉の痩《や》せ衰《おとろ》えたすがたよりもなおひどい。祠《ほこら》に住まう童《わらし》さまのすがたとも、それはまったく似ていなかった。

「どうしてもなぜもあるか。人間でこのすがたを見るのは、お前たちがはじめてではないか？」

長い裳裾《もすそ》をさばいて、瑠璃茉莉が立ちあがる。

「あれが姫神《ひめかみ》だ。われわれ神族の力の柱。この国を支えている力のかなめ。見てのとおり、もうその体は長くはもたない。姫神《ひめかみ》としての力も、刻々《こっこく》と失われつつある。あちらこちらで異変が起きていたのも、そのためだ。だからこそ、帰還《きかん》した千年彗星《せんねんすいせい》につぎの姫神《ひめかみ》を務めさせようと、各氏族は画策した。

笑えるだろう。この星がいやになって逃《に》げ出した者が、なぜこんなところへつなぎとめられる務めを、よろこんで引きうけると思ったのか」

瑠璃茉莉のほがらかな、けれどもつめたい笑い声が、つつましくこだました。

まるで、そのこだまに呼び出されるように──

銀色のたなびく光が、天井《てんじょう》をめぐる照明たちの真下に出現した。

長い白銀の髪《かみ》が、風もないのに複雑にたなびく。星の形を模《も》したガラス細工の照明に、その銀の髪《かみ》が反射する。それは飛ぶ星の尾《お》であり、大気から生まれるようにして現れた少女の、神々《こうごう》しい装身具にも見える。

明楽が息を呑《の》む音が聞こえた。その心臓がふるえるのが、灯子にも伝わった。

妖精《ようせい》。天の子ども。痩《や》せ衰《おとろ》えたその身のまわりに銀の髪《かみ》をすさまじくはためかせ、〈揺《ゆ》る火《ほ》〉が現れた。依巫《よりまし》に入れられたのではない、もとのすがたで。

星型の照明が〈揺《ゆ》る火《ほ》〉の発している光を、きらきらと反射する。ガラスとガラスがこすれあって、それは愛らしく光りながら、きしみに近い音を立てた。

ギャン、とてまりがひと声吠《ほ》える。威嚇《いかく》とも歓迎《かんげい》ともつかない声に、〈揺《ゆ》る火《ほ》〉が首をかしげながら頬笑《ほおえ》んだ。天の子どもをふりあおぐ明楽の赤い髪《かみ》が、おののいて揺《ゆ》れる。

〈揺《ゆ》る火《ほ》〉の目が明楽を見た。おぼつかない視界で、それでも灯子はそう感じた。

虚空《こくう》に働く引力をいまだに引き連れているかのように複雑に銀の髪《かみ》をなびかせ、〈揺《ゆ》る火《ほ》〉が白い紙の上へおり立った。

天の子どもの謎《なぞ》めいた色の瞳《ひとみ》が水中の姫神《ひめかみ》を見おろし、労《いたわ》りをこめた微笑《びしょう》がその口もとに浮《う》かんだ。

「あまり動かないほうがいい。体が崩《くず》れてしまう」

自分のほうへ伸《の》びてきた手に気をつけてふれながら、〈揺《ゆ》る る火《ほ》〉は水の中から見あげる透明《とうめい》な骸骨《がいこつ》へ呼びかける。ひざを折ってとろけた肉をまとった手をつつみこみ、〈揺《ゆ》るる火《ほ》〉が首をかしげる。

長いまつ毛にふちどられた目が、壁《かべ》におさまる宗家《そうけ》の神族たちを射た。

「あなたたちも、なにもしないで。手を出したら、この場所を焼くわ」

火の色を模した装束《しょうぞく》の神々の気配がひたとこわばり、壁《かべ》が遠のいて感じられた。

〈揺《ゆ》るる火《ほ》〉の動作にあわせて、髪《かみ》の毛が宙にうねり、くるくるとなびく。胸から上を空気の中へのぞかせた異形《いぎょう》の者——手揺姫《たゆらひめ》は、慕《した》わしい気持ちを表すかのように、ぎこちなく首をかしげる。床《ゆか》に埋《う》められた水槽《すいそう》に身をひたし、ほとんど透明《とうめい》な骨ばかりになって、それでも〈揺《ゆ》るる火《ほ》〉と手をつないでいる。わずかに残った頭髪《とうはつ》が肩《かた》の骨の形をなぞり、きっととうの昔に目玉の溶《と》けてしまった眼窩《がんか》で、ひたむきに〈揺《ゆ》るる火《ほ》〉を見つめている。とろけた肉片《にくへん》がわずかに残る顔が、なつかしげに笑った。笑ったように見えた。

二人の無言のやりとりは、まるで久方ぶりに再会した姉妹のようだ。が、そのしぐさの自然さが、かえって光景の異常さを際立《きわだ》たせていた。

「エン。お前も、手揺《たゆら》に会えたのね。よかった」

手揺姫《たゆらひめ》の透《す》きとおった手をつつみこんだまま、〈揺《ゆ》る火《ほ》〉が部屋のすみへ顔をむける。エンが、ずっと尾《お》をふりつづけていた。だがその動きはゆっくりとして、とりかえしのつかない老いを感じさせた。

「き……綺羅お姉さんは？　どこへおりなさるんですか、かえしてください」

この世ならぬ空気をまとう少女たちへ、灯子はうわずる声で問いかけた。〈揺《ゆ》る火《ほ》〉の深い目が、飲みこむように灯子をとらえた。銀の髪《かみ》が、見えない気流をなぞる。

「あの子は生きている。すぐに、かえしてあげられるから」

薄《うす》い皮膚《ひふ》がしわになっている。かわききった顔や手足が、なおのことやつれて見える。

「姉上」

灯子たちが口を出すのをさえぎって、ひばりが〈揺《ゆ》る火《ほ》〉と手揺姫《たゆらひめ》の前へ進みでた。

「よくおもどりくださいました。さぞやおつらかったことでしょう。——首都へ入りこんだ〈蜘《く》蛛《も》〉はついえ、神族にあらがおうという人間たちも失《う》せました。あれこれと口を出す神族も、そのほとんどが死傷した。今度こそ、〈揺《ゆ》る火《ほ》〉の望まれる道をお選びください」

かしずくひばりを見おろして、〈揺《ゆ》る火《ほ》〉が首をかしげた。小さな動作によって、背後になびく髪《かみ》の動きが複雑さをます。

「選ばなくてはだめ？」

〈揺《ゆ》る火《ほ》〉の問いに、ひばりが顔をあげる。そのおどろきが、衣ずれの音から読みとれた。

「かならず選ばなくてはならないの？　なにを選べるの？　わたしの入れ物になったあの子は、もうみんな滅《ほろ》びてしまえばいいと願った。わたしがもどったあとで、どれだけの者が死んだの？　わたしが消えても、これはつづくのでしょう。……ねえ、こんな世界でなにかを選ぶなんて、とても無理なの」

「……お察しいたします」

ひばりが重苦しくうけこたえる。

〈揺《ゆ》る火《ほ》〉が、自分を姉と呼ぶ少年神から視線をそらした。

昔の人間は、星を壊滅《かいめつ》させた。もう二度とそのようなことが起こらないよう、神族は古代の火を野の生き物に託《たく》した。

しかし――こんなにも多くの者が死んで傷つくいまの世界に、かつて人の手に火があった世界と、どれほどのちがいがあるというのだろう。

〈揺《ゆ》る火《ほ》〉の白いまつ毛が、乱れた前髪《まえがみ》の下でふせられた。

「選んでいいというのなら、わたしは、あの子の感情を選びたかった。綺羅というの。依巫《よりまし》になりながら、教えてくれた。わたしの名前を、何度も訊《き》くのよ。会えなくなるのが怖《こわ》いからって。親しい人たちがみんな、すぐにいなくなってしまうからって。

あの子の中はからっぽだった。からっぽなのに、ものすごく怒《おこ》っていた。目の前でほんとうにいなくなってしまったの。生み親が、二人とも。だれも死んでほしくないと思いながら、全部なくなればいいって望んだのよ。わたしの火を使えば、あの子の願いが叶《かな》えられたのに」

どこかうっとりと語るその顔が、さびしそうだ。つめたい場所へ置き去りにされた幼子のようだった。その陰《かげ》にうるうるととろけた肉をまとう姫神《ひめかみ》の骨が、青い幻影《げんえい》じみて寄りそっている。

「わたしは世界を見守るため、人々を救い、なぐさめるために空へはなたれたのに、なにもできずに世界が滅《ほろ》んでゆくのを見ているだけだった。殺しあうことを、だれもやめてくれない。破壊《はかい》は止まらない。いったい地上の者たちは、自分たちが滅《ほろ》びるために棲息《せいそく》しているのかと思うくらいだった。こんなはずじゃない、こんなつもりではなかったと、たくさんの人間たちが困惑《こんわく》しながら滅《ほろ》んでいった——あるいは、滅《ほろ》ぼしていった。聖者も愚者《ぐしゃ》もない。非力な者も力ある者も、最後にはないまぜになった。人体発火病原体が星に住むすべての人間をひとしくした。……わたしが見たのは、この星の無意味だった」

そうして〈揺《ゆ》る火《ほ》〉は、髪《かみ》をすさまじくはためかせながら、顔をあげる。純白の紙、細かな文字が書きつらねられた紙が、細い体のまわりをがさがさと舞《ま》う。

そのすがたを見ながら、灯子は〈揺《ゆ》る火《ほ》〉がつぎに口にするであろう言葉を、なかば確信している。

「わたしは、この世界の人柱になるのはいや。これ以上この星で苦しみがくりかえされるのも、もういや」

そのこたえは、もうわかりきっていたのだろう。笑《え》みを消さないまま、瑠璃茉莉がそっと頭をさげた。

「星を、焼く」

その瞬間《しゅんかん》、なめらかにたなびく銀の髪《かみ》は、息を呑《の》むほど美しい紋様《もんよう》を空中にえがいた。

「待って――」

明楽が、かわいた声をしぼり出す。

「待って。それじゃあ、あんたの姉妹のしてきたことさえ、無駄《むだ》になるじゃないか。ここにある手紙は、全部、〈揺《ゆ》る火《ほ》〉に読ませるためのものじゃないのか」

「黙《だま》っていろ、火狩《ひか》り」

ひばりがにらみつけると、無垢紙《むくし》の一枚が動いて明楽の折れた腕《うで》にからみついた。包帯のように見えるそれは、明楽の腕《うで》を絞《し》めあげて顔をゆがめさせる。

大きな目が、明楽を見た。虚空《こくう》のはてを一人で見てきたのだという、深みの知れない目。そのまなざしを、明楽は黒い森を生きてきたとび色の目で、必死にうけとめようとしている。

「手紙なら、みんな読んだわ。世界は美しい、神族の統治は安寧《あんねい》だ、滅《ほろ》びはもたらされるべきではない——どの紙にも、同じようなことが書いてあった。何枚も、何枚も、何枚も……こんなものを書かされるために、わたしの姉妹は無理やりに生かされてきたのでしょう」

明楽の問いかけにこたえる〈揺《ゆ》る火《ほ》〉の、不思議な色の瞳《ひとみ》の底に、かすかな怒《いか》りが揺《ゆ》らいだ。その周囲に肌《はだ》には感じられない風がうねり、姫神《ひめかみ》の手紙が——大量の無垢紙《むくし》が宙を舞《ま》う。

「ちがう!」

明楽がさけんだのだと思った必死な声は、煌四の口から飛び出していた。

「無意味だと思っているのは〈揺《ゆ》る火《ほ》〉だろう。綺羅は、からっぽなんかじゃない。まちがっても、自分の決めることを綺羅のせいにするな。そんなことはぜったいに許さない」

鋭《するど》い目つきで〈揺《ゆ》る火《ほ》〉を見すえながら、煌四がつらねる言葉を、ひばりは止めようとはしなかった。

「まだ生きている人がいる、人間にも、神族にも、木々人《きぎびと》にも——ぼくは〈蜘蛛《くも》〉を何人も殺した、殺すための道具を作った。ぼくみたいな人間が罰《ばっ》せられるのはかまわない、だけど……この世界は、まだ変えられる。旧世界に起こった激変でも、完全には滅《ほろ》びなかった。いまとはちがう方法で世界を存続させることだって、できるはずだ。べつの道を、考えられるはずだ。だれか一人を人柱にするんじゃなく——そのための力が、〈揺《ゆ》る火《ほ》〉には備わっているって」

〈揺《ゆ》る火《ほ》〉が白銀の髪《かみ》を複雑にはためかせるのを、水中から頭と手を出したままの手揺姫《たゆらひめ》が物問いたげに見あげている。

かなたとみぞれが、それぞれに舌を出して短い呼吸をくりかえし、この場にいる者たちに神経をすませている。

ふう、と、深く息を吐《は》き出したのは明楽だ。狩《か》りにおもむくときのように、火狩《ひか》りはその体をめぐる呼吸を大地になじませ、そうして顔をあげた。

「……思いあがるなよ」

狩人《かりゅうど》の目が、〈揺《ゆ》る火《ほ》〉を射た。明楽の声がすごみを帯びる。

「〈揺《ゆ》る火《ほ》〉が選ぶのは、この星の末路じゃない。ここに生きる者たちを統《す》べるべき王だ。千年彗星《ねんすいせい》が機械人形じゃなかったって——半信半疑だったけど、ほんとにただの子どもじゃないか。

灯子よりもたよりない、ちっちゃい子どもじゃないか。お前みたいな子どもに、生かすだの殺すだの、大それたことを選べると思うな」

〈揺《ゆ》る火《ほ》〉の目がまるくなった。言われた言葉を飲みこめないようすで、不思議そうにまばたきをくりかえしている。

ひばりが顔をふりむけた。骨折した腕《うで》に巻きつく紙に力がこもり、明楽が声をもらす。が、明楽は決して〈揺《ゆ》る火《ほ》〉から目をそらさなかった。腕《うで》の一本を犠牲《ぎせい》にすることなど、いまさら明楽はいとわないにちがいない。

「やめて、ひばり。もういい。意味がないの。その火狩《ひか》りの言葉にも、お前のふるう暴力にも」

〈揺《ゆ》る火《ほ》〉が、さびしげに顔をうつむける。

「ほんとうは……地上へ帰還《きかん》して、ほんのすこしだけ、期待をした。かつてとはちがう、新しいなにかがあるのかもしれないって。探そうと思ったの。この星に、まだ人が生きる意味があるのを」

そうしてそれは見つからなかったのだと、〈揺《ゆ》る火《ほ》〉は沈黙《ちんもく》によってつけくわえた。

そのとき灯子の前に、ほろりと小さな顔が現れた。前ぶれもなく降りだした雪のひとひらの、そこにふくまれる遠くのにおいがかすめた。まっ白な髪《かみ》にまっ白な着物の、丁寧《ていねい》にこしらえた人形のような童《わらし》さまが、鼻にふれそうなほど近くにいた。

小さな手が、灯子の頬《ほお》にふれる。

真冬の川のにおいがよみがえった。あのつめたい空気も、体温を削《けず》りとってゆく水の感触《かんしょく》も。白い雪と黒い川と、湿《しめ》った灰色の空と。まっ白にうねる、無垢紙《むくし》になる前の楮《こうぞ》の白皮《しろかわ》と。

(意味なんか)

姫神《ひめかみ》の分身にさそわれている。かなたが短く吠《ほ》えたが、その声はおさえられていて、響《ひび》きわたることはなかった。

(意味なんか、いるんかなあ? 意味がないと、生きられんのかな。生きて、死ぬのに、そんな大それた意味なんか)

灯子は泳ぐように紙をうしろへかきわけて、水槽《すいそう》に顔を近づけた。呼ばれている。せつないような使命感が、灯子をつき動かした。

とぷんと音を立てて、手揺姫《たゆらひめ》が水の中へすがたを消した。それを追って、童《わらし》さまが水にすらりと溶《と》けこみ、消えてなくなる。灯子は身をかがめ、その青い水へ、手をさし入れた。自分で考えたのではなかった。体が自然に動いたのだ。

ぬるい水が、灯子の汚《よご》れた手をつつむ。温かかった。ああ、と灯子は、胸の中で嘆息《たんそく》をつく。

あったかい――火穂はかなたに手をなめられて、おどろいたようにそうつぶやいた。意味などなくとも、生まれて生きてきた。生きとって、うちの働きぶりを見せてやる――そう言っていた紅《べに》緒《お》は死んだ。意味もなしに、それでもこんなに深々と、灯子の胸にその死は食いこんでいる。二人とも、どうか無事で、そして元気で――花嫁《はなよめ》すがたのほたるがそう言うと、紅緒は面映《おもは》ゆそうにくやしそうに、頬《ほお》をまっ赤にしたのだ。

意味などなくとも、生まれて生きて死んでゆく。意味を問うことすら、その営みには追いつけない。この星のことわりには。――

同時に、それは起こった。あざやかな流れが、灯子の体にあふれこんでくる。言葉を失っていた口が、ひとりでに開く。おどろきはすぐに、納得にとってかわった。手揺姫《たゆらひめ》には、しゃべるためののどがもうないから――だから、だれかの口を借りる必要があるのだ。

『あなたが帰ってこなくなってしまって、とてもさびしかった』

声が、水の湧《わ》くように灯子の口からこぼれ出た。

しかしそれは、灯子の言葉ではない。

『けれど、あなたが重い任務から自由になれたことは、ほんとうにうれしかった。あなたは、どこまでも飛んでゆける。空のむこうがどうか、あまりさびしい場所でないことを祈《いの》っていました』

知らない声。灯子の中には用意されていない言葉。それはきっと、ここにある紙には書くことのできなかった――手揺姫《たゆらひめ》のほんとうの手紙だ。

『世界は焼きつくされ、そのあとに黒い森が発生した。返納の儀《ぎ》が執《と》りおこなわれ、人の子は火を失った。わたしたち宗家《そうけ》もまた』

手揺姫《たゆらひめ》の言葉、手揺姫《たゆらひめ》が、神族たちを安心させるためではなく、ただ〈揺《ゆ》る火《ほ》〉に語るためだけに温めた言葉だ。

『わたしの寿命《じゅみょう》はとうにつきていたけれど、命を引きのばしてもらって、姫神《ひめかみ》として務めると決めました。あなたがもどったときに、さびしくないように』

それらの言葉は、まるで灯子の心が、ずっとだれかへ伝えたがっていたかのように、あふれ出してくる。

『ずっとここで待っていた』

灯子の前に立つ〈揺《ゆ》る火《ほ》〉が、まばたきもせずに大きな瞳《ひとみ》をこちらにむけている。深く遠々しい色をしたその瞳《ひとみ》の奥《おく》には、おどろきとおびえ、なつかしさがないまぜになって揺《ゆ》らいでいた。

灯子の口は言葉を紡《つむ》ぐことをやめない。体に流れこんでくる手揺姫《たゆらひめ》の言葉を、灯子は抵抗《ていこう》することなくうけとめ、のどをふるわせて空気にはなつ。体を通過してゆくこれは、なんと澄《す》んだ、

愛らしい力の流れだろうかと思いながら……同時になんと孤独《こどく》で、身を切るほどに凍《こご》えているのだろうかと思いながら。

かなたがそばへ来て、じっと体温をわけてくれるのを、それだけを手がかりに、灯子は圧倒的《あっとうてき》に大きな力が自分を通過するのを耐《た》えつづける。

『内裏《だいり》からは外がなにも見えない』

『だけど、たくさんの人の気配を感じていた。首都で暮らす人々。森のむこうの村に暮らす人々』

『だからわたしは、まだ世界が滅《ほろ》びていないのだと信じることができた。〈揺《ゆ》る火《ほ》〉の帰ってくる場所が、まだあるのだと』

『あなたはかつて、わたしの体に似せて生み出された。わたしの血をわけた妹。あなたを、常花《とこはな》姫《ひめ》がわたしにしてくれたのと同じに、案じていた』

「……やめて」

〈揺《ゆ》る火《ほ》〉が眉《まゆ》をゆがめた。灯子を通してしゃべっている手揺姫《たゆらひめ》が感じているはずのその痛苦が、灯子の心臓をねじ切りそうになった。

「手紙なら、ここにある手紙なら、もうみんな読んだわ。もういい、やめて」

それでも、言葉はあふれてくる。手揺姫《たゆらひめ》が無垢紙《むくし》に書くことを許されたのは、神族たちが〈揺《ゆ》るる火《ほ》〉に読ませたい言葉だけだった。自分たちの統治する世界は安泰《あんたい》だと、神族たちが吹《ふ》きこむ言葉だけを書かされ、自分の姉妹へほんとうに伝えたいことを、手揺姫《たゆらひめ》はずっと綴《つづ》ることができずにいたのだ。……舌ものども使えなくなった姫神《ひめかみ》にかわって、灯子はその言葉をはなつことを、手伝うことができる。だから童《わらし》さまを遣《つか》わせ、手揺姫《たゆらひめ》は一度は逃《に》がした灯子を呼んだのだ。

『一人ぼっちでどうしているか、ずっと案じていました。わたしの姉妹』

その言葉が口から紡《つむ》ぎ出されたとたん、灯子の目から涙《なみだ》が出た。全身を、真冬の川の水にひたしているかのようだ。灯子の意識は自分の人間の形を忘れ、楮《こうぞ》の白皮《しろかわ》になって、暗くつめたい水の流れにすすがれている。

透明《とうめい》な指――手揺姫《たゆらひめ》の手が、細かにふるえながら水から現れ、水槽《すいそう》のそばに落ちている一枚の無垢紙《むくし》を引きずり寄せる。しわの寄ったその紙には、青灰色《せいかいしょく》の墨汁《ぼくじゅう》ではなく、黒い筆跡《ひっせき》が刻まれていた。なんとか伝わるようにと、ひと文字ずつを祈《いの》りながら書いたために、文字の列は乱れ、線はふるえている。――明楽の、願《ねが》い文《ぶみ》だ。

『……わたしの兄が伝えに来たとき、なぜすぐに聞き入れてもらえなかったのですか』

どくんと、灯子の心臓がはねる。灯子が決して中身を見なかった明楽の願《ねが》い文《ぶみ》。そこに綴《つづ》られた言葉が、姫神《ひめかみ》を通して灯子の体へと伝わり、声になって響《ひび》く。痛々《いたいた》しいほどに力をこめて書いた文字。かたむいたくせのある、下手くそな。

『わたしはずっと神族を憎《にく》みました』

『世界を憎《にく》みました』

『みんな死んでしまえとさえ思った』

〈揺《ゆ》る火《ほ》〉のまなざしがつめたい。明楽が、口を閉ざしてうつむいている。

『それでも、まだあきらめられない』

『狩《か》りのとき、火狩《ひか》りは黒い森となる。人を襲《おそ》う炎魔《えんま》の思いを読んで、その動きを追うのです』

『森に棲《す》まい、人間を襲《おそ》いに駆《か》けてくる炎魔《えんま》の気持ちを読みとる。狩《か》りのとき、わたしも一匹《ぴき》の炎魔《えんま》となるのです。そのようにして、人を生かす火は得られる』

ああ、それでだったのかと、灯子は手揺姫《たゆらひめ》に声を貸したままで思う。明楽の声に、いつも明るい力がそそぎこまれているのを、ずっと不思議に思っていた。ひどい目にあった過去を話すときでさえ、その明るさは消えなかった。

自分を襲《おそ》い、傷つけるものに、明楽はつねに心を寄せてきたのにちがいない。明楽がはじめて狩った炎魔《えんま》は、自分を襲《おそ》う火狩《ひか》りから救ってくれた獣《けもの》なのだという。自分にむけられる殺意を、明楽はわが身にうけ入れ、鎌《かま》をふるってきた。ちっぽけな狩《か》り犬《いぬ》を連れ、黒い森の中を流れ者として、たった一人で炎魔《えんま》を狩《か》ってきた。

だからきっと、明楽はここへ、死ぬためにもどってきたのではない。

明楽がなすべきことをなし、そのあと一人で死ぬには、ここは、首都は疲弊《ひへい》しすぎている。回収車《かいしゅうしゃ》の乗員にひざまずいた、この火狩《ひか》りは傷ついた人々を、最初からほうっておくことなどできない。

（そんな人が王さまなら、ええのに）

そう思った。必死に書かれた筆跡《ひっせき》が、灯子の体にも刻みつけられてゆくようだ。

『神族も、人間も、木々人《きぎびと》も、炎魔《えんま》も、〈蜘蛛《くも》〉もまた、ひとしくこの星の一部です』

『〈揺《ゆ》るる火《ほ》〉には、この世界を生かす力が備わっている』

『火狩《ひか》りの王が世界を支えるでしょう』

『千年彗星《せんねんすいせい》を、夜に狩《か》り場《ば》へ――工場地帯の鳥居の前へ導いてください』

『それが無理なら』

灯子の肺が、すうと縮む。

『この願《ねが》い文《ぶみ》を書いた者を、人々に見える場所で罰《ばっ》してください。それが、身《み》の程《ほど》を知らずに姫神《ひめかみ》へ手紙を書いた人間の、無礼へのつぐないです』

灯子は、火穂からの伝言を思い出していた。ほんとうに、明楽はばかだ。衆人の前で火狩《ひか》りが処刑《しょけい》されれば、首都の人々が、神族に反旗をひるがえすかもしれない……せめてこの世界はおかしいと、だれかの胸に植えつけられるかもしれないと、それを期待したのだろうか。

手揺姫《たゆらひめ》の溶《と》けかけた氷柱《つらら》のような手から、明楽の文字とは手ざわりのちがう言葉が流れこんできた。うんと短く、強く。

『犬を連れた者たちを殺すな』

それっぽっちの文字のならびが、明楽の願《ねが》い文《ぶみ》の最後の数行を打ちひしぐ。

あの火狩《ひか》り――みぞれを連れていた炉六の書いた言葉だ。明楽の願《ねが》い文《ぶみ》に、書きたした文字。

……身動きがとれないまま、灯子は懸命《けんめい》に視線を横へむけた。手揺姫《たゆらひめ》の手が、水槽《すいそう》のふちへ押《お》しあてるように持っている紙。そのはしに、かすれて乱れきった筆跡《ひっせき》があった。片手に大けがをおい、まともに文字など書けなかっただろう。神宮へ至るまでにどうやって書いたものか、線は乱れているが、綴《つづ》る言葉に迷いはなかった。

とぷんと、願《ねが》い文《ぶみ》を手ばなし、水中へ細い手が消えた。

同時に、灯子の全身にあふれこんでいた姫神《ひめかみ》の力が消え、灯子は反動でその場に崩《くず》れ、ひじをつく。肺がすり切れるようで、うまく息ができない。気づかないうちにそばへ来ていたかなたが顔を寄せ、労《いた》わるように灯子の頬《ほお》をなめた。

「……無理よ」

口をきいたのは、〈揺《ゆ》るる火《ほ》〉だった。その目からは、いつからか涙《なみだ》がこぼれている。空のはてでこらえつづけていた涙《なみだ》が、いまやっと堰《せき》を切ったかのようだった。

「わたしには、選ぶことができない。世界がこんなになったことも、わたしの姉妹がこんなふうにされてきたことも、わたしには耐《た》えられない。この世界を、この天体を、救済するため、祝福するため、わたしは空へはなたれた。だけど、できなかった。逃《に》げきることさえできなかった。

……」

澄《す》んだ声が、ふるえている。一人ぼっちで泣きながら、どうしていいかわからずにとほうに暮れている——灯子には〈揺《ゆ》るる火《ほ》〉のすがたが、どんどん病《や》みついてゆくように思われた。ただでさえ骨と皮ばかりになって帰還《きかん》し、なにかを選べとつきつけられ、さらにたくさんの死を、今度は間近で目撃《もくげき》して、天の子どもがその魂《たましい》ごと弱ってゆく。

かつてこの子は、あのまっ黒な月のそばから絶望的な光景を、一人きりでまのあたりにしたのだ。凍《こご》えながら。世界をたすけよと空へはなち、けれど〈揺《ゆ》るる火《ほ》〉をたすける者は、どこにもいなかった。

姉上と呼んでかしずく者はあっても、そのむき出しの肩《かた》をつつんでやる者はなかった。……灯子のことでさえ、抱《だ》きしめて背中をさすってくれる手がいくつもあったというのに。かなたが夢中で灯子の顔をなめる。犬の鼓動《こどう》がすぐそばにある。

呼吸をするためだけにのどを動かしながら、懐《ふところ》から守《まも》り袋《ぶくろ》をたぐり出した。手揺姫《たゆらひめ》に貸していたために、灯子ののどには力がこもらず、声が出ない。

守《まも》り袋《ぶくろ》から、灯子はくしゃくしゃの紙きれをとり出した。しびれが根を張る手のせいで、動きはずいぶんとじれったい。しわだらけになった紙をひろげて伸《の》ばし、そのちっぽけな紙片《しへん》を、痩《や》せ細った少女に見えるようかかげた。

『ごめん』と、たったひと言。燐《りん》のとがった文字が、そこには書かれている。灯子の宝物にそえて荷物に忍《しの》ばされていた、あまりに短い手紙。

くるりとそりかえったまつ毛の大きな目が、まるく見開かれる。まるで年端《としは》のゆかない子どものように。――〈揺《ゆ》る火《ほ》〉の顔が、かすかに笑った気がした。夜空からこちらを見おろす月の明かりに、その表情はよく似ていた。

「……それは、あなたがもらった手紙なの？　あなたの、姉妹から？　そう、故郷の者が、あなたへ宛《あ》てて書いたのね」

はっきりと、〈揺《ゆ》る火《ほ》〉が笑った。はためく髪《かみ》のえがく波形が、まろやかさを帯びる。笑うと、小さな顔の中にひび割れのようなしわがならんだ。早くに生まれすぎた赤《あか》ん坊《ぼう》のようだ。もろい笑《え》みには、けれどもどうしてか、深い慈《いつく》しみがこもっている。灯子はあふれかえる感情になかばおぼれながら、その笑《え》みに見とれた。

「わたしには、手揺《たゆら》を救うことができない。この世界をおわらせることもできない。世界を変えてしまうこともできない。見守っていることにさえ、耐《た》えられなかった。なのに逃《に》げきることもできなかった。千年彗星《せんねんすいせい》として生み出されながら、わたしには、なに一つできなかった。だけど——」

〈揺《ゆ》る火《ほ》〉が、かがみこんで腕《うで》を伸《の》ばす。その動作は、ほとんど灯子を抱《だ》きしめようとしているかに思え、しかしそうせずに、星の子は灯子の手から、火狩《ひか》りの鎌《かま》をとりあげる。

「あなたにだったら、狩《か》られてもいいと思う」

そんなに痩《や》せた腕《うで》で、折れそうな指で、重い鎌《かま》を持ちあげられるわけはないのに。

待って、それを言うだけの力はもどっておらず、言うためのいとまはあたえられなかった。

〈揺《ゆ》る火《ほ》〉は三日月鎌《みかづきがま》の柄《つか》をにぎると、ためらうことなくその切っ先を、自分ののどにつき立てた。

五　光

強烈《きょうれつ》な光が炸裂《さくれつ》した。それは奔流《ほんりゅう》になり、姫神《ひめかみ》のいる空間を満たす。空気さえ、光に染めあげられて熱を帯びた。あらゆる影《かげ》が消滅《しょうめつ》する。

気流ではない、見えない力が吹《ふ》き荒《あ》れて、部屋いっぱいの紙を巻きあげた。狂《くる》った鳥の群れのように、白い紙が――無垢紙《むくし》が舞《ま》いあがる。

網膜《もうまく》にとらえきれないまぶしさが、視界を塗《ぬ》りつぶした。方向感覚が一瞬《いっしゅん》にして失われる。

煌四《こうし》は腕《うで》をかざして目をかばいながら、明楽《あきら》を、灯子《とうこ》のすがたを探した。

(だめだ、見えない)

呼吸ができているのかすら、わからなかった。すさまじい勢いの光の波が、自分の体だと思っていたものを貫《つらぬ》き、揺《ゆ》さぶって通過してゆく。

これが、〈揺《ゆ》る火《ほ》〉の火――千年彗星《せんねんすいせい》の核《かく》にこめられた、神族宗家《そうけ》の火。

こんなに大きな力を、綺羅《きら》はわけもわからずに体の中へほうりこまれていたのだ。……どこにいるのだろう。〈揺《ゆ》る火《ほ》〉がもとのすがたで現れたのだ、綺羅は依巫《よりまし》から解放されているはずだった。早く、見つけなければ。

体を戒《いまし》めた宗家《そうけ》の神々から発せられていた威圧感《いあつかん》が、糸を断《た》たれたように消え去っている。手になにかがふれた。湿《しめ》った鼻。やわらかな毛並みにおおわれた頭。犬がいる。みぞれが、かたわらにいる。

脚《あし》の長い犬の背中にてのひらを沿わせ、煌四はなにも見えないまま、とっさに犬をかばおうとその体におおいかぶさった。なにからかばおうとしているのか、それを考えることもできていなかったが、それでも。……かなたと同じに自分の火狩《ひか》りを失った犬を、これ以上ひどい目にあわせてはならないのだ。

あふれかえる光が、唐突《とうとつ》に弱まる。雲間からさす陽光に似た鮮烈《せんれつ》な光芒《こうぼう》が幾《いく》すじも、放射状に天井《てんじょう》や壁《かべ》や、鎖《くさり》につながれた神族たちを照射し、やがて光の源へ帰ってゆく。

その中心にいるのは、細い首に三日月鎌《みかづきがま》をつき立てた〈揺《ゆ》る火《ほ》〉と、愕然《がくぜん》としてそれを見あげる灯子だった。部屋いっぱいの光といっしょに波をえがいていた銀の髪《かみ》が、その動きをゆるやかにして持ち主の背中へ肩《かた》へ流れかかる。

光が消えたあとに立っている少女たちは、あまりにか細く、弱々しかった。

「これで、火狩《ひか》りの王が生まれた」

薄《うす》い皮膚《ひふ》を貫《つらぬ》いている鎌《かま》を、装身具のように自らの手で支えながら、〈揺《ゆ》る火《ほ》〉が口をきいた。

真夜中に浮《う》かぶ月のおもざしをやどして、その顔はおだやかに頬笑《ほおえ》んでいる。

「わたしはこの世界で、なにも選べない。なにも、選びたくなかった。だけどあなたを選ぶ」

灯子のあごが、ふるえている。やさしく頬笑《ほおえ》む星の子を、なによりも残酷《ざんこく》なものをまのあたりにした顔で、見つめている。

「な、なんで。こんなこと、なんで……」

声をわななかせる灯子のむこうで、ひばりが目を閉じ、うつむいた。少年神は悲壮《ひそう》な顔をしながら、それでもなにも言わなかった。

長いまつ毛をふせ、目を細めた〈揺《ゆ》る火《ほ》〉は、幸福そうですらあった。

「わたしがかつて、軌道上《きどうじょう》から見おろしていたすべての人に、あなたは似ているから。逃《に》げまどい、泣きさけんで死んでいった、すべての生者と死者に、あなたは似ているから。絶望しながら、それでもたすかりたいと願いながら、洗いざらい死んでいった者たちに。人に生まれた意味さえ奪《うば》われて死んでいった者たちに。——わたしがたすけたいと願い、決してたすけることのできなかったすべての者たちに、あなたは似ているから」

灯子が目を見開いたまま、かぶりをふる。結《ゆ》わえた髪《かみ》が、弱々しく自らの背中をさすった。

ほのかに〈揺《ゆ》る火《ほ》〉が笑ったが、それは声にはならなかった。

「だけど、ごめんね。きっとあなたたちの望むほどふんだんには、もう火が残っていないの。この先の世界をずっと維持《いじ》しつづけられるほどには。遠くまで飛ぶのにずいぶんと力を使ったし、あの子に、綺羅にわけてあげたから」

いたずらを打ち明けるように、〈揺《ゆ》る火《ほ》〉が言う。

「ねえ、入れ物を持っているでしょう?」

〈揺《ゆ》る火《ほ》〉の言葉の最後は、こちらに、煌四にむけられていた。煌四はみぞれの背中から手をはなし、首に三日月を飾《かざ》りつけた〈揺《ゆ》る火《ほ》〉に、ゆっくりとむきなおる。

手は自然と、ポケットの中を探《さぐ》っていた。願《ねが》い文《ぶみ》の最後の一通が入った雷瓶《らいびん》。蓋《ふた》を開け、中の紙をとり出す。ふたたび床《ゆか》へ降りつもった無垢紙《むくし》の上を、煌四は部屋の中央の水槽《すいそう》のほとりにいる〈揺《ゆ》る火《ほ》〉のほうへ歩みよっていった。

黙《だま》ってさし出した空の雷瓶《らいびん》を、細い手が伸《の》びてきてうけとった。そばへ来た煌四に、灯子が血の気を失った顔をむける。土で汚《よご》れた頰《ほお》に、涙《なみだ》がすじを作っていた。

〈揺《ゆ》る火《ほ》〉の首から鎌《かま》の弧《こ》を伝って流れた銀色のしずくが、瓶《びん》の中へ落ちてゆく。雷瓶《らいびん》の一本をちょうど満たして、その流れは止まった。

痩《や》せこけた手がかえすそれをうけとり、煌四は慎重《しんちょう》に蓋《ふた》を閉めた。雷火《らいか》を封《ふう》じたときとはべつの輝《かがや》きが瓶《びん》の中にやどり、そのつめたい感触《かんしょく》が、指先から心臓へ伝わった。

「黒い森から人間の生息地をへだてる結界。いままで手揺《たゆら》がたもってきた結界を、すこしのあいだなら、その火で守ることができる」

「いや……」

顔をゆがめ、うんと幼い声音《こわね》になって、灯子が言葉をしぼり出す。

「いやじゃ。せっかく、帰ってきなさったのに。姫神《ひめかみ》さまに——お姉さんに、やっと会えたのに。なんで？　なんで、死なんとならんの？」

自分の体にあった火をとり出しおえて、〈揺《ゆ》る火《ほ》〉はもう一人の姉妹であるはずの常花姫《とこはなひめ》が鍛《きた》えた火狩《ひか》りの鎌《かま》のみごとな弧《こ》を、その感触《かんしょく》をたしかめるように手でなぞる。

「手揺《たゆら》もう、これ以上、無理に延命をうけなくていい。姫神《ひめかみ》の務めは、もうおわり。神族による統治もおわり。これからは」

「だめです。納得できん。昔に死んだ人たちに似とるというんなら、明楽さんも、お兄さんも、緋名子《ひなこ》もクンも、みんな似とるはずじゃ」

はげしくかぶりをふる灯子に、〈揺《ゆ》るる火《ほ》〉は首に刺《さ》さった鎌《かま》の弧《こ》をてのひらでなぞった。

「だから、あなたなの」

よろめきかける灯子を、駆《か》けよった明楽がうしろから抱《だ》きとめた。くくりあげた赤毛を揺《ゆ》らし、明楽は灯子の頭に自分の顔を埋《うず》める。明楽の肩《かた》がふるえている。自分たちを守る犬を連れた明楽と灯子のすがたが、そのとき、姉妹のように一つになって見えた。

衣擦《きぬず》れの音をさせて肩《かた》を揺《ゆ》すったのは、木の神族の瑠璃茉莉《るりまつり》だ。

「千年彗星《せんねんすいせい》が決めたのなら、逆《さか》らえる者はいないと言ったろう。それがどれほどばかげた決断であろうと、だれにも止めることはできない」

わずかの動揺《どうよう》もふくまずにそう言い、紅を引いたくちびるには、形のよい笑《え》みを浮《う》かべたままだった。

「お前も異存はないのだろう?」

問いをうけて、ひばりは張りつめた表情をまっすぐに〈揺《ゆ》るる火《ほ》〉へむけた。

「……姉上の選択《せんたく》を、だれにも邪魔立《じゃまだ》てさせない。これまでの長きにわたるお務め、その孤独《こどく》とご心労を、ずっと案じてまいりました。どうかまどかに憩《いこ》われますよう」

明楽の短刀に斬《き》りつけられて血のにじんだそでを姫神《ひめかみ》から隠《かく》すように体をかたむけ、片方のひざを立てて、〈揺《ゆ》るる火《ほ》〉に、そして水中へもぐった手揺姫《たゆらひめ》にかしずく。ぎこちないながらも、その言葉や動作にためらいはなかった。

「灯子」

背中から抱《だ》きすくめている灯子に、呆然《ぼうぜん》としているその顔に、明楽が呼びかけたときだった。体をふせていたエンが、動いた。立ちあがると同時に、被毛《ひもう》のあいだから噴《ふ》き出す金の火の色を、一瞬《いっしゅん》濃《こ》くする。老いた犬は力をふりしぼり、そしてひと息に距離《きょり》をつめ、高々と飛んでおどりかかった。つめたく発光する目が、灯子をとらえていた。

明楽が折れている腕《うで》で灯子をかばい、自分の鎌《かま》を下へかまえた。かなたが牙《きば》をむいて身をおどらせたが、エンがふりまわす頭部にはじかれて、敵を捕《と》らえそこねる。吹《ふ》き飛ばされたかなたを呼んで、灯子が手を伸《の》ばす。その手を、敵意をあらわにしたエンの牙《きば》がねらう。煌四は、灯子の前へ出ようとした。

しかし、それより速く、小さな白いものが動いた。

「てまり!」

灯子とてまりの悲鳴がかさなった。灯子と明楽の前へ身をおどらせたてまりのあと脚《あし》と尾《お》が、大犬の牙《きば》に捕《つか》まり、咬《か》み裂《さ》かれた。

うなりながら頭をふるって、エンが邪魔者《じゃまもの》をふりはらう。戸口のほうへ大きく投げ出されたてまりの下に、点々と血が飛んで無垢紙《むくし》を赤く染めた。

「お前……」

なおもあと脚《あし》に力をこめるエンに、明楽が鎌《かま》をふりかざす。だがこの距離《きょり》から襲《おそ》ってくる獣《けもの》を、片手で迎《むか》えうつのは無理だ。煌四はとっさに、灯子と明楽をつき飛ばそうとした。せまる牙《きば》から、わずかでもよけさせることができれば――

そのとき、どっと音を立てて、エンになにかがぶつかった。

跳躍《ちょうやく》しかけていたエンはあっけなくはじき飛ばされ、無垢紙《むくし》の上へうしろざまに落下する。小《こ》柄《がら》な影《かげ》がその上へ乗りかかり、ふりまわされる脚《あし》を素手で押《お》さえこむ。さらにこぶしをわき腹《ばら》へたたきつけると、大きな年老いた犬は、悲鳴をあげて飛びすさり、尾《お》をまるめておびえの姿勢をとった。

うずくまって耳をたおし、降参をしめしている大犬を見おろして立っているのは、白い寝間着《ねまき》すがたの影《かげ》だった。エンの横腹に、水晶《すいしょう》の守《も》り石《いし》がつき立っている。体をぐらりとかたむけてこちらをふりむいている小さな顔。……緋名子だ。

クンといっしょにキリのもとにいたのに。高熱がさがらないまま、眠《ねむ》っていたはずだった。こちらをむいた顔は、赤黒く火照《ほて》っている。充血《じゅうけつ》した目がうるんで、いまにも涙《なみだ》が頬《ほお》へこぼれそうだった。

前脚《まえあし》で宙をかいて起きあがろうともがくてまりを、すべらかな紙の海がじれったく邪魔《じゃま》している。

緋名子は身をひるがえし、恐慌《きょうこう》状態で短い悲鳴をあげつづけるてまりのもとへひざをついた。傷をおって体勢を崩《くず》したエンを、鼻面《はなづら》にしわを寄せて牙《きば》をむいたかなたとみぞれが、前後から威嚇《いかく》する。狩《か》り犬《いぬ》たちにうなり声をあげるエンの体に、ずるずると地中から現れた樹木の根がからみついた。

「よせ、エン。お前にはもう、守るべき主人はないのだ」

異能で大犬を戒《いまし》めながら、瑠璃茉莉が告げた。毛並みから火をのぞかせる大犬へそそがれていた目が、立ちつくしたままの灯子へ移る。

「しかし無茶な。この娘《むすめ》が新たな統治者か。〈揺《ゆ》る火《ほ》〉、最後の選択《せんたく》までこのざまか」

〈揺《ゆ》る火《ほ》〉の背後で揺《ゆ》らめいていた銀の髪《かみ》の、めくるめく動きがいっせいに止まる。関節のつき出たひざを折って、その場へ座《すわ》りこむと同時に、〈揺《ゆ》る火《ほ》〉の首から火狩《ひか》りの鎌《かま》がぬけて落ちた。その音にびくりと反応して、自分の身じろぎで姿勢を崩《くず》し、灯子もまたへたりこんだ。

「……〈揺《ゆ》る火《ほ》〉、ごめんなさい」

灯子の声は細かくふるえ、まばたきは完全に忘れられていた。

煌四が灯子の肩《かた》を支えると、明楽が身をひるがえし、てまりのもとへ駆《か》けていった。鳴き声が小さくなる。緋名子が、明楽に犬のそばをゆずった。

「どうして？　無茶ではない。わたしが選んだのよ」

鎌《かま》でのどを裂《さ》き、火を失った〈揺《ゆ》る火《ほ》〉からは、おそらく急速に生命が失われていっている。それでもなお、背を伸《の》ばして座《すわ》り、頬笑《ほおえ》んで言葉を発した。

「……衛星、というんですって、ほんとうは。地平をいつも見守っている星の呼び名。だけど、わたしには彗星《すいせい》——ほうき星の名がつけられた。遠くから訪れて、希望をもたらすものであるように。……地上があそこまで早くに壊滅《かいめつ》状態にならなければ、回収と打ちあげをくりかえすつもりだったのかもしれない。だけどそれは」

星の全土で争いがくりひろげられていたという当時、その計画が遂行《すいこう》されることはなかったのだろう。〈揺《ゆ》る火《ほ》〉は一度も地上へもどされず、空へはなたれたままになったのだ。

「手揺《たゆら》の姫神《ひめかみ》としての力がつきたあとも、わたしの火があれば、黒い森からの結界はすぐには消えてしまわない。けれど、きっと人一人の寿命《じゅみょう》よりも短いわ。それ以上は無理。そのあとは――」

「そのあとは、考える。炎魔《えんま》から身を守る方法を、一人の姫神《ひめかみ》にたよらない方法を」

しだいに声が小さくなってゆく〈揺《ゆ》る火《ほ》〉へ、煌四ははっきりと言った。死んでゆこうとする天の子どもを安心させなければと、なぜか強く思ったのだ。

――らいかを　むかえ火のときにとっておく。

父がそう言っていたのだと、母の残した手紙に書かれていた。迎《むか》え火《び》。雷火《らいか》は、絶望し、とほうに暮れた千年彗星《せんねんすいせい》のための、導きの火だ。千年彗星《せんねんすいせい》のためだけではない、星を迎《むか》えたあとに、地上で生きてゆく者たちのための火なのだ。

まだ、残っている。いかずちにあんなに大量に使ってしまったが、まだ父が遺《のこ》した雷火《らいか》はある。その使い道を考えるための知恵《ちえ》が、首都にはある。

「父が遺《のこ》した雷火《らいか》を、今度はたくさんの人のために使う。その使い道を、かならず考える。約束する」

漆黒《しっこく》とも透明《とうめい》ともつかない色あいの瞳《ひとみ》が、こちらを見てうなずいた。

「ひばり。お前は子どものままでいて、いつまでも長生きをして、この子たちを見守ってあげて。

……ああ、もうすこしだけ、お前といろんな話ができたらよかったのに。ごめんね、もう遅《おそ》い」

言葉をむけられて、少年神は目をふせ、かすかにわななきながらこうべを垂れた。

「手揺《たゆら》を連れていっていい？　ずっとここから出られなかったのでしょう。今度は二人で、空に行く。軌道《きどう》からはなれて、もっともっと遠くまで行く」

灯子の細い肩《かた》が、煌四の手の下で身じろいだ。

「……もどってきますか？」

その声があまりにも慕《した》わしげで、煌四は、灯子の意識が知らない場所へ行ってしまわないよう、肩《かた》をつかむ手に思わず力をこめた。

ゆっくりと大きなまばたきを一度して、〈揺《ゆ》る火《ほ》〉は、笑った。それまでの消え入りそうな頬笑《ほおえ》みとはちがう。感情の揺《ゆ》らぎからすなおに生まれた笑《え》みだと、そう感じた。

「彗星《すいせい》だから、きっといつか」

〈揺《ゆ》る火《ほ》〉のうしろから透《す》きとおった手が伸《の》びてきた。透明《とうめい》な骨になった手と、骨と皮ばかりに痩《や》せこけた手がかさなる。

銀の髪《かみ》が放射状に逆巻いてひろがり、それは渦《うず》巻《ま》きながら縮まって、極小《ごくしょう》の一点に収斂《しゅうれん》した。

まぶしい火の粉のような光の一粒《つぶ》が、銀色に強く輝《かがや》き、空間を貫《つらぬ》いて照射した。

まぶしい一瞬《いっしゅん》ののち、その光は消えた。静まる。

〈揺《ゆ》る火《ほ》〉と姫神《ひめかみ》。二人の子どもが、跡形《あとかた》もなく消え去った。

白々と明るく感じられた室内の空気が、暗さをまし、重く皮膚《ひふ》へのしかかってきた。

手揺姫《たゆらひめ》の体がひたっていた水槽《すいそう》から、あの銀の魚の光が失《う》せていた。巨大《きょだい》な生き物が眠《ねむ》りながら嘆息《たんそく》するような深い音が一度、足もとからどよめきわたった。工場の大型の機械の動力を落とすときの音と振動《しんどう》に、それは似ていた。

振動《しんどう》をうけた天井《てんじょう》の照明が、ちりちりと揺《ゆ》れる。揺《ゆ》らぎながら、ガラス製の星々は軌道《きどう》をなぞりつづける。

(――時刻計《じこくけい》のむきと、同じだ)

いまになって、煌四はそのことに気がついた。燠火家《おきびけ》の応接室に置かれた昔の時刻計《じこくけい》。円形に針のめぐるそのむきと、この空間を照らす照明の複雑な軌道《きどう》は同じだった。

消えてゆく光を見送ることなく顔をふせたまま、みづらの髪《かみ》を揺《ゆ》らしてひばりがきびすをかえした。この場に残った者たちになにも告げずに、そのすがたが空気に溶《と》けて消える。

瑠璃茉莉だけが、残ってなりゆきを見守っていた。

ぐらりと、灯子の肩《かた》がかしいだ。煌四の手から逃《のが》れて、灯子は体をまるめてつっぷし、しぼり出すように泣きだした。身におさまりようのない嘆《なげ》きをこめた泣き声が、室内に響《ひび》きわたった。

木の根に縛《しば》りつけられたエンは、牙《きば》をおさめて身をふせている。被毛《ひもう》のあいだに火を噴《ふ》くその体から、もう敵意はこぼれ去っていた。

かなたが紙をかきわけてこちらへ来る。灯子のにおいを嗅《か》ぎ、落ちている鎌《かま》のにおいを嗅《か》いだ。汚れた灰色の被毛《ひもう》から、荒々《あらあら》しくほがらかな気配が立ちのぼった。

火狩《ひか》りの王に……灯子がなったのだ。

父親がたすけたのだという少女が。黒い森を越《こ》えて、かなたを連れてきてくれた少女が。この部屋を埋《う》めつくす無垢紙《むくし》を作っている村で生まれたという少女が。

けれど、王になったはずの少女は、下をむいて背をまるめ、迷子のように泣いている。

「灯子」

狩衣《かりぎぬ》のそでを裂《さ》いて、そこへつつんだてまりを抱《だ》いた明楽が、こちらへ近づく。そうして、泣いている灯子へ、まっすぐに告げた。

「生まれた。火狩《ひか》りの王が」

つづく言葉をかけようとする明楽を、頭をはげしくふるって顔をあげ、灯子がさえぎった。

「ち、ちがう……ちがいます。明楽さん、明楽さんが、火狩《ひか》りの王になりなさらんと、だめじゃ」

涙《なみだ》を引きずった声で、灯子が訴《うった》える。明楽はなにも言わずに、灯子の頭にてのひらを載《の》せた。煌四の手には、〈揺《ゆ》るる火《ほ》〉の火が入った雷瓶《らいびん》がある。

顔をごしごしとぬぐって息を吸うと、灯子は自分の体の深いところから、声を呼び起こした。もう揺《ゆ》るがないその声が、かたわらにいる犬にむけて、命じた。

「かなた」

たったのそれだけで、通じる。

かなたは〈揺《ゆ》るる火《ほ》〉の手から落ちた火狩《ひか》りの鎌《かま》をとり、口にくわえたそれを、明楽にさし出す。細かに痙攣《けいれん》する手が、雷瓶《らいびん》をつつむ煌四の手にそえられた。灯子が煌四の手ごと、明楽のほうへ動かす。

「あ、明楽さんにもろうた、コバルト華《か》。わたし、あれを、紙漉《かみす》き衆《しゅう》のとこへ、持って帰らんと……叱《しか》られます。なぐられて、ごはんもぬかれる。王さまには、なれんです」

ぎゅっと目をつむってべそをかく灯子に吹《ふ》き出して、明楽がその頭をくしゃくしゃとなでた。

「ばか。だけど、そうだね。灯子には、帰らなきゃならない場所がある。こんなにチビなのに、よくやった、よく生きてた。あとは、ちゃんと帰らなきゃ。――でも、責任とれるかわからないや。あたし、ここへ願《ねが》い文《ぶみ》をとどけることだけで頭がいっぱいで。ばかだからな。きっとしくじるよ」

低めた声で言う明楽をまっすぐ見あげて、灯子がかぶりをふる。

やがて明楽が真剣《しんけん》なおもざしで鎌《かま》と雷瓶《らいびん》をうけとった瞬間《しゅんかん》、煌四は圧倒的《あっとうてき》な安堵《あんど》に、押《お》しつぶされそうになった。体を支える力がぬける。

明楽の腕《うで》の中で、てまりがふるえていた。早く手当てをしなければならない。

「その傷は、自分たちでなんとかしろ。これからはお前たちが国土を治めるのだろう。神宮から去るまでは手を貸してやるが、それ以外はなにもせん」

瑠璃茉莉が、明楽の折れた腕《うで》とてまりとを見やった。

煌四は立ちあがり、緋名子のほうへ体をむけた。そのとき、ひと声吠《ほ》えて犬が呼んだ。みぞれだ。ふりむくと、層をなしている無垢紙《むくし》を前脚《まえあし》でかき、床《ゆか》を踏《ふ》んでもう一度吠《ほ》える。

犬の合図にはっとすると同時に、足が駆《か》けだしていた。

みぞれの呼ぶほうへ走る。前脚《まえあし》に蹴散《けち》らされて、白い紙が舞《ま》う。手揺姫《たゆらひめ》の文字が書き記された紙が、雪のように惜《お》し気《げ》なく舞《ま》い散ってまた落ちる。

みぞれが大量の無垢紙《むくし》をかきわけたそこには、黒い土が顔を出していた。

犬がさらに掘《ほ》ろうとするその土へ、煌四はひざまずいて手をふれた。やわらかい。だれかが寒さをしのぐためかぶせたかのように、その部分の土は空気をふくんでいた。爪《つめ》を立て、土をかいた。夢中で土をどけ、ほぐれている土にも負けて感覚が消えかける指先が、やがて質感のちがうものにふれる。痛む手を止め、慎重《しんちょう》にそれをなぞった。その下にあるはずのものを決して傷つけないように、息をつめながら土をどける。

目を閉じた白い顔が現れた。首に巻かれていた包帯ははずれ、赤黒い傷口がむき出しになっている。高く通った鼻すじも秀《ひい》でたひたいも、もう子どものものではなくなりつつあるのに、力のぬけきった顔は幼子のようだ。土のからみつく髪《かみ》のすじに指をさし入れ、綺羅の頭と上体を、土の中から抱《だ》き起こした。

人の手の形をして綺羅の体にまとわりついて見えた土が、あっけなくその形を崩《くず》し、ほろほろとこぼれていった。

名前を呼ぶことができなかった。返答がなかったらと思うと、おそろしさで視界が青黒く染まった。

緋名子がうしろに立つ気配がする。

「綺羅お姉ちゃん」

ひどくなつかしそうに呼びかけて、緋名子は綺羅の肩《かた》に頬《ほお》をあて、体を寄りそわせた。近づいただけで、妹にまだひどい熱があるのがわかる。

真上で、星がめぐっている。世界がいつまでもおわらないと無邪気《むじゃき》に信じているかのような、古い時刻計《じこくけい》と同じに。一度は死んだ世界にも、いまだにその円がめぐりつづけている。

「……煌四、ごめんね」

消えそうな声がして、安らいでいた綺羅の顔に、苦痛が刻まれた。——生きている。

なにかこたえなくてはと焦《あせ》りながら、声を出すことができなかった。

綺羅に寄りそう緋名子の背中へ腕《うで》を伸《の》ばした。背骨の浮《う》いたか細い背中は、犬のような体温をやどして鼓動《こどう》を打っている。

やがて綺羅の手がゆるゆると持ちあがって、緋名子の手をにぎった。綺羅が伝えようとして、しかし言葉を見つけることができないでいることをみんなくるむようにして、緋名子がその手を自分の胸へ抱《だ》きよせた。


「お姉ちゃん！」

キリの手を引いて部屋へ入ってきたクンは、明楽に突進《とっしん》しかけ、あわてた灯子に危《あや》うく止められた。やっと形見の面を抱《だ》いて、炎魔《えんま》の入った瓶《びん》がならぶ棚《たな》から這《は》い出てきたのだと、煌四はほっとした。

「外へ出ろ。下へおろしてやる」

瑠璃茉莉が言い、自分をにらみつけるキリにあごをしゃくった。

綺羅を支える煌四のうしろで、よろよろと走ってきた灯子が、しゃがんで緋名子に背中をむけた。灯子の慣れた動作にとまどった顔をしながら、緋名子はおとなしくその背中につかまった。

犬たちを連れ、暗い坑道《こうどう》をぬけて地上へ出る。幾度《いくど》か長い階段をのぼった先に出口があり、それは外からの侵入者《しんにゅうしゃ》を拒《こば》んでふさがれていた。出口をふさいでいたのは、木の氏族の異能でからめた植物のつるだ。瑠璃茉莉が手をふれると、それはするするとほどけて煌四たちを外気にさらした。

肌《はだ》が、肺が、ぷつぷつと空気に反応する。

崖《がけ》の上に、まともな足場はなくなっていた。地面はほとんどでたらめに隆起《りゅうき》しあるいは陥没《かんぼつ》し、神宮の瓦礫《がれき》もつき出した岩も、もろともに土の中に埋《う》もれかかっている。

この場で命を落とした者たちの骸《むくろ》もまた、崩《くず》れた地面の下へ深くくるまれて、もとの場所にとどまってはいなかった。

炉六《ろろく》の亡骸《なきがら》も、見あたらなかった。なにかの下敷《したじ》きになったのか、土に呑《の》まれたのか、あるいは崖下《がけした》へ投げ出されたのか……みぞれがあちらへこちらへと鼻のむきを変えてにおいを探《さぐ》ろうとしていたが、やがて明楽のそばへ自分から寄りそい、抱《だ》かれているてまりへ気づかわしげに顔をむけた。

視界のはてに、光りながら横たわっているあれはなんだろう。反射する巨大《きょだい》な鏡がひろがっているかのようだ。その手前には工場地帯が、複雑な影《かげ》を入り組ませている。

（……海だ）

むこうに燦然《さんぜん》とひろがっているあれは、いつも見ている海だった。灰色に鈍《にぶ》く揺《ゆ》れるしか能がないと思っていたものと同じ、海。海が照りかえしているもの。目よりも先に皮膚《ひふ》に感触《かんしょく》がとどく、そのまぶしいものの正体を、煌四は生まれてはじめて見るもののように思った。

太陽だ。

のぼったばかりの日の光が、まっすぐに神宮のあと地へとどく。

神族の住まうこの場所には、春の日の出の光が一直線にとどくのだ。そのように計算して、首都をここに築いたのかもしれない。

地を這《は》う者の思惑《おもわく》も、その破滅《はめつ》もひとしなみに、燃え輝《かがや》く天体の波がひたしてゆく。

光。炎魔《えんま》の火も、雷火《らいか》によるいかずちも、〈蜘蛛《くも》〉の炎《ほのお》も遠くおよばない。そのどれよりも遠

く大きな火。天体から照射されるまぶしさと暖かさに、煌四は危《あや》うく、綺羅を担《かつ》いだままひざを折ってしまいそうだった。

足を踏《ふ》みしめながら思い出す。世界におわりが来ないと信じる、その愚《おろ》かな無邪気《むじゃき》さの象徴《しょうちょう》だとばかり思っていた、古い時刻計《じこくけい》のめぐる針。それはただ単に、この圧倒的《あっとうてき》な循環《じゅんかん》を小さな機械に写しとっただけのものだったのだ。耳障《みみざわ》りな、実直な作動音が耳によみがえる。

天体のめぐりを、人の手が精緻《せいち》に模倣《もほう》した形。明楽の兄が隠《かく》した中央書庫の手綴《てと》じ本の文字列のしかけも、それと同じ形だった。

その形をなぞって、世界はまだめぐっている。

かなたが崖《がけ》の上で朗々《ろうろう》と遠吠《とおぼ》えをした。それにこたえる声が、工場地帯の方々《ほうぼう》からあがる。まるで犬たちが、新しい王を歓迎《かんげい》しているかのようだった。

まだここで生きてゆくのだ。動かなくなるまで、ずっと。

(生きるに値《あたい》する世界)

ここがそうだ。揺《ゆ》るがしようもなく、はじめからここが、煌四たちの生きて死ぬ場所だ。

肩《かた》に頬《ほお》をあてた綺羅がなにごとかをささやき、煌四はそれにこたえようと、浅くうなずいた。

綺羅が泣いているのが、においでわかった。

「帰ろう」

首都へ、町へ、これから生きてゆくべき場所へ。

工場地帯を見つめる明楽の赤毛が、滅《ほろ》びへの反旗のようになびいていた。

六　千年彗星《せんねんすいせい》

崖《がけ》の下へ、キリはおりなかった。生き木《いぎ》が神宮の地下、木の神族のもとにあるのだという。

「早く治せ。治して、もう一度ここへ来い」

キリが、大けがをおったてまりを抱《だ》く明楽《あきら》を強いまなざしで見つめ、そう言うのを灯子《とうこ》は聞いていた。明楽がうなずく。キリへむける横顔が、たのもしげだった。

あんなに光に満ちていた崖《がけ》の上からおりると、地上はまだ夜の懐《ふところ》の中にあった。

〈蜘蛛《くも》〉たちの墓を作りかけて、クヌギは立ったまま動かなくなっている。その足もとに、生き《い》木《ぎ》が完全にしおれて枯《か》れていた。生き木《いぎ》を失い、クヌギは動かない。死んでいるようには、どうしても見えなかった。長い年月をへた巨樹《きょじゅ》が、生えるにはふさわしくない場所へ、それでもわがもの顔をして立っている……その樹木化した皮膚《ひふ》のあちこちにやどる種子や眠《ねむ》る虫たちの気配に、灯子にはそうとしか感じられなかった。

クンがかがみこんで、黒い森から採ってきた虫の入った瓶《びん》を、土に埋《う》もれかかった〈蜘蛛《くも》〉の死体の一つに抱《だ》かせた。小さな手で、上からいくつかみかの土をかぶせる。封《ふう》をしたままほうっておけば、虫たちはやがて死ぬ。人体発火を無効にする毒ごと、葬《ほうむ》られる。――クンが仲間たちの死体といっしょに特別な虫を埋葬《まいそう》しようとするのを、だれ一人とがめなかった。

するすると足もとから、日に干された血管のような木の根がしりぞく。木の根を操《あやつ》って灯子たちを崖下《がけした》へおろした瑠璃茉莉《るりまつり》のすがたはいつのまにか消え、キリと同様、神宮のあと地へとどまったらしかった。

工場群の影《かげ》が、朝の陽《ひ》にさらされて濃《こ》く舗装《ほそう》の上へ引きずり出される。その焼きつくような影《かげ》の上を、灯子たちは歩いて町へむかった。

おぶっていたはずの緋名子《ひなこ》はいつのまにか、背中からおりて灯子の腕《うで》を抱《だ》きかかえていた。これでは、どちらが支えられているのだかわからない。緋名子の体は熱いままで、呼気からは苦いにおいが立ちのぼった。

全身が砕《くだ》けるほどの苦痛にさいなまれているはずなのに、緋名子がほのかに笑う気配がした。

「灯子ちゃん、歩きながら夢を見てる」

透明《とうめい》な虫の羽音ほどのささやかな声は、きっといま灯子と、そばをはなれず歩くかなたにしか聞こえていない。そう思った。

(……うん。よう見えんもの、夢の中みたいじゃ。うんとくたびれた)

このおぼつかない体が、焼けてしまった両親から引きうけたものだと思うと、こんなふうに使って申しわけのない気持ちがした。ひりひりとする足も、からっぽに慣れた腹も、重い両手も、ようやっと灯子にそれぞれの苦痛を訴《うった》えながら、寄りそってきた。

灯子の思ったことに、緋名子がうなずく。まるでこの子と、もうずっと姉妹であったかのような気持ちに、灯子はなった。

「疲《つか》れた。……もし、先に死んじゃったら、お兄ちゃんがこまるかな」

(こまる。ううん、悲しんでじゃ。治るよ。もう、充分《じゅうぶん》に死になさった。緋名子は、もう、死んだらいかんよ)

なんとはげしい光と影《かげ》だろう。豪雨《ごうう》が降りやみ、空を鈍《にぶ》くおおっていた雲も去って、きつすぎるほどの太陽の光がさす。それは工場地帯の壊《こわ》れた建物や生き残った建物を洗いざらい照射し、読みとれない文字のように黒い影《かげ》を地面へ刻印する。

日光が、疲《つか》れきっていまにもひしゃげそうな灯子の意識まで貫《つらぬ》いて照らしてゆく。灯子はそのまぶしさに揺《ゆ》さぶられて、痛む首を伸《の》ばし、くらんだ目を頭上の空へむけた。

夜はもうしりぞいて、懐深《ふところぶか》い藍色《あいいろ》が高らかな青へ変じてゆく。……その青さの中に、灯子は意識が吸いこまれるのを感じて目を閉じた。

もう一度まぶたを開いたとき、そこは、地平を見おろすあの空間だった。灯子のほかに、まわりにはだれもいなかった。いまいっしょに歩いていたはずの、明楽もクンも煌四《こうし》も、緋名子も犬たちもいない。黒々としたはてしない空間に、灯子はぽつんと浮《う》かんで、なつかしい地平を見おろしていた。

緋名子の言ったとおり、夢を見ているのだ。片腕《かたうで》には、高熱のこもる細い体の感触《かんしょく》がはっきりとある。ちゃんと目をさまして、緋名子を町へ連れもどしてやらなければ……

そのとき灯子と地平とのあいだに、揺《ゆ》らめく銀の髪《かみ》が現れた。あらゆる天候を内に秘《ひ》めた雲のように、それはひろがってたなびき、渦《うず》を巻いている。

「〈揺《ゆ》る火《ほ》〉……」

灯子をたすけた火狩《ひか》りの鎌《かま》で、自らのどを裂《さ》いたはずの天の子どもが、そこにいた。痩《や》せ細った体のかたわらに、もう一人――大きな目をうっとりとふせた少女が、〈揺《ゆ》る火《ほ》〉と手をつないで浮《う》かんでいる。

〈揺《ゆ》る火《ほ》〉の銀の髪《かみ》とは対照的な、深い黒髪《くろかみ》。地面のある場所へ立っていれば引きずる長さの赤い装束《しょうぞく》には、金の花模様が散りばめられている。長いまつ毛を備えた目もとが、〈揺《ゆ》るる火《ほ》〉と瓜二《うりふた》つだった。そしてそのほのかな笑《え》みは、童《わらし》さまにそっくりなのだ。

「手揺姫《たゆらひめ》さま」

灯子の声に、その少女はこくりとうなずいた。やっと再会できた姉妹と手をつなぎ、心から安らいだ顔をしていた。

〝千年たったら、また帰ってくるかもしれない。空から、またこの景色を見に。──だけど、この星での千年が、空のかなただとうまく計れないかもしれないから、約束はできない〟

〈揺《ゆ》るる火《ほ》〉の声が灯子に告げた。

黒い月はこちらを見おろさず、後方に浮《う》かんでいる。地平のふちから、光が兆《きざ》した。まぶしい、昼間をもたらすあの巨大《きょだい》な天体だ。土をぬくもらせ、木々にも虫にも畑の菜にも、川の水にも、人にも獣《けもの》にも滋養《じよう》をあたえる、あの天体の光がさす。夢を見ている灯子の頭にいま、くらくらするほどの力をそそいでやまない光の源。

その光からそむいて、〈揺《ゆ》るる火《ほ》〉と手揺姫《たゆらひめ》は、澄《す》んだ銀の尾《お》を引いて飛びたった。虚空《こくう》のかなたへ。千年ののちには、またこの近くをめぐるのかもしれない。あるいはもう、会えないのかもしれない。それでも、その軌跡《きせき》が一切の迷いもない線をえがいていたので、灯子は安心して、見送った。

「灯子ちゃん」

緋名子が呼んだ。

「うん」

うなずいた瞬間《しゅんかん》、灯子は自分の重みに足をくじきそうになった。緋名子の熱い腕《うで》が灯子を支える。……早く、この子を寝《ね》せてやらなければ。よくしぼった布巾《ふきん》を、ひたいに載《の》せてやらなければならない。

灯子は視線をあげ、明楽のうしろすがただけを見つめて、重すぎる体を前へと運んだ。その腕《うで》に抱《だ》かれているてまりは、もう悲痛な鳴き声をあげてはいない。

犬たちの声が、壊《こわ》れた景色に朝をうけ入れる工場地帯に響《ひび》く。灯子たちと同じ方向へ駆《か》けてゆく足音が、走る影《かげ》があった。かなたの遠吠《とおぼ》えにこたえた犬たちもまた、帰るべき場所へもどってゆくのだ。鍛《きた》えられた四肢《しし》に力をこめ、尾《お》をふり立てて。

七　祈《いの》り花

町へもどってから、灯子《とうこ》は六日間も眠《ねむ》っていたのだと、やっと目がさめた日の夕方に教えられた。

ひしひしと骨や肉に沿ってやどる痛みを、それでもようやく自分の体になじませて、灯子は眠《ねむ》りを脱《ぬ》ぎ捨てるように、目をさました。そばにずっといたかなたが、落ちついたしぐさで鼻や口をなめ、頬《ほお》に頭をこすりつけてきた。

「手足のしびれはなあ、ちゃんと食って寝《ね》て、毎日もんで血の流れをよくするくらいしか、できそうにないな。こんな状態でも、まあ動くには動けるだろう。幸運といえば幸運だったのかもなあ」

海ぎわの家まで具合を診《み》に来てくれた闇医者《やみいしゃ》は、ぶっきらぼうにそう言いながらも、どこかくやしそうに口をゆがめていた。

何日も休んでいないのだろう。顔色が悪いうえに、着がえもろくにしていないようで、服や体がにおった。

「もうしばらくは安静にしていろと言いたいところだが、そうもいかんのだろう。まあ、そんな連中ばかりだ。燃料もたらんし、勤め先がまるごとなくなった連中であふれかえってるからな。働かずに寝転《ねころ》がっていたら、回復どころか飢《う》え死《じ》にする。まったくひどい世界だ」

口をはさまずにただ聞いている灯子にむかって、ほとんど愚痴《ぐち》のように言葉をつらねてから、闇医者《やみいしゃ》は苦々しい顔のままつけくわえた。

「お前さんも回復するのを待ってたら、回収車《かいしゅうしゃ》に乗り遅《おく》れるんだろ」

「……はい」

灯子は、すなおにうなずいた。

照三《しょうぞう》の家の、ここは台所として使われている部屋だ。もう隠《かく》れる必要もないだろうと、ぶ厚い窓掛《まどかけ》はとりはらわれていた。窓から、午前の陽《ひ》がさしている。

おじさんは工場の復旧にむかい、おばさんは作業場へ仕事に出ている。工場地帯は壊滅的《かいめつてき》な状態で、復旧のために工員たちや技術者たちが昼夜の境なく働いているのだという。おじさんも、ここへもどるのはほぼ三日置きで、休むひまなく工場地帯につめている。服の替《か》えをとりにもどったとき、灯子が起きたので安心したと、表情のかたい顔で、それでも笑っていた。

医者は、やれやれと息をつき、きついにおいのする飴《あめ》を口にほうりこんだ。

「で、あの重傷の息子《むすこ》はどこにいるんだ？」

晴れている。神宮から出たときに見たあの貫《つらぬ》くようにまぶしい光と、窓ガラスに降りそそぐおだやかな陽光が同じ天体からもたらされているのだと思うと、不思議な気持ちがした。

「照三さんは、火穂《かほ》といっしょに出かけとってです。回収車《かいしゅうしゃ》の仲間じゃった人らに、挨拶《あいさつ》に行くんじゃ、言うて」

こたえると、医者は思いきりいまいましそうに顔をしかめた。

「あの娘《むすめ》っ子とか？　あの小娘《こむすめ》、ずっとこの家から出てなかったんじゃないのかよ。いきなりこんな天気に、けが人連れて外うろついて、たおれちまうぞ」

灯子は、医者の荒《あら》っぽい言葉に、かたわらに座《すわ》るかなたの頭に手をそえてこくりとうなずく。

歩けるようになるなり、照三は火穂に支えられながら、自ら回収車《かいしゅうしゃ》の乗員たちの家族や身内のもとに、それぞれの鑑札《かんさつ》をとどけてまわっている。寝《ね》ついて弱りきった体を引きずり、時間をかけて。片方しか目がないと、距離《きょり》が読みとれなくなるらしい。水路だらけの町を、うっかり転《てん》倒《とう》することのないよう、火穂がぴたりとつきそって歩いているのだ。

「はい。心配じゃから、あとで迎《むか》えに行きます。……ありがとうございます、お薬屋さんの時間じゃのに、診《み》てもろうて」

頭をさげると、闇医者《やみいしゃ》は乱雑に手をふった。

「いいよ、薬局どころじゃないんだよ。けが人だらけで、こっちが本業になりそうなぐらいだ」

けが人、とひと言で言った中には、炎魔《えんま》との戦いで負傷した火狩《ひか》りもふくまれ、そして神族によって体を作り変えられた人々もふくまれる。緋名子《ひなこ》のように体を作り変えられた者は、その後まともに動くこともできずに寝《ね》ついているのだという。あるいは目や手足に変調をきたし、もとどおりの暮らしができなくなっている。それでなくともわが身に起きた変化をうけとめられず、正気をたもっていられない者もあるという。いまだに行方《ゆくえ》知れずの者も多く、どこへすがたをくらましたのか、あるいは命を落としたのかもわかっていない。

「赤毛の火狩《ひか》りは？」

いま口に入れたばかりの飴《あめ》を、医者はぼりぼりと噛《か》み砕《くだ》きはじめる。

「燃料の調達に、って、狩《か》りに行っとりなさります」

炎魔《えんま》を狩《か》って火を得るため、神族がふさいだ崖《がけ》のトンネルは、どの工場よりも優先させて復旧を急いだのだという。トンネルの復旧に神族が手を貸したのだとうわさされているが、ほんとうのところはさだかでないのだとおばさんが言っていた。

「ああ？　あれはまだ、腕《うで》の骨がくっついとらんだろうがよ。なんだって無茶しかしないんだ、あのじゃじゃ馬は」

悪態をついてまた飴玉《あめだま》を口へほうりこむ医者に、灯子は自分が叱《しか》られたような気になって肩《かた》をすくめた。かなたが口を開け、舌を出して眉間《みけん》を持ちあげた。

「あ、あの、どうしても火がたらんそうで、そいで、動かんとおっては体がなまってしまうから、て……」

「腹が立つなあ、まったく。知らんぞ。ばかは医者には治せんからな」

医者はそうこぼして、日あたりのよい台所のすみを見やった。床《ゆか》に置かれたかごの中、かさねた毛布の上に、てまりがまるまっている。エンに噛《か》み砕《くだ》かれたあと脚《あし》は、動かすこともまげることもできず、そろえて伸《の》ばしたままになっている。視線に気づいたてまりが、顔をあげもせずにこちらを見、フンと鼻を鳴らしてまた昼寝《ひるね》にもどった。白いにこ毛に、日の光がたっぷりとそそいで甘《あま》いにおいをさせている。

「……ちょ、ちょっと待てチビすけ。歩くの、早すぎだ」

「あ……すいません。座《すわ》って、休んでですか？」

灯子がふりむいてそう問うたときには、もう照三は水路わきの小さな石塔《せきとう》にしりを引っかけ、荒《あら》い息をなんとか整えようとしていた。

「暑いなあ」

ぼやいて、ひたいの汗《あせ》を右手でぬぐう。左腕《ひだりうで》は、胴《どう》に沿わせて中途半端《ちゅうとはんぱ》に折りまげたままだった。動かす訓練はしているのだが、指先の感覚が断《た》ち切られ、思うようにはいかないらしい。

照三の座《すわ》るそばまで歩みをもどして、灯子は照三が背後の水路へ落ちないよう、それとなく気をつけながら、空を見あげた。工場の稼働《かどう》が以前の半分以下になっているというから、空を流れる排煙《はいえん》はすくない。でたらめな光の粒《つぶ》が泳ぎまわる目にも、空が色を深めていることがわかった。村を出たときには、まだ春も深まりはじめたばかりだったが、もう季節は初夏へ移ろうとしている。

「火穂にも、来てもろうたらよかったですね」

首をかしげる灯子のかたわらには、かなたがいる。かなたもまた、この陽気に、長い舌を出して息をしている。照三は石塔《せきとう》に腰《こし》かけたまま、汗《あせ》をぬぐっていた手をひらひらとふった。

「いや、今日は挨拶《あいさつ》まわりじゃねえしよ。火穂も、ちょっとは休ませてやらねえとな。ずいぶんと、無理させちまったし」

回収車《かいしゅうしゃ》の乗員たちと工場地帯へ出てきたあのときをのぞいて、それまで家から一歩も出ることのなかった火穂が、死んだ乗員たちの家族のもとまで幾日《いくにち》にもわたって首都を歩きまわり、嘆《なげ》きや悲しみの感情をあらわにした人々をまのあたりにして疲《つか》れはてているのを、照三はひどく申しわけなく思っているようだった。今日は火穂が家で休み、かわりに灯子が外出につきあっている。

灯子が首都へ来たとき、景色には色彩《しきさい》がなかった。昼間でもひとけがなく、汚水《おすい》のにおいがよどんでいるばかりだった。

あんなことが起こったあとだから、町の空気はさらに重くなるものだとばかり思っていた。ところが、軒先《のきさき》や街頭に色とりどりの細布が結《ゆ》わえられ、それが風になびく下を、何人もの人が行き交《か》っている。人々が、壊《こわ》れてしまった日々を飾《かざ》りたて、にぎやかにし、せめてもの抵抗《ていこう》を試みているように、それは思われた。力仕事のできる者は工場とトンネルの復旧に出むいているため、ほとんどが子どもや女たち、老人たち、あるいは負傷者だ。

たくさんのにおいがする。路地の開けた場所を見つけては、人々が急ごしらえの露店《ろてん》を開いているのだ。食べるもの、着るもの、器《うつわ》や糸や照明器具、どこから持ち出されたものか、床几《しょうぎ》や敷《しき》布《ふ》を使った即席《そくせき》の店には、寄せ集めの品々がならんでいる。品はどれもとぼしく、呼びこむ声には空腹のため力がこもっていない。それでも人が、町で生きてゆこうとしていた。

めざす先は、海に近い共同墓地だ。

かなたが、ひらひらと飛んでゆく小さな蝶《ちょう》を見つけ、鼻先だけでその飛行のあとを追う。

クンの遣《つか》い虫《むし》だろうかと、一瞬《いっしゅん》その虫を目で追った。

クンは町の人目につかないよう、いまは、明楽《あきら》の新しい住まいにいる。神宮のあと地に近い、栽培《さいばい》工場の中に。雷火《らいか》による攻撃《こうげき》に加担していた工場主が、火狩《ひか》りの王となった明楽に建物を提供したのだ。工場であるから、人が住むのに適してはいないはずだが、そこならば生《い》き木《ぎ》からも近く、キリもいっしょに住むことができる。

クンとキリ。〈蜘蛛《くも》〉の子どもと木々人《きぎびと》の生き残りである二人が、新たな統治者となった明楽のもっとも近くにいる。世を治めるのは、人間だけでも、神族だけでもない。火狩《ひか》りを生業《なりわい》とする者たちだけでもなく、まるでちがう出自を持つ者たちにそばにいてほしいのだ――明楽は、そう言っていた。まちがいを犯《おか》しそうなときには、それを教えてくれるはずだからと。

「花がないんですね、首都には……」

灯子は地面をきょろきょろと見まわす。ごたつく町並みに、雑草は生えてはいても、いまそれらは花を咲かせる時季ではなく、細い緑の葉を、舗装《ほそう》の割れ目からするすると伸《の》ばしているばかりだ。煌四《こうし》の父親である火狩《ひか》りの墓へは、供え物の花を欠かさなかったのに。

「ああ、首都にはそんなもんねえよ。食えねえし、売れるわけじゃなし。ぱっとしない雑草ぐらいなら、いくらでもあるんだけどな」

よろよろと立ちあがりながら、照三があくび混じりに言う。

「危ない、落ちてですよ。落っこちてけがでもしたら、また火穂に叱《しか》られる」

あわてて背中を支える灯子に、照三はぼりぼりと、首のうしろをかく。ひょっこりと重心を前にずらして、だらしのない姿勢をとった。だるそうな目もとは、すっかりもとの照三のものだった。

「落ちねえよ。火穂、あいつ、あんなにおっかなかったっけか？　たしかに、回収車《かいしゅうしゃ》をあちこちぶち壊《こわ》して脱走《だっそう》してたけどよ」

うんざりしたようすの照三に、灯子の口から、笑いがもれた。

「照三さんが、危なっかしいから怒《おこ》るんじゃ。火穂は、もともと強いですよ。鬼嫁《おによめ》さんじゃ」

包帯でおおわれていないほうの頬《ほお》をかき、照三はくちびるをまげた。

「……なんか、チビすけ、変わったな」

「え？」

灯子が目をまるくすると、かなたがぱたぱたっと首をふるった。照三が歩きだし、灯子と犬はそれについてゆく。

「もっとべそかいて、外へも出られなくなるんじゃないかと心配してたんだ。あの無鉄砲《むてっぽう》な女火《おんなひ》狩《か》りといっしょに、大変だったんだろうけど——よかったな。お前、強くなったな」

思わず足を止め、照三の背中を見あげながら、灯子はうなずいた。かなたがゆるやかに尾《お》をふるのと同時に。

「うん」

よく晴れて、町のいたるところにはためく細布が色あざやかだ。風が空気中の埃《ほこり》を吹《ふ》きはらったためか、今日は灯子の目にも幾分《いくぶん》景色がくっきりと見える。さかんに寄ってくるカラスをものともせず、路地には露店《ろてん》があふれ、食べ物をこしらえる油のにおいが流れてくる。この町のごたついた景観と祭りのようなにぎわいが、日常だったものを失った人々をつつむのに、ふさわしいように思われた。

「照三さん。明楽さんがおりなさったら、もう大丈夫《だいじょうぶ》ですよね。きっと、この世界は。——それに、明楽さんのそばにクンやキリがおって、煌四さんや照三さんがたすけてあげなさるんなら」

照三が、心底うんざりしたようすで肩《かた》をすくめた。

「まわりは全員苦労するぜえ。なにしろあれは、無鉄砲《むてっぽう》とむこう見ずと運動神経だけでやってきたんだからな。あとは運。……権力者なんてのはなあ、自分にとってはなんの恨《うら》みもない連中となんの恩義もない連中をまとめて束ねて、きらわれ役をやるもんだろうよ。あのお人よしに、そんなこと、まともに務まるかよ」

「そいですから、照三さんが手伝《てつど》うてあげなさるんでしょ？」

灯子がそう言うと、照三はうへぇ、とおかしな声をもらした。

明楽からの招集に応じた火狩《ひか》りたちはこれから、回収車《かいしゅうしゃ》で各地をまわる。土が狂《くる》った村、もっと深刻な事態が起こっている村もあるだろう。〈揺《ゆ》る火《ほ》〉が残した火の力で、各村の結界はしばらくはもつはずだが、それもいつまでもというわけではなくなる。村だけではない、首都も。

これからの世界をどうするのか――いま、火狩《ひか》りの王となった明楽を支える照三や煌四、首都の火狩《ひか》りたち、工場の経営者たちや学院の知恵《ちえ》ある教師たちが、話しあっている最中だった。その中で、すでに決定しているのは、一つずつの村に、最低一人の火狩《ひか》りを専属者として配置すること、そして村人への火狩《ひか》りの技術の継承《けいしょう》だ。そうなれば、村人は半年に一度まわってくる回《かい》収車《しゅうしゃ》の持ってくる火を待たなくともすむようになる。村の生きる道は、これからは首都との物品のやりとりだけではなくなるだろう。

町をはさんで、工場地帯とは反対側が共同墓地だ。なだらかな丘陵地《きゅうりょうち》に、石に根もとをかこまれた低木がひしめくように植わっている。そのむこうには、海がどこまでも開けていた。

「あの木が墓なんだ。実もつかねえし、でかくならないけどな。それでも……なんかいいだろ。死んだやつらが、ちゃんと土になってる感じがして」

灯子はかなたとならんで、墓地の土の上にひざを折り、手をあわせた。新しい苗木《なえぎ》が、そばにいくつもならんでいる。犠牲《ぎせい》になった人たち、狩り犬《いぬ》とともに埋葬《まいそう》された火狩《ひか》りたちのもの。遺体はないが、回収車《かいしゅうしゃ》の乗員たちのもの。湾《わん》で死んでいた、流れの火狩《ひか》りたちのもの。町の住人たちと火狩《ひか》りたちが作ったのだという。

「これ……紅緒《べにお》さんの？」

「おう」

苗木《なえぎ》の中に一本、赤い飾《かざ》り紐《ひも》が結ばれたものがあった。灯子はそのそばにひざまずくと懐《ふところ》から守《まも》り袋《ぶくろ》をたぐり出し、自分の守《も》り石《いし》を墓に供えた。紅緒《べにお》に石をわたすことに、ためらいはない。

（ごめんなさい、ほかにお供えするもんが、なにものうて。今度、綺羅《きら》お姉さんに会《お》うたら、飴玉《あめだま》をもろうてきます。紅緒さん、きっと好きじゃろ？）

灯子は時間をかけて、手をあわせた。海から風が吹《ふ》く。日差しはきらめきを強くし、潮風がにおい立った。

もう帰ろうぜ、と照三がぼやくまで、ずっと手をあわせていた。

墓地をはなれる間際《まぎわ》、かなたが海のほうをむいて、長く遠吠《とおぼ》えをした。なにかを見つけたのかとふりかえったが、鈍《にぶ》くひろがる海には、ただ微細《びさい》な網目状《あみめじょう》の波がつづくばかりだった。

＊＊

弱い雨が町の屋根屋根をなでてはいつのまにかやんでいる、そんな天気が何日か、くりかえされた。そのたびに町の埃《ほこり》っぽさは清められ、半壊《はんかい》状態の工場地帯は雨後にさす陽光をうけて光った。ずっと暮らしてきた町がこんなに明るい場所だったのかと、朝になるたび煌四は静かにおどろいた。

回収車《かいしゅうしゃ》はそうして、予定どおりに首都を発《た》った。

黒い森をぬけ、これから点在する村をまわる。通常なら、回収車《かいしゅうしゃ》に乗りこむ火狩《ひか》りは一人か二人だが、今回は乗員とほぼ同数の火狩《ひか》りが車に乗った。〈蜘蛛《くも》〉の毒によって首都付近からへってしまった炎魔《えんま》を、いまの調子で狩《か》りつづければ、獣《けもの》たちが絶えてしまう。遠方の森から火を得てくることが必要だった。

「あーあ、これからは首都でずっと働くだなんて、できるかな。流れ者の暮らしが長かったからさ」

灯子を見送り、笑いながらぼやく明楽のかたわらには、みぞれがぴたりと寄りそっている。そして明楽の腕《うで》には、あと脚《あし》の動かなくなったてまりが、得意げな顔をして抱《だ》かれていた。

「あたしの狩《か》り犬《いぬ》は優秀《ゆうしゅう》だろ。動けなくなったって、ずっと番犬としてそばにいてくれる」

会う者みなに犬を自慢《じまん》して、明楽はそう語っているのだそうだ。

火を求めてくることとはべつに、明楽が火狩《ひか》りたちに言いわたしたのは、今後、半年ごとの回《かい》収車《しゅうしゃ》から火を供給するだけではなく、各村に火狩《ひか》りの技術を伝え、それぞれの村に狩人《かりゅうど》を置くようにすることだ。――それに志願した火狩《ひか》りたちが、回収車《かいしゅうしゃ》に乗ったのだった。森での狩《か》りで回収車《かいしゅうしゃ》に火をたくわえたのち、彼らはおり立った村で長期間、狩《か》りの技術を伝授するためにすごすこととなる。

「鎌《かま》も犬も、死んだ仲間のぶん、うんとあまっているからな」

火狩《ひか》りのだれかが、そうこぼしたという。

かなたを回収車《かいしゅうしゃ》に乗せて送り出すことは、緋名子と二人で決めた。明楽にはみぞれとてまりがおり、首都には、かなたと組める火狩《ひか》りがいない。

その日はあっけないほど晴れていて、以前ほどの莫大《ばくだい》さを失った工場の排煙《はいえん》が、遠いだれかへむけてふる旗のように風に揺《ゆ》れていた。修復中の鉄塔《てっとう》の上に、白い水干《すいかん》をまとったすがたを見たような気がしたが、はっきりとたしかめることはできなかった。

灯子を見送り、かなたを見送り、工場地帯で一度会った乗員たちに挨拶《あいさつ》をし、泣きやまない火穂を、煌四は海ぎわの家まで送っていった。照三はまだこちらまでは歩いてくることができず、年老いた両親はそれぞれに、また仕事へもどらなければならなかった。

首都に登録している火狩《ひか》りには、死亡者、または二度と鎌《かま》をにぎることのできない負傷者が多くいる。だが、これから火狩《ひか》りの技術をひろめていくとなると、いま残っている鎌《かま》をすべて使っても到底《とうてい》たりなくなる。

(雷火《らいか》を使えば……)

かつて常花姫《とこはなひめ》が、自ら人体発火を起こしながら鍛《きた》えたという火の鎌《かま》。雷火《らいか》を使えば、犠牲《ぎせい》を出すことなく同じ鎌《かま》を鍛《きた》えることができるのではないか。その方法を煌四は探《さぐ》るつもりだった。これから、時間をかけて。

火十《ひとお》先生をはじめとした学院の教師の中に、いっしょにとりくんでくれる大人たちがいる。今度は、一人ではない。まちがいそうになれば、教えてくれるだれかがいる。

火穂を送りとどけたあと、むかう場所があった。煌四は先のことを考えつづけながら、ひたすら歩く。

共同墓地に新しく植えられた苗木《なえぎ》を前に、簡素な喪服《もふく》をまとった綺羅が立っている。簡素な、といっても、裾《すそ》の長いスカートにはたっぷりとしたひだがとってあり、風が吹《ふ》くたびその生地が暗い雲のようになびくので、たたずんでいるだけでもそのすがたは充分《じゅうぶん》に優美で、そしてさびしげだった。

編んで結《ゆ》いあげた髪《かみ》が、まとまりきらずにほつれ、風の形をなぞっている。

綺羅は三人の使用人たちに背後を守られるように立ち、ずいぶんとふえた共同墓地の墓標へ、じっと顔をむけていた。

煌四はためらいを靴《くつ》の下に踏《ふ》んでゆきながら、綺羅のもとまで歩く。そばにひかえている使用人たちに、丁寧《ていねい》に挨拶《あいさつ》をした。

ほつれた髪《かみ》を揺《ゆ》るがせて、綺羅が顔をあげた。その顔は泣いてはおらず、ただ痩《や》せてしまった頬《ほお》におさまりきらない悲しみが、皮膚《ひふ》からひしひしと漂《ただよ》い出していた。煌四のことをじっと見て、綺羅が首をかしげる。手に持っていたぶ厚い帳面を開いて、その場でなにかを書きつけた。

『緋名子ちゃんは、元気？　ずっとようすを見に行けなくて、ごめんなさい。』

弱々しい筆致《ひっち》で、それでも緋名子の名前を丁寧《ていねい》に書くところが、綺羅らしかった。

「……謝《あやま》ることなんかないよ。ありがとう、気にかけてくれて。もう、歩いて大丈夫《だいじょうぶ》か？」

煌四の問いかけに、綺羅はこくんと首をうなずけた。

緋名子のことはいま、いわお――かなたと組んだことのある狩《か》り犬《いぬ》の飼い主の家族が、見てくれている。綺羅は、使用人たちだけを連れて、自分の両親の弔《とむら》いにやってきたのだった。

一本だけ植えられた苗木《なえぎ》。名前や碑文《ひぶん》を刻印した石は、一つも配置されていない。

『見つからなかったの。お父さまもお母さまも。』

綺羅がまた文字を綴《つづ》る。丁寧《ていねい》に書こうとする字が、大きく乱れた。紙の上に、ぱたっと涙《なみだ》が落ちた。綺羅が泣いたことに動揺《どうよう》しながら、煌四はそれをさとらせまいと努めた。油百七《ゆおしち》と火華《ひばな》は、もろともに崖《がけ》から落ちた。〈蜘蛛《くも》〉たちの死体といっしょに、クヌギの手によって埋《う》められたのかもしれないが、あの一帯はクヌギの体からこぼれた植物がすさまじい勢いで育ち、掘《ほ》りかえして探すことはできなくなっていた。

海から風が吹《ふ》く。かなりの数の工場がまだ機能しておらず、空をくすませる排煙《はいえん》もすくなかった。晴れていると、こんな色をしているものなのかと、煌四は太陽の温度をいだいている空を見やった。

依巫《よりまし》にされていた綺羅は、しばらくは意識がなく、ふせったきりの状態だった。いまも声が出ないままだ。それでも起きあがって使用人たちと筆談ができるまで回復すると、煌四は緋名子を連れて、屋敷《やしき》を出た。前に住んでいた、町の家にもどったのだ。金を借りてまでそうしたのは、町で、これからのことをちゃんと考えたかったからだ。学院の教師たちも、そのために手を貸してくれた。

「緋名子が、綺羅のことを心配してた。元気になってほしいって」

綺羅が、黙《だま》ってうなずく。

煌四はそのかたわらに立ったまま、名前のない墓標を見つめた。

神族にあたえられた薬の影響《えいきょう》で、緋名子は起きあがることができなくなり、口へ食べ物を運んでも、加熱したものをうけつけなくなっていた。しかし、調理していないものを消化できるような頑丈《がんじょう》な内臓を、緋名子は生まれつき持っていない。水だけをやっとの思いで飲みくだし、どんどん痩《や》せこけてゆきながら、それでも緋名子は泣き言を言わない。意志の強い獣《けもの》のように、確実に近よってくる自分の死を、妹は注意深く見すえていた。明かりを消した夜中にも、目だけを大きく見開いて、どこか一点を見ているのがわかった。

――かなたを、灯子ちゃんのそばにいさせてあげてね。

灯子の出立が近づいたとき、緋名子は、小さな声で、それでもしっかりとそう言った。もともと、煌四もそうするつもりだとこたえると、妹は笑った。

――かなたは、さびしがり屋だもんね。

――でも、お兄ちゃんのそばに、だれもいなくなっちゃう。

ごめんね。ごめんなさい。ほのかな頬笑《ほおえ》みを、痩《や》せて骨と皮ばかりになった顔に浮《う》かべて、緋名子は何度も何度も謝《あやま》った。

綺羅が手ににぎっていたなにかを、苗木《なえぎ》の根もとに置く。透明《とうめい》な紙につつまれた、蜂蜜色《はちみついろ》の飴《あめ》玉《だま》だった。

「……綺羅が、燠火家《おきびけ》を継《つ》ぐんだな」

煌四の言葉に、墓のほうをむいたまま、綺羅がうなずく。あるいは共同墓地のむこうの、海を見やっているのかもしれない。

うつむく綺羅の目が、墓標よりも深いところをのぞきこんでいる。両親のための、だれも入っていない墓。綺羅の手が、またペンを動かした。

『煌四が、前に言ってくれた。偽肉工場《ぎにくこうじょう》をとだえさせないで、使用人たちを呼びもどす。帰ってきてもらえるようにする。』

のぞきこむ煌四の視界に、ページの上の文字を飾《かざ》るように、綺羅の髪《かみ》のすじが揺《ゆ》れる。一度手を止め、それから綺羅は、早口で言いそえるように文字を書きたした。

『首都の人たちが、ひもじい思いをしなくてすむように。村で暮らす人たちも、おなかをすかす心配がないようにしたい。』

決然とした文字に煌四はすこしのま、見入った。

綺羅はほつれた髪《かみ》を押《お》さえることもなく、海へ視線を転じる。初夏の海は青みがかり、波頭《なみがしら》に光の粒《つぶ》を浮《う》かべている。

泣きだす気配をふくめて、綺羅は何度も目をしばたたいた。うつむく綺羅の横顔を、煌四は見つめる。思いつめたようすのその顔は、目の前に山と積まれたとりくむべきことへのおそれにやつれ、けれども、決して迷ってはいなかった。

海のはてへ視線をやった。死者の魂《たましい》がためこまれてゆくという海。あそこへ、いったいどれほどの死者が流れていっただろう。視線をさげて、自分たちの母親の墓標を見つめた。寒々とした雨の日に墓守たちによって植えられた背の低い常緑樹は、もう土に根をおろし、しっかりと自力で立っていた。

「〈蜘蛛《くも》〉や神族の遺体は、あれでよかったんだろうか」

口がひとりでに、その言葉を生み出していた。

〈蜘蛛《くも》〉たちの亡骸《なきがら》は、神宮下の崖《がけ》のふもとにクヌギが埋《う》めたものを、さらに土を盛って埋葬《まいそう》された。神族も相当数が命を落としたが、その亡骸《なきがら》もまた、同じ神族たちの手によって、神宮の地下へ隠《かく》された。あの場で樹木化したクヌギが、巨大《きょだい》な墓標となっているようなものだ。

綺羅がこちらをさしのぞく。その目に、煌四を案じる色がこもっていた。いま綺羅は、人の心配をしているようなときではないというのに。

風がほつれた髪《かみ》を揺《ゆ》らす。黒い喪服《もふく》が、依巫《よりまし》にされていたときのすがたを思い起こさせた。首をおおう飾《かざ》り襟《えり》の下にも、衣服に隠《かく》れている手首や足首にも、きっとあの赤黒い傷が刻印されたままになっている。

ページをめくって、綺羅が新たな文字を綴《つづ》る。手がふるえるのを、歯を食いしばってこらえているのがわかった。うしろの使用人たちは、決して口をはさまずに、煌四と綺羅のやりとりを見守っている。

『わたしは、自分の親たちを葬《ほうむ》った。』

線に乱れを引きずり、それでも毅然《きぜん》と書かれたその言葉に、煌四は心臓がぐらりと揺《ゆ》らぐのをおぼえ、かたわらに立つ少女に顔をむける。綺羅が自分の腹を裂《さ》くような思いでそれを書いたのがわかる。それを煌四の目の前で書き、こちらへ見せている意味が、たしかにあった。

呼吸を落ちつけてからでないと、言葉をたぐることができない。

「……死にすぎた。大勢の人が死にすぎたんだ」

そうして煌四のもたらした死は、いまも神宮の崖下《がけした》、クヌギの作った墓に、大量に封《ふう》じこめられている。消し去ることはできない。忘れることも。

「弔《とむら》おう。いっしょに、ここで――首都で、弔《とむら》いつづけよう」

そのとき、ざ、と墓地のむこうにひろがる海でおだやかな音がした。おだやかだが、大きな音が。

海面から軽々と身をひねりながら隆起《りゅうき》し、一頭の巨大《きょだい》な鯨《くじら》がはねたのだった。黒い背が、銀色の腹が、水とたわむれるようにおどりあがる。胸《むな》びれにしぶきをまといつかせ、巨体《きょたい》を大きくくねじりながら一度だけはねてまた海中へもどると、それきりすがたを消した。

煌四と綺羅はならんで、いま目にしたものの残像を鈍色《にびいろ》の水面に探そうとし、あとはもう波とも呼べないような無表情なうねりがつらなるばかりなのがわかると、やがて顔を見あわせた。綺羅がおどろいて、目を見開いている。小さな子どものような顔だった。

……見た？

そうたずねているのが、文字に書かなくとも表情から読みとれる。綺羅は瞳《ひとみ》を輝《かがや》かせるように、たっぷりと涙《なみだ》を浮《う》かべている。

「うん、見た」

その悲しそうな、けれども深い安堵《あんど》をかかえた顔にむかって、煌四はしっかりとうなずく。

ごみごみとして煤《すす》けた首都の空気を、海からわたってゆく風が、涼《すず》やかに吹《ふ》きはらってゆく。その風の中に、かすかな歌が聞こえた。人の声とも、空気のうねりともつかない、歌――

煌四はそれを、たしかに聞いた気がした。

〈終章〉

灯子《とうこ》が祖母を看取《みと》ったのは、回収車《かいしゅうしゃ》に乗り、ふた月をかけて村へたどり着いた直後のことだった。

村を出たときには春の花がさかりのころだったが、回収車《かいしゅうしゃ》が紙漉《かみす》きの村を訪れたのは、もう秋の気配が空気の透明度《とうめいど》をあげているころ。今度は、これから色づく木の葉が、飾り紙《かざがみ》に漉《す》きこまれる季節だ。

「……灯子、よう見えよる。わしの目は赤子の時分から暗いままじゃが、よう見えよる。灯子の、立派に帰ってきたのが」

床《とこ》の中から痩《や》せ細った手を伸《の》べて、ばあちゃんは灯子の頬《ほお》をつつみこみ、その形をいとおしげになぞった。しわばかりでできたばあちゃんの顔は、やがてくちびるからまっ暗な闇《やみ》をのぞかせ、ゆっくり、ゆっくりとため息にも似た呼吸をくりかえしたあと、ついに動かなくなった。すう、とばあちゃんのにおいが薄《うす》れ、ばあちゃんのまとっていた気配が家の中に拡散してゆくのを、灯子はたしかに感じた。家の中に、気配はすみやかにひろがって、風に乗って外へ駆《か》けてゆく。

いちばん大きな声で泣いたのは、燐《りん》だった。最後まで息を吐《は》ききったばあちゃんの肩《かた》にすがりついて泣く燐を、灯子はその嗚咽《おえつ》がおさまるまで、黙《だま》って見守った。

楓《かえで》もヤマボウシも、じんわりと火の色を葉先にやどらせはじめている。ばあちゃんの埋葬《まいそう》は、よく晴れた昼間におこなわれた。澄《す》んで遠のいた空に、体の中身ごと吸いあげられてしまいそうな、小さな子どもの駆《か》け足に似た風がたわむれる、軽《かろ》やかな天気の昼間に。

村の墓地のそばに祀《まつ》られた、小さな祠《ほこら》——もうそこに、童《わらし》さまはいない。

「よう、ばばさまの最期《さいご》にまにおうたことじゃ。孫娘《まごむすめ》にはもう二度と会えんと思うておらした。お前のことじゃ、とろくそうて、どうせまにあうまいと思うとったが。ちゃあんと、朱一《しゅいち》の遣《つか》い物まで持って」

家へ帰る林道のとちゅうで、前を行くおばさんがふいに立ち止まった。燐は埋葬《まいそう》のときにまたひどく泣いて、それでも仲のいい茜《あかね》や小紅《こべに》になぐさめられ、肩《かた》を抱《だ》かれながら畑仕事へもどっていった。収穫《しゅうかく》のこの時期、畑は忙《いそが》しい。ほんとうならば灯子も、かごをしょい、鎌《かま》をにぎって手伝いに行かねばならないのだが——金の三日月鎌《みかづきがま》ではなく、鉄製の鎌《かま》を。このふるえる手では刃《は》物《もの》をあつかうのは無理だろうと、おばさんと二人で家の片づけにむかうところだった。

「きれいじゃなあ」

うんと目を細めて、おばさんが金の木洩《こも》れ日を、それをうけてちろちろと燃えそめている木々の葉を見あげる。ばあちゃんの最期《さいご》には不思議と静まっていた灯子の胸が、おばさんのそのしぐさに、危なっかしくざわついた。

「おばさん、目が……」

灯子の声に、おばさんはいつものぶっきらぼうな調子で鼻を鳴らす。

「ああ、まだ、見える見える。けども、紅葉を見るのは今年がしまいかね。つぎの春には開くかわからん。それでも……」

目を細めて、毎日通る林道を焼きつけようとながめるおばさんは、どこか楽しげだった。

「ほんに、きれいな光がさしよることじゃ」

その一瞬《いっしゅん》、おばさんの顔が灯子のほうをむいていたのは、ただの気のせいなのかもしれない。

竈《かまど》に火を入れて夕飯をこしらえ、燐が畑から帰るのを待った。

つねにふるえのやどる手では、思うように動作をこなせないが、それでも灯子はおばさんに指図されながら、どうにか雑炊《ぞうすい》をこしらえた。

「手がしびれるといって、働かずにいてもらうわけにはいかんからね」

作った雑炊《ぞうすい》は、三人ぶん。ばあちゃんのぶんはない。

(これっぽっちで、たりるじゃろうか)

かなたのための上澄《うわず》みを先にすくいとっておきながら、灯子は心配した。かなたはいま、外を歩きまわって、きっと林のあたりで餌《えさ》になるモグラでも捕《つか》まえている。もう、首都へ発《た》つ前のように、灯子以外の者に牙《きば》をむくことはなかった。

「――しかしまあ、あの犬まで連れ帰ってきよるとは。養うもんがふえてかなわん。おまけに、狩《か》り犬《いぬ》として働かんときた」

「かなたは、もう立派に勤めあげたんです。あとは、静かに暮らせばええと……かなたの家族のお兄さんが、言うてくれなさったん」

灯子の返事に、おばさんがひゅっと眉《まゆ》を持ちあげた。たるんだ頬《ほお》をゆがめたが、その口もとは、どこか笑っているようだった。

「いまじゃあ童《わらし》さまもおりなさらん。祠《ほこら》の手入れもしがいがのうて、ばばさまのお世話ものうなって。かわりに、あんたとあの犬と、世話せにゃならん。わたしも燐もたまらんわいね」

手揺姫《たゆらひめ》の命がはてて、各地の村の結界を守っていた姫神《ひめかみ》の分身も消えた。かわりにいま、森の中に点在する村の結界を保護しているのは、〈揺《ゆ》るる火《ほ》〉の残した火だ。長持ちはしないと煌四《こうし》が言っていた。これからも村を炎魔《えんま》から守るための力を、それをたもつ仕組みを作らなくてはならないと。

明楽《あきら》が、火狩《ひか》りの王として治める首都。そして森の中の村。灯子はその世界が、明楽とそっくりになるだろうと思った。迷いつづけ、考えつづけ、それはどんどん変化してゆくのだろう。このようにささやかな村の暮らしでさえも。村だけではない。灯子のたいせつな人々が暮らす首都でも、木々人《きぎびと》たちの住みかでも、やがてはいろんなことが形を変えてゆくだろう。

それがどのような形へ移ろってゆくにしろ、この世界でまだ生きる者たちがあり、火狩《ひか》りの王は、この土の上に生きる者たちを一人も見捨てまいとあがく。

季節は変わらず、めぐっている。やがて寒さが深まり、また春の花が咲《さ》くころには、おばさんの目は見えなくなっているのかもしれない。それでも、おばさんが記憶《きおく》に焼きつけた光は、同じようにさすのだろう。

灯子が出会い、そしてもう会うことのない人たちにも、ひとしく。

帰ってくるかなたを待とうと、灯子は暮れかかるおもてへ出た。

空気が寒さの予感をいだき、流れてくる風には集落のあちこちからの夕餉《ゆうげ》のにおいが混じっている。どの家も変わり映《ば》えのしない食事、同じにおいの湯気。

目を閉じると、古びた家のまろやかにすりへった木材や、夜の呼吸に切りかわる葉裏の気配、おびただしい生類《しょうるい》をかかえた土の精気やここに暮らす者たちのにおいが、耳に髪《かみ》に肌《はだ》に、ひしひしと感ぜられる。

ひと声、高く鳴いて呼びかけながら駆《か》けてくる犬の足音に、灯子はまぶたを開けた。色彩《しきさい》をとろかす宵《よい》の空に、一つっきり、強く輝《かがや》く星が見えた。かなたが走ってきて、灯子に体をすりよせる。外のにおいを体毛の中にたっぷりとふくませて帰ってきたかなたの耳や背をなで、いま一度空へ目をやると、もう先ほどの光は消えていた。

それでもたしかに見たのだと灯子は思い、灰色の犬の目をのぞきこむ。

かなたの深い色をした目が、なにもかもにうなずくかのように、灯子を見つめかえした。

〈了〉

日向理恵子（ひなた　りえこ）
児童文学作家。主な作品に「雨ふる本屋」シリーズ、『魔法の庭へ』（いずれも童心社）、『日曜日の王国』（PHP 研究所）など。日本児童文学者協会会員。

山田章博（やまだ　あきひろ）
漫画家、イラストレーター。京都精華大学マンガ学部客員教授。主な漫画に『ロードス島戦記〜ファリスの聖女〜』（水野良原作、KADOKAWA）、挿絵に「十二国記」シリーズ（小野不由美著、新潮社）、「ドリームバスター」シリーズ（宮部みゆき著、徳間書店）など作品多数。第 27 回星雲賞（アート部門）受賞。

火狩りの王　〈四〉星ノ火

2020 年 9 月 10 日　第 1 刷発行

日向理恵子　作
山田章博　絵

装　丁　大久保伸子
発行者　中村宏平
発行所　株式会社ほるぷ出版
〒 102-0073 東京都千代田区九段北 1-15-15
TEL03-6261-6691　FAX03-6261-6692
https://www.holp-pub.co.jp/
印刷・製本　中央精版印刷株式会社

NDC913
416P
188 × 128㎜
ISBN978-4-593-10206-8